KB271297

DIMEN SION WAR

디멘션 워

미르영 퓨전 판타지 소설
FUSION FANTASTIC STORY

디멘션 워 1

미르영 퓨전 판타지 소설

초판 1쇄 찍은 날 § 2008년 9월 8일
초판 1쇄 펴낸 날 § 2008년 9월 18일

지은이 § 미르영
펴낸이 § 서경석

편집장 § 문혜영
편집책임 § 이재권
편집 § 서지현

펴낸곳 § 도서출판 청어람
등록번호 § 제1081-1-89호
등록일자 § 1999. 5. 31
어람번호 § 제1-0987호

주소 § 경기도 부천시 원미구 심곡동 163-2 서경B/D 3F (우) 420-010
전화 § 032-656-4452 팩스 § 032-656-4453
http://www.chungeoram.com
E-mail § eoram99@chollian.net

ⓒ 미르영, 2008

ISBN 978-89-251-1465-1 04810
ISBN 978-89-251-1464-4 (세트)

차원대전(次元大戰)

DIMENSION WAR

미르영 퓨전 판타지 소설
FUSION FANTASTIC STORY

디멘션 워

1

초자아 컴퓨터 미네르바

도서출판 청어람

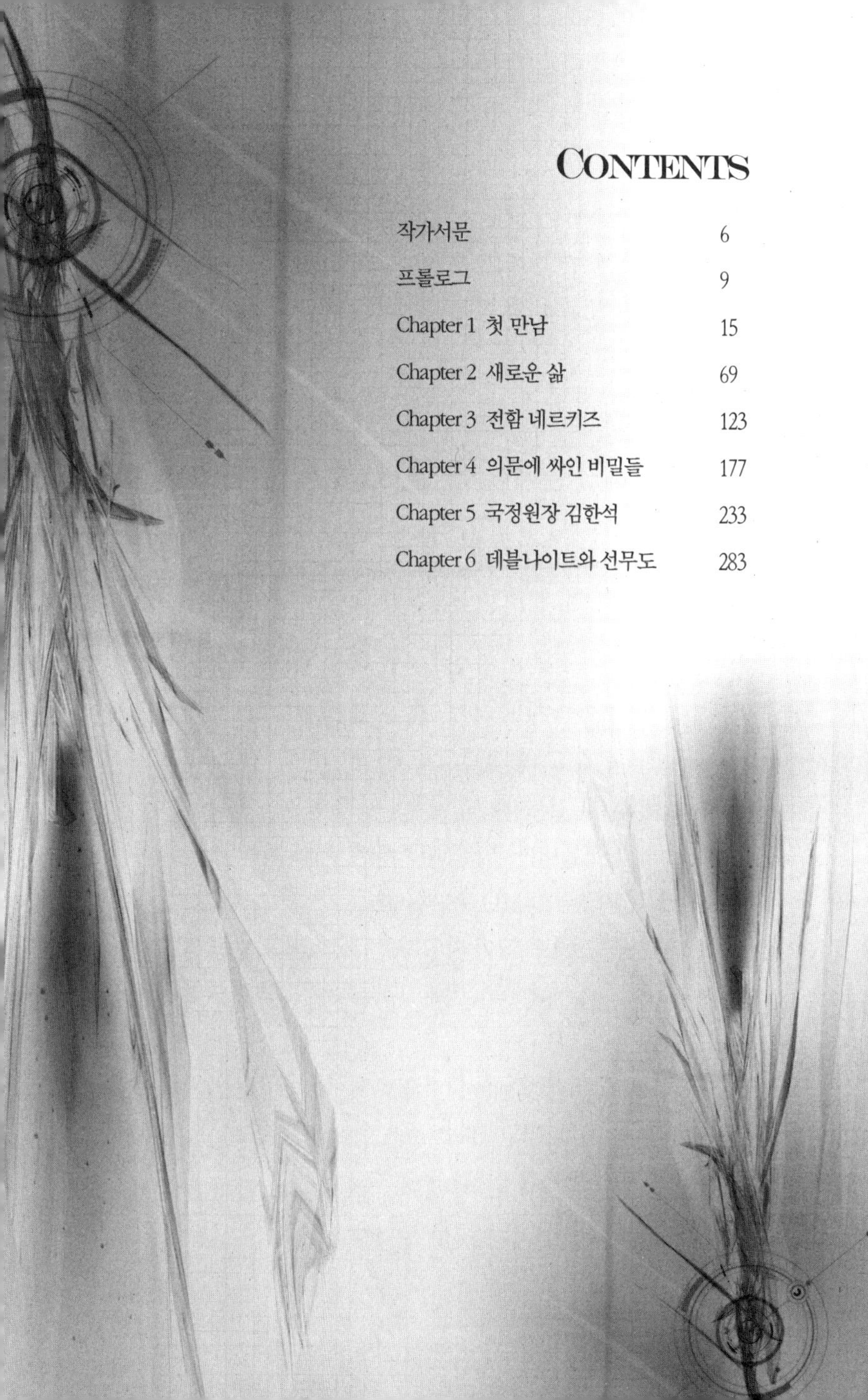

CONTENTS

작가서문

외적의 침입!

일제시대 때 일본 제국주의자들이 그들의 침략을 정당화하기 위해 내놓은 논거 중 하나가 우리 한민족이 992차례나 외국의 침입을 받았다는 거였습니다. 자주가 불가능한 민족이니 대신 지켜 주겠다는 말도 안 되는 증거로 말입니다.

일반적인 상식으로도 우리는 한민족이 수많은 외국의 침입을 받았다고 알고 있습니다. 그로 인한 아픈 상처와 절규들이 역사와 야사에 기록되어 그것을 뒷받침하고 있습니다.

하지만 우리가 인식하는 그런 역사가 일제의 잔재라는 것을 알고 있는 이는 드뭅니다. 일제의 교묘한 책동으로 모두들 침탈의 역사만을 알고 있는 것이니까 말입니다.

하지만 우리 민족은 그리 나약하지 않았습니다. 외국의 침략을 받았다고는 하지만 대부분 끝내 그것을 물리쳤고 민족성을 지켜 왔습니다.

거기다 그에 대한 상응의 대가로 고려시대 이후 64차례나 우리를 침탈했던 자들을 정벌했다는 것은 우리도 잘 모르고 있는 역사의 숨겨진 사실 중 하나입니다.

　더 멀리는 먼 상고시대부터 삼국시대까지 중원이라 불리는 곳을 침탈했던 지나족과 수많은 쟁패를 거듭해 왔던 민족이기도 하고요.

　그럼 외국의 침탈이 일어난 역사의 환란기에 우리가 입었던 피해는 어떤 것이 있었을까요?

　수많은 생명이 죽어나갔고, 많은 역사적 상징물이 불타 버린 환란이었지만 그 와중에 가장 많은 피해를 입었던 것은 역사의 소실이었습니다.

　그것은 침탈했던 자들의 의도한 바가 큽니다. 뿌리를 자르면 어떤 나무든 힘없이 고사하듯, 역사를 말살시키는 것이 다른 나라를 와전하게 정복하는 가장 기초적이면서도 빠른 방법이었으니까 말입니다.

　우리 땅을 침범했던 자들이 가정 먼저 자행했던 만행이 우리 역사서의 소멸이었다는 사실은 대부분이 잘 모르고 있는 사실입니다.

　특히 일제 시대 때 역사서와 야사를 기록해 놓은 서적들, 그리고 우리 문화와 풍속을 기록해 놓은 서적들이 금서로 정해지고 소리 소문 없이 사라져 갔다는 것이 주지의 사실이고 보면 무척이나 안타까운 일입니다.

이 소설의 모티브는 바로 여기에서 왔습니다.

'우리의 숨겨진 역사는 무엇인가?' 로 시작한 의문은 거슬러 '인류의 기원은 어느 곳에서 왔는가?' 까지 발전을 했고 숨겨진 차원의 진실과 인류에게 담긴 비밀까지 발전하더군요.

재미있는 시간이 되실지는 모르겠지만, 우리의 숨겨진 역사를 찾아가는 여정이 담긴 이 글에 여러분의 많은 성원이 있기를 빕니다.

夢谷에서

미르영 拜上.

프롤로그

"휴우! 힘들군!"

손에 낀 담배에서 피어오르는 연기가 철로를 따라 사라지는 것을 바라보다 문득 온통 암흑으로 물들었던 지난날이 스쳐 지나갔다.

괴롭고 힘든 과거를 뒤로하고 새로운 삶을 살아가야 하는 나로서는 절대로 생각하고 싶지 않은 일이지만, 잊으려고 해도 잊을 수 없는 일들이 주마등처럼 생각난 것이다.

인생의 전환점이 되었던 그 일이 잊기 전, 난 조금 유명한 학교에 다니던 중학생이었다. 입학하면 자동으로 고등학교까지 진학하게 되는 대한민국에서 손꼽히는 학교의 학생이

내 신분이었다.

내가 다니던 학교는 남들이 무척이나 부러워하는 그런 학교다. 모두가 자기가 살고 있는 지역에서 손가락 안에 든다는 학생들만 입학할 수 있는 사립 중고등학교에 들어갔었으니 그럴 만도 했다.

그곳에서 난 나에게 닥칠 암흑 같은 불행을 모르고 미래를 꿈꿨었다. 남들이 천재나 수재라 부르는 쟁쟁한 동기생들과 선의의 경쟁을 하면서 실력을 다졌고, 선후배들과의 인연을 통해 꿈을 이루어가기 위한 어린 날의 학창시절을 만끽하는 그런 학생이었던 것이다.

그러나 난 그런 생활을 오래 지속할 수가 없었다. 무척이나 기괴하고 슬픈 일들이 청천벽력처럼 연속해서 나에게 일어났던 것이다.

중학교 3학년이었을 무렵이다. 회사에 출근하던 아버지는 길거리에서 갑작스러운 자연발화 현상으로 온몸이 불타 한 줌 재로 변해 돌아가셨다.

불행은 그것뿐만이 아니었다. 아버지가 그렇게 돌아가신 충격으로 병원에 입원하신 어머니가 며칠 뒤 병실에서 동사하시는 일이 벌어진 것이다.

언론과 매스컴에서 부모님의 일로 인해 연일 가십 기사가 실렸고, 한동안 떠들썩했다. 그렇지만 부모님의 사인은 끝내

밝혀지지 않았다. 국과수에서 부모님의 죽음에 대한 의문을 밝히기 위해 나섰지만 그저 신비로운 초자연현상이라는 것으로 결론지어졌다.

부모님의 죽음은 정말이지 믿을 수가 없는 일이었다. 사람의 생이야 운명에 달렸다고는 하지만 그렇게 기괴하게 돌아가실 줄은 꿈에서도 몰랐다.

그렇게 세상에서 제일 존경하고 사랑하던 부모님을 잃은 후 꿈을 이루어가던 학교생활은 물론이고 내 삶은 그야말로 엉망이 되어버렸다.

초자연현상으로 돌아가신 두 분에 대한 매스컴의 집요한 취재와 기괴하게 나를 바라보는 주위 사람들로 인해 언제나 사람들의 시선이 닿지 않는 곳으로 피해 다녀야 했다. 학교를 다니기가 겁날 정도로 말이다. 그 뒤부터 나는 조용한 학생이었다. 성적도 바닥을 기기 시작했고, 몇몇 친한 사람들 이외에는 말도 잘 나누지 않았다.

그렇게 시간이 지나며 어느 정도 세상의 관심이 사라져 갔지만 졸지에 보호자를 잃은 나로서는 세상을 살아가는 것이 그리 만만치가 않았다. 세상을 믿을 수 없게 되는 사건이 내게 벌어진 것이다.

부모님이 돌아가시고 2년이 지나갈 무렵, 미성년자인 내게 친권자가 나타났다. 세상이라는 두려움으로부터 나를 지켜

줄 것 같은 친척의 등장은 나에게는 정말이지 광명이나 다름
없었다.

하지만 그는 나에게 남겨진 부모님의 유산을 노리고 나타
난 자였다. 알고 보니 나와 피라고는 한 방울도 섞이지 않은
사기꾼이었던 것이다.

그는 내가 살고 있는 집은 물론, 아버지의 퇴직금과 두 분
부모님의 보험금을 모두 챙겨 어느 날 홀연 사라져 버린 것이
다. 보호자랍시고 나타난 그자에 의해 부모님이 남기신 유산
이 허공으로 사라져 버린 것이다.

그렇게 모든 것을 잃고 났을 때는 이미 미성년의 탈을 벗고
난 후였기에 고아원 같은 곳에도 의지할 수가 없었다. 나도
모르는 사이에 세상에 내동댕이쳐져 삶을 스스로 개척해야
할 나이가 되어버린 것이다.

모든 것이 허무해진 나는 졸업이 얼마 남지 않은 고등학교
를 자퇴했다. 고등학교를 졸업하지 못했기에 취직도 변변히
할 수 없었다. 일할 수 있는 것이라고는 공사장의 막노동이
전부였다.

그때부터 나는 세상이 싫어졌다. 나를 적대시하는 것 같은
세상이 싫었고, 혼자인 것이 싫었다.

그러던 어느 날 살아가야 할 이유를 찾을 수 있었다. 어머
니가 내게 남기신 것을 우연치 않게 찾을 수 있었던 것이다.
그 이후로는 악착같이 돈을 모았다. 마지막 남은 희망 하나를

잡기 위해서다.

어느 정도 돈을 모았기에 나는 지금 마지막 희망이 남아 있는 지리산으로 향하는 중이다. 어머니의 유품 속에서 발견한 한 장의 등기부등본이 가리키고 있는 곳을 내 마지막 도피처로 삼기 위해 가는 것이다. 어머니가 내게 남긴 유일한 재산이 있는 바로 그곳으로…….

치이이익!
열차가 멈추어 섰다.
"후우! 이제 도착한 것인가?"
죽고만 싶었던 그때의 심정을 이제는 눈앞에 어른거리는 담배 연기처럼 날려 버리고 싶다.
부모님의 죽음 이후로 변해 버린 내 삶에 대한 회고는 언제나 가슴 떨리게 하는 그 무엇인가가 있지만 이제는 모든 것을 잊어버리고 새로 시작할 때였다.

Chapter 1
첫 만남

"여긴가? 그런데 무척 낡았네."

버스종점에서 3시간을 걸어야 나오는 지리산 깊숙한 곳에 위치한 어머니의 유산은 1,000평이 좀 못되는 밭과 낡아 보이는 한옥과 옆에 딸린 광이 전부였다. 오랫동안 사람이 살지 않은 탓인지 지저분한 모습을 보니 한숨이 절로 나왔다.

"앞으로 여기서 살아야 하니까 일단은 청소부터 해야겠구나."

비록 흉가처럼 방치되어 있는 곳이지만 이곳은 세상에 남겨진 내 유일한 재산이다. 문은 잠겨 있어 그다지 부서진 곳은 없었지만 안쪽에 위치한 한옥은 거미줄이며 먼지가 장난

이 아니었기에 일단 청소부터 하기로 했다.

비슷한 규모로 옆에 있는 한 채는 농기구나 거두어들인 곡
식을 보관하는 창고로 쓰이는 광으로 보이기에 우선 내가 기
거할 곳부터 치우기로 했다.

"저기 우물에서 물을 긷고 물청소부터 시작해야겠다."

마당 가운데 우물이 있어 물을 길어 올려 수건에 물을 묻혀
청소를 시작했다. 청소하는 내내 힘은 들었지만 왠지 기운이
솟았다. 세상 사람들의 눈도 없고, 나만 노력한다면 앞으로
충분히 살아갈 수 있을 것 같기에 청소를 하면 할수록 더욱
신이 났다.

장장 4시간이라는 각고의 노력 끝에 청소를 끝낼 수 있었
다. 거미줄이 걷히고, 먼지가 닦인 한옥은 아직도 수선할 부
분이 많았지만 그런대로 사람이 살 만한 곳으로 변모했다.

"으으! 이제 끝났구나."

노동의 대가인 양 뻐근해져 오는 어깨를 풀기 위해 기지개
를 켠 후 주머니에서 담배 하나를 꺼내 물었다.

2년 전부터 시작한 담배는 이제는 골초가 되어 하루에 두
갑 이상 피워야 할 정도다. 담배에 불을 붙이고 연기를 깊숙
이 들이마셨다.

"후우!"

담배 연기가 유연한 몸짓으로 허공을 타고 오르자 심신이
가라앉았다.

“이제 이것도 끊어야겠군. 담배를 사러 6시간 거리를 왕복할 수는 없으니까.”

한참을 이곳에 틀어박혀 있어야 하기에 담배를 끊어야겠다는 생각이 들었다. 혼자 살아가야 하기에 건강하지 않으면 큰일 날 것 같다는 느낌 때문이기도 했지만, 사실 6시간이나 걸려 담배를 사러 간다는 것이 귀찮기도 했던 것이다.

“후후후, 쉽지는 않겠지만 그래도 어쩔 수 없지.”

시골 생활에 적응하고 건강을 스스로 돌보려면 담배를 끊어야 할 터였지만 쉽게 끊어지지는 않을 것 같았다.

두어 모금 빤 담배가 어쩐 일인지 맛이 없어졌다. 붉은색이 감도는 흙으로 채워진 마당에 담배를 비벼 끄고는 지고 있는 노을을 잠시 바라본 후 방 안에 들어갔다.

전기마저 들어오지 않는 곳이라 청소하며 찾아놓은 호롱에 불을 붙였다. 다행히 부엌에 있던 석유통에 바닥이 보이기는 했지만 약간의 석유가 남아 있었기에 어둡지 않은 밤을 맞을 수 있었다.

“조금은 으슬으슬 하네. 아궁이에 불을 좀 때야겠다.”

산속이라 그런지 어둠이 찾아오고 나자 주위가 싸늘해졌다. 이불도 없어 긴긴밤을 견디기 힘들 것 같았다. 초여름이라 날이 그리 춥지 않아 아궁이에 불을 때지 않고 그냥 잘 생각이었지만 차가워진 기온을 생각해 보면 아무래도 장작을 찾아 불을 때야 할 것 같았다.

"혹시 광에 장작이 있으려나?"

호롱불을 챙겨 들고 청소가 끝나지 않아 을씨년스러운 광으로 향했다. 먼지가 많이 끼어 있기는 했지만 광문을 여는 것은 그리 어렵지 않았다. 문고리에 머리가 반쯤 닳은 수저가 꽂혀 있었기에 뽑아내고는 광으로 들어갔다.

"콜록!"

피어오르는 먼지로 인해 저절로 기침이 튀어나왔다.

"카악! 퉤! 내일 이곳도 청소를 좀 해야겠네. 잘못하면 먼지가 사람 잡겠다."

입 안으로 들어오는 먼지를 뱉어내고는 호롱불을 들어 광을 살폈다. 기둥 사이를 가로지를 거미줄 사이로 뭔가가 보였다.

"헉!! 젠장! 저건 또 뭐야!"

호롱불에 비친 모습으로 인해 기겁을 할 수밖에 없었다. 예상치 못한 것을 발견했기 때문이다. 내 눈에 비친 것은 광 안에 있을 만한 것이 아니었던 것이다.

호롱불을 들어 찬찬히 살핀 후, 놀람을 가라앉힐 수 있었다. 내가 본 것은 광의 회벽에 그려진 그림이었던 것이다.

"이런 게 여기에 그려져 있다니, 오래된 한옥이라 그런가?"

벽에 그려진 것은 오래전 수학여행을 갔을 때 설악산의 어느 절에 있던 사천왕상과 같은 모습의 그림이었다. 오랜 세월이 지난 탓에 많이 흐려진 모습이었지만 지옥의 악마들을 발로 밟고 서 있는 모습이 꽤나 사실적으로 그려져 있는 벽화였다.

"후후후, 이곳에 살았던 분들이 독실한 불교신자였나 보군? 그나저나 장작이 있어야 할 텐데…… 옳지! 저기 있구나!"

광 한쪽 구석에 우물 정(井) 자 형태로 쌓아 올린 장작이 보였다. 먼지 하나 쌓여 있지 않은 것이 이상했지만 그나마 장작을 발견할 수 있어 다행이었다.

"좀 기괴하네. 네 개씩 아홉 단이니까. 총 서른여섯 개인가? 으! 으슬으슬하네."

마치 제단을 쌓은 것 같은 모습에 기분이 미묘했지만 싸늘한 날씨가 나를 재촉했다. 쌓아놓은 양으로 보아 하룻밤은 견딜 수 있을 것 같기에 서둘러 장작을 날랐다.

"그리 크지 않은 것들이니 모두 다 때야겠다."

팔목 굵기보다 약간 작은 장작들이었기에 모두 태우고 아궁이 문을 닫아놔야 밤을 보낼 수 있을 것 같았다. 버스를 타고 오며 보았던 삼류잡지를 불쏘시개 삼아 불을 붙이고는 장작을 하나둘 아궁이 속으로 밀어 넣었다.

탁! 타탁!

광에 있는 동안 마를 대로 말랐는지 금방 옮겨 붙은 불은 장작을 살라 화려한 불꽃을 피워 올렸다.

"후후후, 잘 타는구나."

아궁이에서 흘러나오는 열기에 얼굴이 붉게 달아올랐다. 가지고 온 장작은 하나둘 아궁이 속으로 들어갔다. 장작을 모두 집어넣고는 공기가 조금만 들어가도록 아궁이 문을 약간 열어놓는 형태로 닫고는 방으로 돌아갔다.

전보다 따뜻해진 듯 훈기가 도는 방 안에 누웠다. 훈훈한 열기가 방구들을 타고 등에 전해졌다.

"으으으! 좋다. 이래서 구들장에 지진다고들 하는구나."

어르신들이 방구들에 등을 지지면 좋다고 하던 말이 떠올랐다. 따뜻해지는 열기가 등으로 전해오자 온몸의 근육이 풀리며 기분이 좋아진 것이다.

"아함! 이제 한숨 자야겠다. 내일도 피곤한 하루가 될 것 같으니……."

쏟아지는 졸음을 참지 못하고 눈을 감았다. 하루 종일 청소를 한 탓에 피곤했기 때문이다.

천애고아가 되어 어머니의 마지막 유산을 찾아 흉가나 다름없는 한옥을 찾은 한철이 잠이 들고 얼마 후, 방 안에서는 기괴한 형상이 벌어지기 시작했다.

방구들을 따라 열기와 함께 기괴한 문양이 떠올랐던 것이다. 점과 선이 이어지는 문양은 세상 사람들이 팔괘라 불리는 것과 거의 다르지 않았다.

붉은 기운을 흘리며 떠오른 문양들은 모두 81개였다. 주역의 64괘와는 그 의미부터 달라 보이는 문양들은 한철이 누워 있는 곳을 중심으로 원을 그리며 위치해 있었다.

그와 동시에 한철이 장작을 가져왔던 광에서도 기이한 일이 벌어지고 있었다. 회벽을 따라서 그려진 사천왕상에서 푸른 기운과 함께 빛이 흘러나오고 있었던 것이다.

점차 밝아지는 기운은 어느새 회벽을 빠져나와 빛무리를 이루었다. 유영하는 빛의 무리는 광으로 빠져나와 한철이 장작을 땠던 부엌으로 들어가 이내 아궁이 속으로 사라져 버렸다.

방바닥에서 튀어나온 문양들에게서 흘러나온 붉은 빛에 자신의 몸을 휘감으며 서서히 스며들고 있음에도 피곤함 때문인지 한철은 잠만 잘 뿐이었다.

알 수 없는 기운이 자신의 몸을 감싸기 시작한 이후 한철은 의식 깊숙한 곳으로 침잠해 들어가고 있었던 것이다.

*　　　*　　　*

"사령관 각하!"

"무슨 일인가?"

"믿을 수 없는 일이지만 지구에서 에테르에너지가 방출되고 있습니다."

"뭣이? 곧바로 가겠네."

전략함 네르키즈의 사령관인 포바인 중장은 사령실 함교에서 흘러나오는 빌름 소령의 말에 입고 있던 잠옷을 벗어버리고는 그의 군 경력을 말해주듯 훈장이 가득 달린 제복으로 갈아입었다. 각진 턱과 고집스러운 눈매를 보면 누가 뭐래도 전형적인 군인이라는 냄새가 물씬 풍기고 있었다.

"함교로!"

포바인 중장의 외침에 그의 몸에 푸른빛이 감싸이고는 이내 자신의 방에서 사라졌다. 전함 네르키즈의 메인 컴퓨터인 미네르바가 그를 함교로 워프시킨 것이다.

잠시 후, 포바인 중장의 신형이 함교에 나타났다. 대기하고 있던 병사들의 경례에도 불구하고 급한 듯 포바인 중장은 빌름 소령에게로 다가가 에너지스코프를 바라봤다. 그의 눈에도 강력한 에테르에너지가 에너지스코프에 포착된 것이 보였다.

"자세히 설명해 보게."

"지구 좌표로는 대한민국이라는 나라입니다. 위도 35도 20분 14초, 경도 127도 43분 52초로 지리산이라 불리는 산의 주봉인 천왕봉 인근에서 나타났습니다."

"어느 차원의 에테르에너지인 것 같은가?"

차원에너지의 일종인 에테르에너지가 나타났다는 것은 지

구차원에서 뭔가 변고가 발생했다는 것이기에 발생 차원이 어느 곳인지 물은 것이다.

"추가 분석을 해봐야겠습니다만, 지구 차원인 36차원의 에너지가 전부 합쳐진 것 같습니다."

차원에너지가 전부 합쳐졌다는 것은 불가능한 일이기에 포바인 중장은 반드시 원인을 알아야 내야만 했다.

"으… 음. 지금부터 일어나는 모는 것을 기록으로 남긴다. 함의 유지를 제외하고 네르키즈의 전동력을 중앙 컴퓨터인 미네르바로 돌린 후 분석을 시작하라."

잠시 생각에 잠겨 있던 포바인 중장은 결정을 내린 듯 기록을 지시했다.

"하지만 함장님!"

포바인 중장의 명령에 빌름 소령이 이의를 제기했다. 심각한 위험에 노출될 수도 있었기 때문이다.

"아네, 에너지배리어가 걷히면 지구에 우리의 위치가 노출될 수도 있겠지만 이번 일은 무척 중요하네. 그리고 현재 지구의 기술로 우리를 발견하는 것도 그렇고, 위치를 찾아내는 데에는 시간이 걸릴 테니 명령대로 하게."

"알겠습니다."

포바인 함장의 의도를 짐작한 듯 빌름 소령은 명령을 따랐다.

전함 네르키즈가 위치한 곳은 지구에서 말하는 화성 근방이었다. 소행성인 에로스의 심층부에 선체가 파고들어 있었지만 전부는 아니었기에 에너지배리어로 만든 위장막으로 감싸고 있는 중이었다. 아직 보호 체계가 완벽하게 복구가 되지 않아 임시로 취한 조치였다.

위장막으로 치고 있는 에너지배리어가 걷히면 지구인들에게 들킬 가능성이 매우 높았다. 요사이 지구에서 발사된 탐사위성이 화성 주위를 맴돌고 있어 무척이나 위험했던 것이다.

하지만 포바인 중장이 보기에 지구에서 화성 주위를 돌고 있는 탐사위성을 이용해 네르키즈를 탐색하자면 기술력으로 볼 때 많은 시간이 걸릴 것이 분명해 보였다.

지금 지구에서 일어나고 있는 현상을 관측한 후 다시 모습을 감춘다면 그리 큰 문제는 없을 것이기에 빌름 소령은 네르키지의 중앙 컴퓨터인 미네르바를 가동시켰던 것이다.

미네르바가 가동되자 한철이 잠을 자고 있는 한옥에서 벌어지는 상황이 네르키즈의 함교에 있는 스크린에 실시간으로 나타났다.

"굉장한 양입니다. 이곳 은하에서 발생한 에너지 파동 중 가장 강력한 에너지인 것 같습니다."

스크린에 나타난 각종 지표들을 보며 빌름 소령이 탄성을 터뜨리며 놀라워했다.

"지구 차원에 대해 밝혀진 것은 어디까지인가?"

“지금까지 자세한 정보가 밝혀진 것은 26차원까지입니다. 나머지 10개의 차원은 네르키즈의 중앙 컴퓨터인 미네르바로는 밝혀낼 수 없기에 모든 자료는 화성에 만들어지고 있는 골든나이트에 전송하고 있는 중이었습니다.”

“으… 음, 그렇다면 저곳에서 일어나는 에너지의 정확한 형태를 알아내는 것은 거의 불가능한 일이로군.”

“그렇기는 하지만 골든나이트가 완성된다면 충분히 밝혀내리라 생각됩니다.”

빌름 소령의 말에 포바인 중장은 잠시 생각에 잠겼다.

“빌름 소령!”

“예, 각하!”

“미네르바와 저곳에서 발생하는 에너지를 연계할 가능성은 없는가?”

거의 바닥 수준인 네르키즈의 에너지 저장 상태를 볼 때 한 가닥 가능성이라도 있다면 시도해 볼 수 있는 일이기에 심각한 어조로 포바인 중장이 물은 것이다.

“가능은 합니다만 저 에너지와 연계한다면 네르키즈가 폭발할 가능성이 매우 높습니다. 아시다시피 미네르바의 주동력원인 넵코가 거의 바닥인 상태라 저 에너지를 끌어올리다가는 미네르바가 감당하기 어려운 사태가 발생할 수도 있습니다.”

빌름 소령은 시간 차원에서 좌초한 이후 계속해서 동력을 긁아먹고 있었던 탓에 넵코가 거의 바닥임을 상기시켰다.

풀로 차 있다면 모를까, 이 상태에서 에테르에너지를 주동력원으로 전환하면 폭발할 가능성이 많다는 것을 포바인 중장도 알고 있었다.

하지만 이런 기회가 다시 올 수 없을지도 모르기에 결단을 내려야 했다.

"우리가 이곳에 표류한 후 지난 시간이 지구 시간으로 거의 100년을 넘었네. 우리가 가지고 있는 물건들이 보내지지 않는다면 연합은 제국놈들에 의해 멸망당하는 것은 시간문제라고 보네. 자네 생각은 어떤가?"

"으… 음."

빌름 소령도 알고 있는 사실이다. 포바인 중장의 말대로 자신들이 찾은 물건이 보내지지 않는다면 조국인 겐트리온 연합이 알카트라 제국에 멸망당하는 것은 불을 보듯 뻔했던 것이다.

전쟁의 향방을 반전시키기 위해 머나먼 이곳 우주까지 온 것도 전설의 무기를 찾기 위해서였다.

천신만고 끝에 전설의 무기인 젠가이드를 발견했지만 지금은 돌아갈 길이 막막한 상태였다. 6개의 시간 차원과 5개의 공간 차원을 가로지르는 일은 알카트라 제국의 공격을 받아 에너지의 대부분을 상실한 네르키즈의 상태로는 절대로 불가능한 일이었기 때문이다.

“알겠습니다. 함장님의 말씀대로 미네르바와 지구에서 발생하고 있는 에테르에너지를 연동시키겠습니다. 하지만 폭발 가능성에 대비해 지구에서 에테르에너지를 발생시키는 인간에게 미네르바의 임무를 각인시키도록 하겠습니다.”

“알겠네. 이곳 태양계에서 화성이라 불리는 저 위성에 골든나이트가 있는 이상 우리가 실패한다고 해도 물건을 연합까지 운송할 수 있을 테니 그리하도록 하게.”

태양계에 좌초한 이후 네르키즈는 놀고만 있지 않았다. 화성에서 발견한 고대 문명의 잔해에서 발견한 사이코 매트릭스를 이용해 연합이 가지고 있는 최고의 컴퓨터인 골든나이트의 분신을 만들어낸 것이다.

그동안 차원을 거스르며 모아놓은 정보는 물론, 젠가이드를 발견한 태양계가 속한 차원 정보 또한 고스란히 골든나이트에 담겨 있었다.

향후 미네르바가 수행해야 할 임무 또한 프로그래밍해 놓은 상태이기에 에테르에너지를 발생시키는 인간에게 미네르바의 임무를 각인시켜 놓는다면 자신들이 실패하더라도 젠가이드를 연합에 호송할 수 있다고 생각한 포바인 중장은 명령을 내렸던 것이다.

“앞으로 1분 후, 미네르바를 개방하고 넵코와 에테르에너지의 사이클을 동기화시킬 것이다. 함선의 모든 승무원들은 충격에 대비해 비상 모드로 들어간다."

빌름 소령은 함선 내에 있는 승무원들에게 명령을 하달했다. 그의 명령과 동시에 푸른빛이 맴돌던 함교 내는 어느새 비상 사태를 알리는 붉은빛이 감돌고, 네르키즈에 승선해 있던 모든 승무원들은 긴급 체제로 돌입했다.

"카운트 다운! 5, 4, 3, 2, 1! 접속!"

카운트다운이 시작되고 전함 네르키즈의 중앙 컴퓨터인 미네르바는 자신의 주동력원인 넵코와 지구의 한철에게서 발생하고 있는 에테르에너지의 사이클을 맞추기 시작했다.

포바인 중장을 비롯한 모든 승무원들이 긴장된 안색으로 그 과정을 지켜봤다. 다행스럽게도 폭발은 일어나지 않았다. 얼마 후, 사이클이 완전히 일치하기 시작한 것이다.

양측의 에너지가 같은 사이클을 진행하는 동기화가 끝나자 네르키즈의 초자아 컴퓨터인 미네르바는 에테르에너지를 자신의 넵코에 차곡차곡 쌓아갔다.

"함장님, 에테르에너지가 급격히 쌓이고 있습니다. 이 상태로 진행된다면 약 1시간 후에 미네르바를 완전히 가동시킬 수 있는 에너지를 얻을 수 있습니다."

"하하하, 성공이로군."

믿을 수 없다는 듯한 표정을 지으며 빠른 목소리로 전하는 빌름 소령의 보고에 포바인 중장은 흡족한 웃음을 터뜨렸다. 자신의 도박이 성공한 때문이었다.

한편, 자신의 상태를 머나먼 우주에서 누군가가 지켜보고 있는 줄 모르고 의식 깊숙한 곳에 침잠해 들어갔던 한철은 묘한 기분을 느끼고 있었다.

＊　　　＊　　　＊

'이상하다.'

정체를 알 수 없지만 누군가가 내가 가지고 있는 것을 빼앗으려는 느낌에 의식을 차린 나는 주변에 펼쳐진 영상에 할 말을 잃을 수밖에 없었다. 꿈같기도 하고 생시 같기도 한 알 수 없는 현상이 내 주변에서 벌어지고 있었던 것이다.

"이건 도대체 뭐지?"

뿌연 공간이 내 주위를 맴돌고 있는 중이다. 이상한 것은 내가 안개처럼 보이는 공간을 헤집으면 주변이 밝아진다는 것이다. 혹시 꿈을 꾸고 있는 줄 몰라 뺨을 꼬집었다.

"아야!!"

고통이 치밀어 오르는 것을 봐서는 꿈이 아닌 것 같았다.

"도대체 여기는 뭐 하는 곳이야?"

난 정신없이 뿌연 공간을 헤치기 시작했다. 주변이 밝아지는 것이 기분이 좋기도 했지만 나에게 큰 도움이 될 것 같다는 예감이 들기도 했기 때문이다.

한참을 그렇게 안개 속을 돌아다니던 나는 나를 기분 나쁘게 했던 것을 찾을 수 있었다. 풍선에서 바람이 빠지듯 내 것처럼 보이는 기운이 어디론가 빠져나가고 있는 곳을 찾을 수 있었던 것이다.

"이씨! 또 내 것을 빼앗으려고 한단 말이지."

화가 치밀어 올랐다. 아버지와 어머니를 빼앗아가고 부모님으로부터 물려받은 내 재산을 사기꾼이 빼앗아갔다. 그리고 이제는 내가 가진 기운을 빼앗으려 하기에 화가 치밀어 올랐다.

"돌아와!! 어서 돌아오란 말이다!"

소리를 질렀다. 악을 쓰고 소리를 질렀다. 그러자 빠져나가는 기운이 내 목소리에 반응을 한 듯 점차 돌아오기 시작했다.

"하하하하. 그래, 어서 돌아와라. 이제 더 이상은 빼앗기고 싶지 않단 말이다. 어서!!"

기쁨에 눈물이 흘렀다. 내가 가진 것을 내 스스로 지킬 수 있다는 생각에 눈물이 흘렀다.

"저것은 또 뭐지?"

하얀 기운이 다 돌아오고 이제는 붉은 기운이 돌아오기 시작했다. 약간 이질적인 느낌이 들지만 그것 또한 내 것임이 분명해 보였다.

"그래, 뭔지 모르지만 너희들도 돌아와라. 어서!"

내 말을 알아듣는 듯 돌아오는 기운이 무척이나 거셌다. 붉은 기운은 하얀색으로 가득한 주변을 어느새 자신의 기운으로 채우고 있었다.

완전한 내 것으로 보이는 하얀 기운과 다시 찾아온 붉은 기운이 점차 하나가 되어 갔다.

"이번에는 또 다른 거야? 넌 들어오지 마!"

붉은 기운에 이어 푸른 기운이 쏟아져 들어오고 있었다. 어쩐지 거부감이 들어 막으려 했지만 쏟아져 들어오는 푸른 기운은 막무가내였다.

하얗고 붉은 기운이 이상하게도 내 의지에 반해 푸른 기운을 끌어들이고 있었던 것이다. 물밀듯이 밀려온 세 기운은 점차 하나가 되고 있었다. 처음에는 거부감이 들어 막으려 했었지만 하나가 되어가면서 거부감이 많이 희석되었기에 그냥 그대로 놔두었다.

*　　　*　　　*

"함장님, 큰일 났습니다!"

"으음, 보고 있네."

빌름 소령의 말이 아니더라도 포바인 중장도 스크린을 보고 있었다. 동기화시킨 후 차곡차곡 넵코에 쌓고 있던 에테르 에너지가 어느새 다 빠져나가고, 이제는 미네르바의 에너지원인 넵코도 빠져나가고 있는 중이었던 것이다.

"다행히 폭발은 일어나지 않고 있지만 이대로 간다면 네르키즈는 제 기능을 잃고 말 겁니다. 결단을 내려주십시오."

"전 승무원은 가사 상태에서 골든나이트로 이동한다. 미네르바의 프로그램이 각인된 이상 머지않아……."

"가, 각하! 늦었습니다!"

급하게 명령을 내리려 했지만 포바인 중장의 말이 끝나기도 전에 빌름 소령의 허탈한 음성이 들려왔다. 상황을 알려주던 스크린도 꺼지고 함선의 각종 계기들도 모두 나갔는지 이내 어둠이 찾아왔던 것이다. 잠깐 여유가 있을 것이라고 생각했는데 어느새 미네르바를 유지하는 동력원이 모두 사라진 것이다.

모든 것이 순식간이었다. 허탈한 마음에 함교를 둘러보았지만 동력이 들어온 곳은 하나도 없었다.

미네르바가 모든 기능을 상실한 이상, 이제 네르키즈에 타고 있는 사람들에게는 죽음밖에 남은 것이 없었다. 생존에 필수적인 생명 유지 장치도 어느새 꺼져 있었던 것이다.

털썩!!

포바인 중장이 힘없이 자리에 주저앉았다. 최후의 순간 골든나이트에 마련된 비상 캡슐로 이동하면 될 것이라는 그의 판단이 틀렸기 때문이었다.

"우리가 생존할 수 있는 시간은?"

포바인 중장의 힘없는 목소리가 넋이 나가 있는 빌름 소령의 의식을 일깨웠다.

"함선에 남아 있는 공기의 양으로 볼 때 버틸 수 있는 시간은 지구 시간으로 사흘을 넘기기 힘들 겁니다, 각하!"

잠시 머릿속으로 계산을 해본 빌름 소령이 대답을 했다.

"골든나이트와 교신할 방법은?"

"미네르바가 완전히 꺼진 이상 전무합니다."

"비상 컴퓨터와 비상정은?"

"넵코에 있던 에너지는 물론 함선에 남아 있는 에너지까지 완전히 고갈되어 그것도 가동이 불가능한 상태입니다."

"후우! 정말 끝이로군."

절망적인 대답만 하는 빌름 소령을 보면 포바인 중장은 자신들의 처지를 확실히 알 수 있었다.

"아직은 실망할 때가 아니라고 봅니다. 무슨 방법이 있는지 최선을 다해 보겠습니다, 각하!"

희망을 잃지 않는 수하를 보며 다시금 기운을 낸 포바인 중장은 명령을 내렸다. 아직은 실망을 할 때가 아닌 것이다.

"그래, 아직 사흘이라는 시간이 남았으니 방법을 찾아봐야겠지. 선원들에게는 이 사실을 상세히 알리고 아이디어를 내어놓으라고 하게. 나 또한 생각을 할 터이니."

"알겠습니다, 각하!"

연락 체계가 마비된 탓에 함교를 빠져나가는 빌름 소령과 장교들을 보다가 포바인 중장은 문득 지구가 있는 방향을 바라보았다. 미네르바의 넵코 에너지를 빼앗아간 존재에 대한 의구심이 인 것이다.

"아직까지 밝혀지지 않은 차원의 힘이 작용했다는 것인가? 그나저나 무슨 방법을 찾아야 할 텐데……."

어둠에 쌓인 함교 안에서 포바인 중장의 시름만 깊어가기 시작했다.

*   *   *

"으아아아! 잘 잤다."

개운한 느낌에 기지개를 켜고 자리에서 일어났다. 지금까지 일어났던 현상은 꿈이 분명했다.

"새로운 잠자리라서 그런 건가? 별 이상한 꿈도 다 꾸는구나. 일단은 아침밥부터 해서 먹고 읍내에 나가보자. 이곳에서 살아갈 동안 필요한 것들을 장만해 와야 하니."

이불도 그렇고, 필요한 것이 많았다. 어머니가 남겨주신 한옥에는 세간 같은 것이 하나도 없었던 것이다.

혹시나 해서 준비해 온 버너와 코펠을 이용해 일회용 즉석밥을 데우고, 포장된 김치와 참치 캔을 하나 따서 대충 아침 식사를 했다.

비록 소소한 반찬이었지만 맑은 공기와 함께 먹는 아침밥은 정말 꿀맛이었다. 밥을 다 먹고 우물가에 가서 대충 설거지를 마친 후 집을 나섰다.

산길을 따라 내려가는 길은 녹음이 우거져 기분을 상쾌하게 했다. 발걸음도 가벼워 뛰듯이 내려왔음에도 별로 지치지도 않았다.

"이야! 시골이 좋기는 좋구나. 이렇게 상쾌하다니."

마을이 있는 곳까지의 거리가 2시간가량이었지만 피곤함을 못 느끼고 내려올 수 있었다. 마을로 내려온 후에는 운이 좋은 것인지 버스종점까지는 경운기를 얻어 타고 갈 수 있었다.

산 밑에 새로 이사 왔다고 하니 조금 놀라는 표정을 짓던 50대 농부가 버스종점까지 간다고 하자 태워주었던 것이다.

경운기를 타고 가면서 내가 새로 이사를 온 집에 대해 얼마간 알 수 있었다. 유평리라고 하는 마을의 이장을 하고 있다는 농부 아저씨는 내가 살고 있는 곳에 대한 사정을 잘 알고 있는지 친절히 설명을 해주신 것이다.

몇 해 전 서울 사람이 샀다고 하는데 돌아가시기 얼마 전 귀농을 하려는 생각을 가지고 있던 아버지가 어머니 이름으로 사놓은 것이 분명했다.

원래는 무당이 거주한 곳으로 영험하다는 지리산의 기운을 받기 위한 수련 장소로 쓰였다고 한다. 몇 년 전부터 아무도 돌보는 사람이 없어 이제는 마을 사람들에게 흉가로 인식

된 곳이라는 이야기였다.

이장 아저씨에게 이런저런 이야기를 듣다가 어느새 버스 종점이 있는 곳에 다 온 것을 알 수 있었다.

"태워주셔서 고맙습니다."

"젊은 사람이 고생이 되겠지만 밭도 꽤 넓은 편이니 특용 작물을 심는다면 꽤 괜찮을 거네. 도움이 필요하면 나에게 말하고."

정착할 것이라는 이야기 때문인지, 아니면 이장 아저씨 정도의 연배가 마을에서도 젊은 축에 드는 지라 자신보다 나이 어린 사람이 마을의 구성원으로 들어온다는 이유 때문인지는 모르겠지만 사람 좋은 미소를 흘리며 나에게 말했다.

"제가 모르는 것이 많으니 그럼 부탁을 드리겠습니다."

"그러게, 나도 최대한 힘이 닿는 대로 도와줄 테니. 이런, 저기 버스가 오는구먼. 날이 일찍 어두워지니 읍내에 갔다가 빨리 돌아오게."

"알겠습니다."

버스가 오는 것이 내 눈에도 보였기에 나는 발걸음을 빨리해 버스가 있는 쪽으로 향했다. 이장 아저씨만 본 것이지만 어쩐지 이곳에서의 삶이 재미있을 것 같은 생각이 들었다.

버스에 올라탄 나는 이곳에서 살기 위해 준비할 것을 떠올렸다. 가재도구와 긴 밤을 무료하게 보내지 않을 정도의 책을 사면 될 것이라는 생각이 들었다. 서울에서 내려오면서 공부할 책들을 다 가져왔지만 공부만 하며 살 수 없기에 소설책이라도 살 생각이다.

'그렇지만 불이 너무 침침해서…….'

아침에 일어나자 코 밑에 까맣게 검댕이 앉은 것을 모르고 세수를 하다가 세숫물이 까맣게 된 것이 생각났다. 호롱불 때문이었다. 불이 그리 밝지 않기에 책을 읽는 것에 곤란을 겪을 것 같았다.

'자가 발전기 같은 것은 비싸겠지…….'

공사판을 돌아다니며 번 돈이 모두 천만 원 가까이 되지만 자가 발전기를 산다는 것은 힘들 것 같았다. 돈도 돈이지만 발전기를 돌리기 위해서는 기름을 사야 하는데 기름을 나르는 일도 만만치 않아 보였던 것이다.

'호롱불이면 어떠랴. 자연을 벗 삼아 사는 것도 괜찮겠지. 옛날 누군가는 반딧불을 벗 삼아 공부한 이도 있다고 하던데. 후후후.'

생각이 많아지는 것이 싫었다. 당분간은 그냥 되는 대로 살기로 했다. 이런저런 상념에 떠돌다가 어느새 읍내에 다 왔음을 알 수 있었다.

버스에서 내린 후, 정류장에 있는 만물잡화점에 들어갔다. 식료품은 물론 세간들을 파는 가게였다. 안으로 들어가 이것저것 필요한 것을 산 나는 짐을 맡겨놓고는 건너편 이불 가게

로 갔다. 겨울용 이불은 초여름이라 여름이 끝나갈 무렵 장만
하기로 하고 얇은 홑이불 두 채를 샀다.

그렇게 이곳저곳을 돌아다니면 살림을 장만한 나는 전파
사 앞을 지나치다 문득 자리에서 멈추어 섰다.

"라디오나 하나 장만할까?"

세상과는 담을 쌓고 지내겠지만 외로울 때 나를 달래주었
던 음악 프로그램이 생각나 전파사 안으로 들어가 4만 원을
주고 라디오 하나를 장만했다.

어느 정도 살림을 장만한 나는 점심시간이 많이 지났기에
근처 분식점에 들러 라면 하나를 시켜 밥을 말아 먹었다.

'근처에 고등학교가 있는 모양이구나.'

식사를 얼추 끝내자 사람들이 몰려들어 왔다. 고등학생으
로 보이는 아이들이 삼삼오오 몰려들어 와 분식을 시키기 시
작한 것이다.

고등학교를 중퇴한 나로서는 학생들의 모습이 낯설었다.
허겁지겁 국물에 말은 밥을 넘기고는 분식집을 빠져나와 만
물잡화점으로 향했다.

"애고! 이걸 내가 언제 다 샀냐?"

만물잡화점에서 내가 산 물건들을 찾은 나는 물건의 양이
상당히 되었기에 고심이 됐다. 양손으로 들고 가기에는 양이
너무 많았던 것이다.

"저기 대장간에서 무쇠 솥도 사야 하는데……."

이불 가게에서 그리 멀지 않은 곳에 대장간이 있었다. 보기 드물게 읍내에 대장간이 있어 맨 마지막에 아궁이에 걸어놓을 무쇠 솥을 사려고 했지만 지금 산 짐도 많아 도저히 엄두가 나지 않았다.

"할 수 없지. 내일 또 오는 수밖에."

일단은 짐을 챙겼다. 만물잡화점에서 끈을 사서 짐들을 되는 대로 묶었다. 등짐 형태로 등에 지기 편하게 묶어놓자 내 상체 전부를 가릴 수 있을 만큼 커다란 뭉치가 되어버렸다.

"버스에는 태워주려나? 할 수 없지. 걸어갈 수는 없으니 졸라봐야지."

상당한 양이었기에 버스에 태워주지 않을까 봐 조바심이 났다. 하지만 이미 무대포 정신으로 무장하고 살기로 한 몸이라 기사 아저씨에게 사정을 해볼 참이었다.

얼마 지나지 않아 버스가 왔다. 막차였다. 하루 네 번 왕복하는 버스라 버스를 놓치면 걸어가야 하기에 재빨리 짐을 지고는 올라타려 했다.

"청년!"

버스 기사가 부르는 소리에 타지 못하게 할까 봐 억지로 올라타려 했지만 등짐의 크기 때문에 들어갈 수가 없었다.

"쯔쯔쯔! 다 큰 사람이 미련하기는! 앞문으로는 힘드니 뒤로 올라타!"

“고맙습니다.”

부른 이유가 뒷문으로 타게 하기 위한 것임을 안 나는 무안했지만 태워주는 것이 고마워 뒷문을 통해 버스에 탔다.

‘다행히 승객이 별로 없구나.’

시골이라 그런지 버스에 탄 사람들이 없어 다른 승객들에게는 불편함은 주지는 않을 것 같았다. 대부분이 비어 있었기에 뒤로 가서 짐을 내려놓고는 빈자리에 앉았다.

“저어…….”

누군가 부르는 소리에 고개를 들어보니 귀여운 단발머리를 한 여학생 하나가 무엇인가를 내밀고 있었다. 마지막에 산 라디오였다. 다른 짐과 함께 묶을 수가 없어 들고 타려고 했었는데 버스에 올라타려고 하다가 그만 잊어버린 것을 여학생이 들고 탄 모양이었다.

“까맣게 잊어버렸었네. 고마워!”

“아니에요.”

여학생은 수줍은 듯 고개를 숙이더니 내가 앉은 옆 자리에 다른 창가에 가서 앉았다.

“처음 보는 분 같은데 어디 사세요?”

“유평리로 이사를 왔는데…….”

쑥스러운 탓에 말끝을 흐렸는데 여학생은 웃음을 지으며 반가운 표정이다.

“유평리요? 내가 사는 곳인데 어디로 이사 오신 거예요?”

나에게 말을 건 여학생도 유평리에 사는 모양이었다. 조금 떨어져 있기는 하지만 한 동리에 산다는 것이 반가웠다.

"그 마을에 사는구나. 난 유평리에서 2시간 정도 들어간 곳에 살아. 이장 아저씨가 내가 사는 집이 백무요(栢巫嶢)라고 불린다고 하시던데."

"호호호, 아빠를 만나셨나 봐요. 하지만 백무요에 산다니 믿어지지 않네요. 거긴 흉가라고 소문이 난 곳인데……."

"이장님 딸?"

50대 후반이나 60대 초반으로 보이던 이장님께 이런 어린 딸이 있다는 것이 놀라기에 의문이 들었다.

"네, 아버지가 이곳에 정착하시고 낳으셔서 좀 나이 차이가 나지요. 두 양반이 주책이 없으셔서… 늦둥이를 보고 싶으셨다네요. 호호호호!"

"그랬구나. 이름이 뭐니?"

상당히 밝은 웃음을 보여주는 여학생의 모습에 기분이 좋아진 나는 이름이 알고 싶었다.

"숙녀 이름을 알고 싶다는 것이 실레이기는 하지만 알려드릴게요. 제 이름은 미연, 강미연이라고 해요. 나이는 열일곱 살이고요."

"이름이 예쁘네. 난 유한철! 나이는 스무 살이다. 만나서 반갑다."

"저도 반가워요. 우리 동네에는 다들 나이가 많으신 분들

뿐이라, 이렇게 젊은 오빠가 이사 오니까 기분이 좋네요. 자, 악수!"

미연이라는 여학생이 밝게 미소 지으며 손을 내밀었다. 아무런 사심을 가지지 않고 나를 대해주는 것 같아 무척이나 기분이 좋았다.

'후후후, 젊은 오빠라… 참 밝은 애구나."

생글거리며 웃는 모습이 사람을 무척이나 편안하게 해주는 아이였다. 나도 저런 동생이 있었으면 하는 생각이 절로 났다.

"왜 그렇게 빤히 보세요?"

내가 말없이 지켜보는 것이 부끄러웠는지 미연이는 얼굴이 빨개진 채 물었다.

"쩝! 미안하다. 네가 너무 귀엽고, 예뻐서. 미연이 같은 동생이 있었으면 얼마나 좋을까 하고, 난 외동아들이거든."

내가 생각하기에도 쑥스러운 말이 흘러나왔다. 어머니를 제외하고는 여자와 이야기 한 번 제대로 나눠보지 못한 나로서도 미연이에게 예쁘다고 한 것은 뜻밖의 말이었다.

"호호호, 보는 눈은 있으시네요. 바람둥이 같지만 젊은 오빠니까 눈감아 드릴게요."

"나 바람둥이 아닌데……."

"호호호, 알았어요. 농담이에요."

밝게 웃는 미연의 모습을 보며 이곳에 와서 정착하기를 잘

했다는 생각이 들었다. 그렇게 미연과 이야기를 나누다 앞으로는 오빠 동생하기로 했다. 미연이에게도 오빠들이 있지만 워낙 나이 차이가 많이 나는 터라 나 같은 오빠가 있었으면 했기에 자연스럽게 그렇게 됐다.

"이런, 벌써 다 왔네."

즐겁게 이야기를 나누다가 어느새 버스 종점에 다 왔다는 것을 알 수 있었다.

"짐부터 들어야겠다."

"라디오는 제가 들게요."

버스 비를 내고 짐을 등에 지려하자 미연이 라디오를 들었다. 뒷문을 통해 내려선 나는 경운기를 태워준 이장 아저씨를 볼 수 있었다.

"미연아! 어? 자네도 왔구먼. 그런데 그 짐은 다 뭔가? 자네 집까지 가려면 상당히 먼데 말이야."

이장 아저씨는 미연을 부르다 말고 나를 보더니 걱정스러운 듯 물었다. 아무런 짐도 가지지 않고도 2시간가량 가야 하는 길이라 짐을 가지고 가다가는 시간이 늦어 산에서 밤을 맞이할지도 몰랐기 때문인 것 같았다.

"괜찮습니다. 조금씩 쉬어가지요, 뭐!"

"경운기가 들어갈 수 있는 길이라면 태워주겠지만 그럴 수도 없고……."

"빨리 서두르면 해가 지기 전에 도착할 수 있을 겁니다. 그리고 제가 겁이 좀 없는 편이니 걱정하지 마십시오.”

“오빠, 여기!”

걱정하는 이장님을 안심시키고 집으로 가려 하자 미연이 라디오를 내밀었다.

“이런, 또 까먹을 뻔했네. 정신 머리하곤. 고마워, 미연아.”

“뭘! 그렇지만 서둘러야 할 거야, 오빠. 밤이 되면 길을 잃을 수도 있으니까 말이야.”

“알았다. 이래 봬도 깡다구 하나는 넘치니 걱정하지 마라. 이장님, 그럼 전 이만 가보겠습니다.”

이장님과 미연이의 말대로 서둘러야 할 것 같기에 인사를 하고는 곧장 집으로 향했다.

“아빠, 괜찮을까?”

멀리 사라지는 한철을 바라보며 미연이 걱정스러운 듯 아버지에게 물었다.

“젊은 사람이라 괜찮을 거다. 백무요에 살러 온 것을 보면 담력도 있는 것 같고. 혹시 모르니 내일 아침에 내가 한번 가보도록 하마.”

“제가 갈게요.”

강천우는 직접 가본다는 말에 묘한 눈으로 미연을 바라보았다.

“후후후. 녀석, 어지간히 마음에 든 모양이로구나.”

"어쩐 일인지 슬픈 눈을 가지고 있는 것 같아서요. 내일 학교도 쉬니까 운동도 할 겸 일찍 올라가 봐야겠어요."

"그렇게 하도록 해라."

강천우는 자신의 딸이 오랜만에 말상대를 만나 기뻐하는 것을 눈치 채고는 허락을 했다. 가문에서 내려오는 무예를 어려서부터 수련해 왔고, 산을 앞마당처럼 타는 딸이라 걱정이 되지 않는 까닭도 있었다.

"이곳에 정착을 하려고 온 것을 보니 사연이 있는 청년 같구나. 잘 도와주도록 하고."

"알았어요."

두 부녀와 헤어진 후 산을 타고 오르며 이제는 정말 내가 살 곳이라는 생각이 들었다. 덕분에 상당히 무거운 짐도 가볍게 느껴졌다.

집을 향해 산길을 타고 1시간가량 올라오자 무엇인가 이상한 느낌이 들었다. 상당히 먼 길이었고, 한 번도 쉬지 않았는데도 불구하고 지치지가 않았다는 것이었다.

막노동을 하면서 등짐을 지는 일을 하기는 했지만 이 정도까지 지치지 않는다는 것이 이상했던 것이다. 처음에는 맑은 공기와 기분 때문이라고 생각했지만 알다가도 모를 일이었다.

"점심에 라면에 밥을 말아 먹은 것밖에는 없는데 이상하

네. 어쩐지 기운이 세진 것 같기도 하고… 후후후, 뭐 별일이
야 있겠어. 기운이 세지면 좋은 거지 뭐."

　좋은 게 좋은 거라고 잊어버리고 산을 올랐다. 몸이 변한
것인지, 아니면 난데없는 체력이 생긴 것인지, 내려올 때와
마찬가지로 2시간 정도 만에 집에 도착할 수 있었다.

　아직 해가 남아 있었기에 가재도구를 정리하고 식사 준비
를 했다. 버너에 불을 붙이고, 쌀을 씻어 코펠에 담아 올려놓
았다. 해발이 높은 지역이었기에 코펠 뚜껑에 돌을 올려놓는
것을 잊지 않았다.

　구수한 밥 냄새가 나기 시작하자 불을 작게 하고 뜸을 들이
며 반찬을 준비했다. 장아찌를 비롯해 할머니들이 정류장 근
처에서 내놓고 팔던 몇 가지 밑반찬을 사왔기에 있는 대로 마
루에 내려놓았다.

　식사 준비가 끝났을 때는 이미 해가 졌기에 마루에 호롱불
을 켰다. 제법 운치있는 식탁이 준비되자 시장기가 몰려와 허
겁지겁 밥을 먹기 시작했다.

　"크… 으! 정말 오랜만이다."

　한동안 인스턴트 식품으로 끼니를 때우다 시골 인심이 듬
뿍 들어간 반찬에 따뜻한 밥을 먹게 되자 목이 메었다.

　"하하하, 앞으로 재미있는 생활이 될 것 같구나. 열심히 살
아야겠지."

쏟아지려는 눈물을 애써 참으며 억지로 웃었다. 나약해지려는 순간 밝은 웃음을 보여준 미연이 생각난 것이다.

서둘러 식사를 마치고 우물가로 가 설거지를 끝낸 후, 호롱불을 들고 안방으로 들어갔다. 심심할 때보려고 읍내에서 사 두었던 책을 꺼내 펼쳐 들고는 라디오를 꺼냈다.

"아차! 이런 멍텅구리! 건전지를 사오지 않았잖아!"

라디오를 사고 짐을 묶느라 건전지를 사는 것을 잊어버린 것이 생각이 났다.

"쩝! 이 시간이면 금희 누님이 방송할 시간인데……."

내가 제일 좋아하는 프로그램을 할 시간이었지만 참기로 했다. 내일 다시 읍내에 나가 건전지를 사지 않는 한 전기가 없는 이곳에서 라디오를 들을 수는 없기 때문이다.

"에휴! 전기가 없으니… 그렇지만 꼭 들었으면 싶은데 어디 뚝 떨어지는 건전지라도 없나? 할 수 없지. 책이나 보는 수밖에."

아쉬운 마음에 호롱불 앞에서 책을 펼쳤다.

치지지직!

"응?"

치지직거리는 소리는 분명 라디오에서 채널이 맞지 않아 들리는 소리와 같았다. 이상한 생각에 라디오를 쳐다보았지만 아무런 이상이 없었다.

"칫! 라디오를 듣고 싶으니까 별 헛소리가 다 들리는구나.

내가 금희 누님을 너무 좋아하나? 크크크!"

쓸데없는 생각이라고 머리를 흔들며 다시 책으로 시선을 돌렸다.

치지직!

다시금 들려오는 소리에 나는 반사적으로 라디오로 시선을 돌렸다. 파랗게 빛나는 LCD창이 보였다. 건전지도 없건만 라디오에 전원이 들어와 있었던 것이다.

'이… 이건! 설마! 흉가라고 하더니… 귀, 귀신이 있는 것은 아닌지 모르겠구나.'

겁이 덜컥 났다. 광에 있는 사천왕의 그림도 그렇고, 이장님의 말씀처럼 밤에 마을에서 집이 있는 곳을 보면 가끔 희미한 빛이 발해진다는 것을 보면 귀신이 살고 있을지도 모른다는 생각이 들었다.

치지지직!

"안녕하세요. 오늘은……."

채널이 맞았는지 반가운 목소리가 들렸다. 내가 제일 좋아하는 프로그램의 DJ 금희 누나의 목소리였다. 즐거운 마음에 목소리를 들으려 라디오에 바짝 다가섰다가 문득 이상한 생각이 들었다.

"가만! 이거 희한한 일일세. 건전지도 없는 라디오가 소리가 다 나오고."

라디오에서 소리가 나오기는 하지만 나는 라디오에 건전

지를 집어넣었던 기억이 나지를 않았던 것이다. 급히 라디오 뒷면에 있는 건전지 넣는 곳을 열어보았지만 건전지는 보이지 않았다. 소리는 계속 나오는데도 말이다.

아버지와 어머니가 초자연현상으로 돌아가신 후, 나는 초자연현상에 대해서 별 거부감이 없었다. 라디오가 스스로 켜지고 작동하는 것을 보며 오히려 약간의 호기심이 생겼다.

"하하하, 건전지를 살 필요도 없으니 돈이 들어갈 일도 없고. 잘됐지 뭐."

내가 좋아하는 금희 누나 목소리를 위안으로 삼았다. 조금 겁이 났지만 무서움을 웃음으로 애써 감추며 책을 펼쳐 들었다. 동양사상에 대해 언급해 놓은 책으로 서울에서 가져온 책이었다.

처음에는 무서운 기분이 들었지만 흘러나오는 금희 누나의 멘트와 감미로운 음악으로 인해 어느새 무서움을 잊고 책에 집중할 수가 있었다.

＊　　　　＊　　　　＊

"하… 함장님! 미네르바가 다시 가동되기 시작했습니다."

승무원들에게 비상 사태에 대한 대처 방법과 이번 위기를 타개할 아이디어를 내놓을 것을 설명하고 함교로 돌아온 빌름 소령은 다시금 동력이 돌아와 가동을 시작한 미네르바의 상태를 바라보며 떨리는 목소리로 보고했다.

"어떻게 된 상황인지 빨리 상황을 파악해 보게."

"알겠습니다."

포바인 중장의 명령에 빌름 소령은 계기판을 조작하며 상황을 살피기 시작했다.

"함장님, 이상합니다. 미네르바가 의도대로 통제가 되지 않고 있습니다."

"무슨 말인가? 통제가 되지 않다니?"

"알 수가 없습니다. 넵코에는 에너지가 풀로 차 있고, 모든 것이 정상입니다만 명령을 듣지 않습니다."

"에너지가 풀로 차 있다고? 모를 일이로군. 얼마 전까지 에너지가 부족해 제대로 된 작업을 할 수 없었는데 말이야. 그렇다면 어디 한번 풀 모드로 전환해 보게."

그동안 에너지를 절약하기 위해 수동으로 전환해 놓은 상태였기에 미네르바 스스로 움직일 수 있도록 포바인 중장이 명령을 내렸다.

"알겠습니다. 전함 네르키즈의 통제 권한을 미네르바에게 이양합니다. 함장님께서는 이 명령을 승낙하십니까?"

"승낙한다."

음성 인식으로 통제 권한 이양이 확인되자 빌름 소령은 함체의 모든 것을 자동으로 돌리기 시작했다. 포바인 함장의 음성 확인이 끝난 것이라 통제 권한의 이양은 순식간에 끝났다.

"전략함 네르키즈의 중앙 컴퓨터 미네르바는 지금부터 통제에 들어갑니다. 다섯, 넷, 셋, 둘, 하나!"

통제권이 넘어간다는 명령이 떨어지고 후속 조치가 끝나자 미네르바의 음성이 함교에 퍼졌다.

"이상하군."

포바인 중장의 눈살이 찌푸려졌다. 그리고 그를 비롯한 함교원들이 눈이 커졌다. 함교에 들리는 목소리는 평상시 미네르바가 흘리는 목소리와는 전혀 달랐던 것이다.

잠시 후, 통제권이 완전히 이양되고 황당한 일이 벌어졌다. 절대로 있을 수 없는 일이 일어났던 것이다.

"네르키즈함에 승선해 있는 여러분께 알립니다. 여러분은 본 전함에 탈 수 있는 자격을 상실했으니, 지금 곧 하선해 주시기 바랍니다."

미네르바는 상상할 수도 없는 목소리를 내기 시작했다. 승무원들에게 하선을 명령한 것이다.

"미네르바! 본인은 포바인 함장이다. 연합이 준 권한으로 본 함선의 최종 명령권자가 본인임을 주지시키는 바이다."

포바인 중장은 화가 났지만 애써 참아내고는 목소리에 힘을 주며 미네르바에게 자신이 통제권자임을 주지시켰다. 하지만 돌아온 것은 미네르바의 차가운 목소리였다.

"포바인 함장의 권한은 이 시간부로 철회되었음을 알려 드립니다. 본 함선에 승선해 있는 사람 중 저에 대한 통제 권한을 가지고 있는 분이 없다는 것을 다시 한 번 말씀드립니다. 또한 지금부터 1시간 안에 본 함선에서 내리지 않을 경우, 적으로 간주하고 말살 작업에 들어갈 것임을 알려 드리는 바입니다.”

“이… 이런!! 미네르바 본 함의 명령권자는 나다. 어서 말을 들으란 말이다!”

포바인 중장이 불같이 화를 냈지만 미네르바에게는 씨도 먹히지 않았다. 음성은 흘러나오지 않고, 그 대신에 스크린에 붉은 글씨가 나타나며 카운트다운이 시작된 것이다.

포바인 중장도 붉은 카운트다운이 무엇을 뜻하는지 잘 안다. 미네르바의 말대로 자신들이 함선에서 하선하지 않을 경우 말살 프로그램이 가동된다는 경고였던 것이다.

“미네르바! 어디로 가라는 말이냐? 이대로 함선에서 내린다면 우리는 영영 우주의 미아가 될 것이다.”

말살을 위한 프로그램이 카운트다운을 시작하자 이제는 미네르바를 원상태로 되돌릴 수가 없다고 판단한 빌름 소령이 다급하게 물었다.

“마지막 통제권자에 대한 대기 명령이 아직 남아 있습니다. 그 명령은 통제 권한이 넘어가기 전 대기 상태인 관계로 실행할 수 있으니 그 명령을 실행하시기를 권고하는 바입니다.”

“으… 음.”

동력이 나가기 전 화성에 마련해 놓은 골든나이트에 가사 상태로 워프 명령을 내리려 했던 것이 생각났는지 포바인 중장이 신음을 흘렸다. 어쩐지 쫓겨나는 듯한 기분이 들었던 것이다.

'어찌 된 일인지는 모르지만 골든나이트까지는 넘어가지 않았을 것이다. 골든나이트를 구성하고 있는 사이코 매트릭스는 그리 간단한 것이 아니니까. 골든나이트가 완성되고 에너지가 다 차면 미네르바도 복구할 수 있을 테니 지금으로서는 그 방법밖에는 없겠구나.'

미네르바가 원인을 알 수 없는 이유로 리셋이 되었지만 화성에서 만들어지고 있는 골든나이트가 완성된다면 복구가 가능할 것이기에 포바인 중장은 미네르바가 권고한 대로 따르기로 했다.

"좋다. 권고한 방법을 쓰겠다."

"잘 생각하셨습니다. 그럼 지금부터 모든 승무원들은 한 사람도 빠짐없이 비상 셔틀이 있는 선착장으로 모여주시도록 조치하기 바랍니다."

"알겠다."

"함장님!"

미네르바의 제의해 포바인 함장이 승낙을 하자 빌름 소령이 제지하려 했다.

"그만! 모두 들었을 것이다. 우리는 지금 미네르바의 통제

권을 상실했다. 말살 프로그램이 가동되기 시작한 이상, 이 안에 계속 있다는 것은 자살 행위나 마찬가지다. 그런 허무한 죽음은 나도 사양이다. 그러니 함선 안에 있는 승무원들은 쓸데없는 행동을 자제하고 전원 선착장으로 모이기 바란다. 이상!"

"크으! 알겠습니다."

빌름 소령이 분한 듯 주먹을 움켜쥐며 신음을 흘렸다. 그렇지만 그 또한 포바인 함장이 말하는 뜻을 잘 알기에 명령에 따르지 않을 수 없었다.

젠트리온 연합의 운명을 다시 되돌리기 위해 떠나온 길이었기에 어이없는 개죽음은 그 또한 원하지 않았던 것이다.

잠시 후, 함선 전체에 빌름 소령의 음성을 타고 명령이 전달되었다. 포바인 중장 이하 113명의 승무원은 10분이 되지 않아 미네르바가 실시한 워프로 비상 구명정으로 쓰는 스페이스서틀이 있는 선착장에 모일 수 있었다.

함선에 마련된 스페이스서틀 안에는 전 승무원이 들어갈 수 있는 캡슐이 준비되어 있었다. 오랜 우주여행 기간 동안 견딜 수 있도록 만들어진 동면 캡슐이었다.

모두들 분한 마음을 안고 스페이스서틀 안에 올라타서는 배치된 캡슐로 다가갔다. 포바인 중장은 맨 마지막으로 수하들을 따라 서틀 안으로 들어선 후 뒤를 돌아 네르키즈의 선착장 내부를 바라봤다.

‘기다려라, 네르키즈. 미네르바의 통제권을 다시 찾아 돌아오겠다.’

포바인 함장은 자신의 함선인 네르키즈에게 다시 돌아올 것을 마음으로 약속하고는 동면 캡슐로 들어섰다.

지이잉!

포바인 중장 이하 모든 승무원들이 캡슐로 들어서자 동면이 시작되었다. 뿌연 연기 같은 것이 캡슐 안에 가득 차더니 안에 들어가 있는 모든 이가 동작을 멈추었다.

동면 작업이 끝나자 미네르바는 구명정을 화성을 향해 발사했다. 자신과 한 몸이나 마찬가지인 골든나이트를 향해서였다.

워프를 시켜도 되지만 네르키즈의 통제권자가 바뀐 이상 쓸데없는 에너지 낭비였기에 동면을 시킨 후 구명정을 통해 골든나이트가 있는 곳으로 보낸 것이다.

*　　　　*　　　　*

호롱불에 의지해 누워서 책을 읽다가 몸에서 뭔가 급속하게 빠져나가는 것을 느낀 난 자리에서 일어나 앉았다.

“이 느낌은 뭐지?”

알 수 없는 느낌이었다. 뭔가 알 수 없는 것이 내가 가진 것을 공유하는 것 같은 느낌이었다.

"혼자 있으니 심란해지는 모양인가 보군. 이럴 때는 명상이 제격이지."

사기로 재산을 잃기 전까지 비싼 돈을 주고 다녔던 단전호흡 도장에서 배운 대로 가부좌를 틀고는 명상에 빠져들었다. 불안한 마음을 씻는 데는 이만한 것이 없었기 때문이다.

"함장님! 함장님!"

라디오에서 이상한 말이 흘러나왔다. 마치 나를 부르는 듯한 느낌이 드는 목소리다.

'뭐지?'

잘못 들었을지는 모르지만 확인을 하기 위해 명상을 그만두고 라디오를 살폈다.

"내가 잘못 들었나?"

라디오도 그렇고, 아무리 봐도 나에게 말을 걸 만한 사람이 없었기에 다시 명상을 해보려 했다.

"함장님께 본 함선 네르키즈의 통제 권한이 승계되었음을 미네르바가 보고드립니다."

내 의문에 대답하듯 라디오에서 알 수 없는 소리가 흘러나왔다. 혹시나 라디오에서 연속극이 흘러나오고 있는지 의심이 들었다.

하지만 라디오에서 흘러나오는 목소리는 내가 좋아하는 금희 누나의 목소리였기에 의심이 들어 되물었다.

"지, 지금!! 내 목소리에 라디오가 대답을 한 거야?"

"그렇습니다. 정확히는 전략함 네르키즈의 중앙 컴퓨터인 저 미네르바가 지구의 수신기를 이용하시는 함장님께 보고를 드린 것입니다."

짝!

내 질문에 대답하듯 다시 들려오는 목소리에 꿈이 아닌 가뺨을 양손으로 두드려 보았다.

"꿈은 아닌데……. 전에 꾸었던 꿈과 비슷한 것인가?"

"꿈이 아닙니다. 본 함선은 이 시간부로 함장님께 귀속되었으며, 모든 통제 권한은 함장님께 있음을 다시 한 번 알려 드립니다."

등골이 오싹했다. 내가 생각하는 것도 알아듣는지 라디오에서 다시 설명이 흘러나왔다.

"이제 도대체 어떻게 된 일이지? 그리고 넌 또 누구냐? 자세히 설명을 좀 해봐."

겁이 났다. 하지만 라디오에서 흘러나오는 목소리가 예사 것이 아님을 인식한 나는 어찌 된 영문인지 물었다.

"함장님께서 지금 겪으시고 있는 일은 초자연현상이 아닙니다만 제가 함장님의 통제에 들어가게 된 것은 바로 초자연현상 때문입니다. 지구를 중심으로 한 36차원의 세계 중 제가 알고 있는 정보는 26차원까지입니다만 아무래도 나머지 10개 차원 중 하나의 관여가 있어 그렇게 된 것 같습니다."

도대체 무슨 말인지 알아들을 수가 없었다. 부모님의 죽음 때문에 초자연현상에 대해서는 그리 거부감이 없는 나지만 어찌 된 일인지 자세한 설명을 들어야 할 것 같았다. 또한 자신에 대한 통제 권한이 나에게 있다는 소리에 자신감을 얻었기에 나는 사정을 알아보기로 했다.

"초자연현상은 뭐고? 차원의 관여라는 것은 또 뭐지?"

"본 함선은 지구 좌표로 화성이라는 위성 근처에 위치해 있었습니다. 그리고 하루 전……."

라디오에서 금희 누나의 목소리로 지난밤 나에게 어떤 일이 벌어졌는지 설명이 이어졌다. 자신을 미네르바라고 지칭하는 컴퓨터의 설명이 이어질수록 내 몸에서 일어났다는 기이한 일이 무척이나 신기했다.

"그러니까 이곳에서 잠을 자던 나에게 에테르에너지인가가 방출됐고, 그것을 흡수하려다가 모든 것을 빼앗겼다는 거로군. 그리고 네르키즈라고 하는 우주함선의 초자아 컴퓨터인 미네르바 네가 다시 그것 때문에 리셋되었다는 이야기고? 내가 제대로 설명은 들은 거야?"

"비교적 정확하게 들으신 편입니다. 아직 제가 어떻게 리셋이 됐는지 모르겠지만 제 기능 중 모든 것이 함장님을 중심으로 맞추어져 있으며, 모든 에너지 또한 함장님의 통제하에 있음을 알려 드립니다."

'히야, 희한한 일이로군. 그러니까 만화에나 나올 법한 일이 나에게 일어났다는 것 아니야? 엄청난 꼬붕을 얻은 셈이로군. 어떻게 나에게 이런 일이 벌어질 수 있는 거지? 돌아가신 부모님이 도우신 건가?

엄청난 일이 내게 벌어진 것이라는 것을 알 수 있었다. 미네르바의 기능이 무엇인지는 모르지만 저 멀리 화성에 있는 것이 건전지도 없는 라디오를 켜고, 내게 연락을 해올 정도라면 엄청난 것을 얻은 것이기에 기분이 조금은 들떴다.

"함장님! 그런데 꼬붕이 뭡니까?"

잠시, 내게 벌어진 일에 대해 긴가민가하며 어리둥절하고 있는데 내 생각을 읽었는지 라디오에서 의문 섞인 목소리가 흘러나왔다.

"내 생각을 읽지 말았으면 좋겠다, 미네르바."

내 통제하에 놓인 초자아 컴퓨터라고는 하지만 남에게 생각을 읽힌다는 것이 그리 좋은 일이 아니었기에 기분이 나빠진 나는 미네르바라는 컴퓨터에게 명령을 내렸다.

"죄송합니다. 초기 상태라 함장님의 정확한 의지를 알아야겠다는 판단이 들어 그렇게 했습니다. 그럼 지금부터 함장님의 의지를 읽은 것을 전면 중단하겠습니다."

의지를 읽지 않겠다고는 했지만 스스로 판단해 내 의지를 읽었다는 소리에 무엇인가 찜찜했다. 다른 판단을 내린다면 또 읽을 수도 있을 것이기 때문이다. 그런 생각이 들자 미네르바라는 초자아 컴퓨터와는 더 이상 대화를 하고 싶은 마음이 없어졌다.

"좋아! 잠시 생각 좀 해봐야겠으니 교신을 중단했으면 좋 겠다. 그런데 너를 부르려면 어떻게 해야 되지?"

교신을 끊으면 다시 연결되지 않을까 봐 불안한 마음이 들 어 미네르바에게 연락 방법을 물었다.

"함장님께서는 의지를 가지시고 생각만으로 저에게 명령 을 내리시면 됩니다. 그렇게 하시면 저에게 곧바로 교신이 되 실 겁니다. 그리고 지금 통화하고 있는 교신기는 워낙 조잡한 물건이라 새로운 통신기를 사용하실 것을 권고드립니다."

"새로운 통신기?"

라디오를 이용하는 것이 미네르바로서도 불편한 모양이었 다.

"잠시만 기다리십시오."

의문 섞인 내 목소리에 라디오에서 흘러나오는 음성이 잠 시 끊기고 내 눈앞에 파란 빛이 흘러나오는 것이 보였다. 빛 이 꺼지고 난 후에 영화에서 보던 것처럼 무술을 하는 사람들 이 차는 것과 비슷한 손목 보호대 같은 것이 방바닥에 나타났 다.

"지금 워프시킨 것은 함장님께서 착용하실 것은 손목 보호 대의 형태를 취하고는 있지만, 사실은 초소형 컴퓨터라고 할 수 있습니다. 통신기를 겸한 것으로 인공지능 컴퓨터가 내장 되어 있어 저와 직접적으로 연결된 상태라 사용하시는데 매 우 유용할 겁니다."

"알았다. 생각을 정리한 다음에 연락을 하도록 하마."

어쩐지 미네르바가 핑계를 대서라도 나와 계속 통신을 하려고 하는 것 같아 중단하도록 했다.

"그럼 항시 스탠바이 상태로 명령을 기다리고 있겠습니다."

아쉬운 듯한 목소리가 잦아들고 라디오의 전원이 꺼졌다. 방바닥에 놓인 한 쌍의 손목 보호대만 아니라면 꿈이라고 생각이 들 정도로 황당한 일을 겪은 나는 앞으로 어떻게 해야 될지 생각에 잠겼다.

'그러니까 어제 벌어진 일이 결코 꿈만은 아니라는 이야긴데… 일단은 지금까지 일이 사실인지 확인을 해봐야겠다.'

광에 그려져 있던 사천왕의 그림이 이상했기에 한번 살펴보기로 했다. 자리에서 일어나며 미네르바가 내게 보내온 손목보호대 형태로 된 초소형 컴퓨터를 팔목에 찼다.

"어!!"

손목에서 빛이 일었다. 빛은 놀랍게도 손목에 찬 초소형 컴퓨터라는 손목 보호대에서 흘러나오고 있었다. 손목에서 빛이 사라지고 난 후에 차고 있던 손목 보호대가 사라져 버렸다. 눈에 보이지는 않았지만 손목에 차여져 있다는 것은 느낄 수 있었다.

"모습을 감춘 건가? 하긴, 손목에 계속 차고 있는 것을 사람들이 본다면 궁금해할 테니 이런 상태가 편하기는 하겠구나."

어떤 방법으로 모습이 보이지 않게 했는지는 모르겠지만 사람들의 관심이 별로인 나는 이러는 편이 나을 것 같았다.

그리고 지금부터는 어떤 일이 벌어질지 모르기에 이제는 내 꼬붕이 된 미네르바에게 손목에 낀 컴퓨터로 언제든지 도움을 청할 수도 있을 것이라는 생각에 약간은 기분이 나아졌다.

"그럼 어떻게 된 일인지 한번 가볼까?"

호롱불에 심지를 올리고 불을 붙여 들고는 광으로 향했다. 청소를 하지 않은 탓에 먼지가 날렸다. 청소를 해야 할 것 같다. 먼지에 시야가 가려진 탓에 호롱불을 가까이 대고는 벽을 살폈다.

"호롱불이 있기는 하지만 좀 어둡군. 한눈에 살펴보려면 좀 더 밝아야 할 텐데……"

쉬이익!

말이 떨어지기가 무섭게 차고 있는 손목 보호대에서 뭔가 빠져나오는 것이 느껴졌다. 새끼손가락의 손톱보다 작은 구슬 같은 것이 빠져나오더니 머리 위로 떠오른 것이다.

"저건 또 뭐야?"

허공에 뜬 구슬에서 환한 빛이 흘러나오기 시작하더니 상당히 밝은 빛이 흘러나와 광을 전부 비추었다.

"어!! 사천왕상은 도대체 어디로 사라진 거지?"

밝아진 광 안은 전과는 다른 풍경이었다. 회벽에 그려져 있

던 그림은 어디에도 없었던 것이다. 낡기는 했지만 거의 제
형태를 가진 그림이 닳아 없어질 리는 없었다. 어째서 벽에
남아 있는 사천왕상이 흔적도 없이 사라진 것인지 이상해서
가까이 다가가 살펴봤다.

"마치 글씨 같은데? 으… 음, 도대체 알 수가 없구나."

사천왕이 사라지고 남아 있는 것은 지렁이가 기어가는 듯
한 기이한 문양뿐이었다. 아무리 봐도 자연적인 것이 아닌 것
같아 궁금증이 더했다.

"미네르바에게 한번 알아봐 달라고 할까? 신세지기는 싫으
니 일단은……."

─함장님, 해석을 시작할까요?

미네르바에게 도움을 청하기가 좀 그렇기에 나 혼자 문양
을 살피려 하자 뇌리에서 미네르바의 목소리가 들려왔다. 내
가 흘린 말을 명령으로 알아들은 모양이었다.

"잘됐네. 미네르바가 한번 해석을 해봐."

초자아 컴퓨터라고 했으니 벽에 남겨진 글자 같은 기이한
문양을 해석을 할 수도 있을 것 같아 부탁을 했다.

시간이 꽤 지나도 대답이 없었다. 내가 내린 명령대로 해석
을 시작한 것 같았지만 쉽게 대답이 들려오지 않았다.

'초자아 컴퓨터라더니 이거 엉터리 아니야?'

조금은 의심스러운 생각이 들 때 미네르바의 목소리가 들
려왔다.

─함장님! 제게 보관되어 있는 63만여 가지의 언어를 토대로 벽에 그려진 문양을 분석하려 했지만 기초 패턴이 그 어느 것 하고도 맞지가 않아 상당한 시일이 소요될 것 같습니다. 하지만 일정한 법칙이 존재하는 것을 볼 때 벽에 남겨진 문양은 문자가 틀림없습니다. 하지만 어느 정도 윤곽은 잡혔으니 적어도 3일이면 해석이 가능할 것 같습니다.

"3일?"

초자아 컴퓨터라고 하면 단숨에 해석할 줄 알았건만 3일이나 걸린다니 조금은 실망스러웠다. 하기야 아무것도 단서가 없는 마당에 그것을 해석할 수 있다는 것도 다행이지만 말이다.

─예, 하지만 골든나이트에 대한 사용이 필수적이니 함장님의 재가가 있어야 합니다.

"골든나이트?"

갑자기 들어보지 못한 이름이 나오니 의문이 들었다. 골든나이트가 무엇인지는 모르겠지만 초자아 컴퓨터라는 미네르바가 도움을 청할 정도면 꽤나 굉장한 것 같았기에 궁금증이 일었다. 내가 의문을 보이자 미네르바가 설명을 이어나갔다.

─화성에서 제작되고 있는 초자아 컴퓨터입니다. 저와는 달리 사이코 매트릭스를 이용한 것이라 이런 연산에 대해서는 저보다 훨씬 낮습니다. 참고로 말씀드리면 골든나이트를

사용하지 않을 시 제 능력은 조금 떨어지게 됩니다. 함장님께서 보고 계시는 것을 해석하기 위해서는 10일 이상 걸릴 것으로 보입니다.

사이코 매트릭스가 정확하게 무엇인지는 모르겠지만 미네르바하고는 구동 방식이 다른 것이 분명했다. 거기다 골든나이트를 사용하지 않는다면 시간이 몇 배로 걸리니 허락하지 않을 수 없었다. 마음이 쪼금 꺼림칙하기는 하지만 말이다.

"그렇다면 어쩔 수 없이 골든나이트를 사용해야겠군. 골든나이트의 사용을 허가한다."

―알겠습니다. 그럼 이 시간부터 골든나이트를 기동시키고 통제는 함장님의 권한으로 해놓겠습니다.

골든나이트를 이용하는 것이 무척이나 중요한 듯 미네르바의 음성에서 뭔가 안도하는 듯한 느낌이 들었다. 연산의 속도를 높이기 위해 그런가 보다 했다.

"알았다. 생각할 것이 많으니 그만 들어가라. 알아내는 대로 나에게 알려주도록 하고."

―알겠습니다, 함장님. 그럼 지금부터 교신을 끊고 대기 모드로 돌려놓고 있겠습니다.

교신이 끊긴 것을 확인하고 방으로 돌아왔다. 어떻게 이런 일이 일어났는지 3일 후에 밝혀질 것이기에 그동안은 조금 쉬면서 천천히 생각하기로 했다.

　나에게 닥친 판타지 소설 같은 상황이 정신을 어지럽게 했
지만 지금까지 만나온 불행한 상황보다는 나을 것이기에 난
편안한 마음으로 방에 누워 잘 수 있었다.

Chapter 2
새로운 삶

머리가 어지럽다. 편안한 마음으로 잠이 들었는데 자는 내
내 머리가 어지럽다. 나도 모르는 사이에 의식 속에 뭔가 벌
어지고 있는 것 같은 느낌이 들었다.

불안한 마음에 의식 깊숙한 곳에서 벌어지는 일을 알아보
려 했지만 철벽으로 가려진 철옹성처럼 의식의 깊은 곳은 속
내를 보여주지 않는다.

미네르바가 무엇을 하고 있는 것일까? 진정 믿을 수 있는
것일까? 판단을 내리기가 어렵다.

앞으로 어떻게 될지 갑자기 불안한 마음이 들었다. 이제는
보통 사람처럼 살 수가 없게 된 내 삶이 앞으로 어떤 흔적을

남기게 될지 불안하다.

누군가 부르는 소리가 들린다. 가슴이 짜한 것처럼 울린다. 이제는 일어나야 할 시간이다.

"한철 오빠!"

"아… 흠! 누구지?"

잠결에 누군가 나를 부르는 것 같아 잠에서 깨었다.

"아함! 잠이나 더 자야겠다. 이런 심심산골에 나를 찾을 사람이 누가 있다고……."

"한철 오빠!"

한숨 더 자려 다시 자리에 누우려 할 때 나를 부르는 목소리에 다시 몸을 일으켰다. 목소리를 들어보니 어제 버스에서 처음 만나 미연이가 틀림없었다.

"아직 해가 다 뜨지도 않았는데 미연이가 웬일이지?"

창문을 향해 희미하게 여명이 트는 것이 느껴졌다. 아무리 적게 잡아도 2시간 걸리는 거리를 걸어 올라와 나를 부르는 것을 보면 새벽부터 산을 타기 시작한 것이 틀림없기에 의아한 마음으로 방문을 열고 나갔다.

마당을 가로질러 대문을 여니 개량 한복 비슷한 것을 입고, 머리를 묶어 올린 미연이가 보였다. 이마에 송골송골 땀이 맺힌 것이 집까지 뛰어온 것이 분명했다.

"미연아, 어쩐 일이야?"

“휴우! 무사하구나.”

나를 보며 한숨을 쉬는 것이 안도하는 표정이 역력하다. 나를 염려한 것이 분명한데 어째서 인지 궁금하다.

“무사? 무슨 일이라도 있는 거야?”

“정말 아무 일도 없었어? 어젯밤에 이곳에서 이상한 빛이 올라와서 말이야. 밤새 걱정이 돼서 가만히 있을 수가 있어야지. 혹시나 큰일이라도 벌어진 게 아닐까 해서 올라와 봤어.”

미연이가 걱정을 꽤나 한 것 같았다. 생판 남인 나를 생각해 주는 것이 여간 고마운 게 아니다. 아마도 광에서 불빛이 새어나가서 그런 모양인데 내가 겪은 일을 사실대로 말해줄 수는 없었다. 사실대로 말해야 미친놈 소리밖에 들을 일이 없으니 말이다.

“아무 일도 없었는데 뭔가 잘못 본 모양이구나. 그런데 그 복장은 뭐냐?”

잘못 본 것으로 얼버무린 후 관심을 돌리기 위해 미연이가 입고 있는 옷으로 화제를 돌렸다.

“헤헤헤, 이거! 선무도(仙武道)를 익힐 때 입는 거야. 무술을 익힐 때 입는 도복 같은 거지.”

쑥스러운 듯 미연이는 머리를 긁적이며 선머슴처럼 대답을 했다. 웃는 모습이 무척이나 귀엽다.

“선무도?”

“아! 오빠는 모르겠구나. 우리 아버지가 선무도에 대가시

거든. 나도 아버지를 따라 어려서부터 배운 거야. 사실 오늘
은 운동 겸해서 오빠네 집에 들러볼 예정이었는데 밤에 이상
한 불빛을 봐서 서둘렀지 뭐야. 난 집에 불이 난 줄만 알았거
든.”

“그랬구나. 이런, 손님이 왔는데 문밖에다 세워두고. 어서
안으로 들어가자. 새벽부터 올라오느라 아침을 못 먹었을 테
니 오빠가 밥을 차려줄게.”

“정말!!”

미연이가 무척이나 기쁜 듯 눈빛을 반짝인다. 시커먼 총각
이 혼자 사는 집에 들어오라는데도 겁도 안 나나 보다.

“그래, 조금만 기다리면 될 거야. 나도 일찍 아침을 먹고
읍내에 무쇠 솥을 사러 가려고 했으니까.”

“무쇠 솥?”

“그래. 매일 코펠에 밥을 해먹을 수도 없고, 아궁이에 맞는
솥을 하나 사려고 읍내에 가려고 했거든.”

“잘됐다. 그럼 나랑 같이 가자. 어차피 오늘 운동은 틀린
것 같으니 오빠랑 읍내나 나가보게. 앞으로 여기 살 거면 읍
내도 잘 알아야 하니 내가 안내해 줄게.”

“고맙네. 이렇게 신경을 써줘서. 마루에 올라가 조금만 기
다려. 얼른 밥해 올 테니까.”

미연이를 마루에서 쉬게 하고는 부엌에 가서 식사 준비를
했다. 화력이 제법 강력한 버너라 밥은 금방 되었고, 반찬이

어제 사둔 것이 있었다.

오늘은 손님이 있는 터라 먹다 남은 김치와 참치 캔 하나를 이용해 찌개를 끓였다. 다년간 혼자 자취를 한 탓에 김치찌개 냄새가 제법 그럴싸하게 났다.

"우와! 냄새 좋다."

밥상을 마루로 들이자 미연이가 착 달라붙었다. 어느새 수저를 집어 든 것인지 양손으로 나눠 쥐고는 입맛을 다시며 상 위를 바라본다.

"하하하, 녀석. 집에서는 더 잘 먹을 텐데 뭘 그러냐?"

"엄마가 안 계셔서 집에서는 내가 밥을 하는걸. 그런데 내가 음식 솜씨가 별로라서 말이야. 헤헤!"

"그… 그러니? 식겠다. 어서 먹자."

어머니가 없는 줄은 몰랐기에 나는 서둘러 수저를 들며 밥을 먹기 시작했다.

"카! 으음! 이 맛이야! 오빠, 음식점 차려도 되겠다. 이거 죽이는데!"

찌개를 떠먹으며 감탄에 찬 목소리를 내는 미연이를 보니 왠지 웃음이 나왔다. 어머니가 안 계신데도 구김살이 없는 것을 보니 이장님이 정성을 쏟아 키우신 모양이다.

"죽이기는… 어서 밥이나 먹어."

"알았어, 오빠."

차려진 것은 얼마 없지만 나와 미연이는 맛있게 식사를 할 수 있었다. 미연이와 함께였기에 나는 오랜만에 따뜻하고 기분 좋은 아침 식사를 할 수 있었다.

식사를 하고 설거지를 마친 우리 둘은 서둘러 집을 내려왔다. 산길을 타고 내려오며 조잘대는 미연의 목소리가 마치 새소리처럼 들렸다. 어려서 엄마가 돌아가셨다는데도 이장 아저씨가 밝게 키운 것이 틀림없었다.

마을로 다 내려오자 미연이는 아버지의 화물차를 이용하자고 했다.

"오빠, 오늘은 버스 타지 말고 우리 아빠 차를 타고 가자. 오늘 낫을 손질하러 가신다고 했으니 같이 가면 될 거야."

"아저씨하고?"

"오빠, 무쇠 솥 산다며? 오빠가 사려는 무쇠 솥 그거 읍내에 있는 대장간에 걸려 있는 것 아냐?"

읍내에 갔을 때 대장간 앞에 놓여져 있던 무쇠 솥을 사려고 하는 것은 맞았다.

"맞기는 하다만……."

"호호호, 아빠도 청원대장간에서 낫을 손보시니까 데려다 달라고 하시면 들어주실 거야. 마침 우리 집에 화물차도 있으니 무쇠 솥을 여기까지 가져오려면 버스를 타는 것보다는 나을 테니까."

"그러냐? 그러면 신세를 좀 질까?"

미연의 말대로 아저씨가 도움을 준다면 좋을 것이기에 머리를 끄덕이며 의견을 따랐다.

"오빠, 여기서 조금만 기다려. 아빠한테 말하고 올 테니까."

미연이가 나를 기다리게 하고는 집으로 들어갔다. 전형적인 시골 농가처럼 생긴 미연의 집 마당에는 화물차 한 대가 놓여 있었다.

"이 녀석아! 천천히 좀 가자."

조금 있자 미연의 아버지인 이장님이 미연의 손에 이끌려 집 안에서 나왔다. 아침 식사를 하고 있는 중이었던 듯 이장님의 손에는 아직 밥풀이 묻어 있는 수저가 들려 있었다.

"어! 자넨가?"

"아빠, 한철이 오빠가 오늘 무쇠 솥을 사러 간데요. 집에 올라가 보니까 부엌이 꽤 크던데 대장간에 걸려 있는 제일 큰 무쇠 솥이 아니면 맞지 않을 것 같아요. 그러니 아빠가 차로 좀 실어다 줘요. 네!"

미연이는 아양을 떨며 이장 아저씨를 졸랐다. 아무리 봐도 오늘 낮을 손질하러 가시는 것이 아니었나 보다.

"알았다, 이 녀석아. 밥은 다 먹었으니 수저는 놓고 와야 할 것 아니냐."

이장님은 미연이의 모습에 웃음을 보이더니 수저를 흔들었다.

"미안해요, 아빠."

"알았다. 조금만 기다려라. 밥상 좀 치우고 올 테니."

"아니에요. 제가 치울 테니 아빠도 읍내 갈 준비나 하세요. 오늘 낫을 고치신다고 했잖아요."

"어? 내가 그랬나?"

역시나 내 생각이 맞았다. 아저씨의 모습을 보니 아마도 낫을 고칠 일을 없는 것이 분명해 보였다. 미연이가 그리했던 것은 아마도 나를 위해서 그런 것 같았다.

미연이는 집으로 들어가 설거지를 하고, 이장 아저씨는 광으로 들어가 몇 자루 낫을 챙겨 나왔다.

"미연이 녀석이 오랜만에 또래를 보니 기분이 좋은 모양이네. 정식으로 소개를 하지. 내 이름은 강천우라고 하네."

"정식으로 인사드립니다. 유한철이라고 합니다."

"미연이 녀석이 수련을 한답시고 쉬는 날이면 자네 집 근처에 자주 올라간 모양이네. 이제 집주인이 왔으니 자네에게 양해도 얻어야 할 테고. 잘 부탁하네."

'나에게 양해라니 무슨 말이지?'

양해라는 말이 무슨 뜻인지 몰라 궁금해하는 것을 알았는지 아저씨가 설명을 해주었다.

"하하하, 나도 그렇지만 우리 미연이가 자네 집 근처에서 수련을 한다네. 지금은 주말에만 수련을 하지만 방학이 시작되면 거의 매일일 테니 조금 요란할 것이네. 그래서 이렇게 미리 부탁을 하는 거라네."

집 앞 밭 근처에 다져진 흔적이 있더니 거기에서 수련을 했던 모양이다.

"하하하, 저야 좋지요. 조금 적적할지도 모르는데 말입니다."

"그렇다면 됐네. 자네가 내 부탁을 들어주었으니 앞으로 읍내에 갈 일이 있으면 내게 부탁을 하게. 나야 면사무소 일로 하루에 한 번은 읍내에 나가야 하니 부탁을 하면 들어주겠네."

"신경을 써주셔서 감사합니다."

이장님께서 선심을 쓰는 이유를 모르겠지만 좀 더 편안한 생활이 될 것 같아 감사하는 마음이 들었다.

이장님과 대화를 하다 보니 미연이가 설거지를 마치고 나왔고, 우리는 화물차를 타고 읍내로 나갔다. 청원대장간으로 곧장 직행한 후, 나는 대장간 앞에 놓여 있는 무쇠 솥을 샀고, 이장님은 고치지 않아도 될 낫들을 손보았다.

대장간은 몇 가지 자동화된 시설은 있었지만 거의 옛날 대장간의 틀을 벗지 않은 탓에 구경거리가 많았다. 특히 타오르는 불꽃에 들어갔다가 나오며 낫이 손질되는 것을 보고 묘한 감흥이 일었다. 날을 다시 세우느라 두드려지는 망치질이 운율을 타고 귀를 간지럽게 한 때문이다.

이현수라는 이름의 대장장이 아저씨는 오랜 세월 대장장

이 일을 해온 듯 망치질 하나하나에 묘한 기운을 품고 있었던
것이다. 전에는 전혀 느껴보지 못한 것이었다.

"저 청년이 자네 일에 관심이 많은가 보군."

상당히 친한 듯 이장님이 웃는 목소리로 현수 아저씨에게
말을 건넸다.

"저 청년이 백무요에 이사를 왔다는 청년인가?"

"어떻게 알았나?"

"벌써 읍내에 소문이 파다하다네. 어제 잡화점에서 물건을
산 거 때문에 소문이 퍼진 모양이네."

"잡화점 여편네가 원체 입이 싸니……."

망치질을 멈추지 않고 말을 하는 두 분의 대화를 들으며 어
제 잡화점에서 물건들을 사다가 아주머니가 지나가는 투로
묻는 말에 내가 사는 곳이 백무요라고 이야기해 준 것이 생각
이 났다.

그런데 소문이 좋지 않은 모양이라 묻지 않을 수 없었다.

"저기, 제가 백무요에 사는 것이 이상한 일인가요?"

"사람들 눈에는 이상하게 보일 법도 하지. 그곳은 흉가라
고 소문이 자자한 곳이거든. 간혹 이상한 불빛이 하늘로 치솟
기도 하고, 근처에서 유령이나 귀신을 봤다는 사람도 많고.
자네가 그곳에서 살기 시작했으니 읍내에 소문이 돌 수밖에.
원체 작은 곳이니 말이야."

"그렇군요."

'그래서 미연이가 아침 일찍부터 왔구나.'

미연이의 말처럼 불이 났을지도 몰라서 온 것이 아닌 것이 분명했다. 귀신이 나오는 집이라고 소문이 났을 텐데 나를 위해 무서움을 물리치고 새벽부터 달려온 미연이가 너무 고마웠다.

"그나저나 자네는 이곳에 정착할 것 같은데 무엇을 해서 먹고살려고 하나?"

현수 아저씨가 궁금한 듯 물어왔다.

"집 앞에 밭이 있으니 이장 아저씨 말씀대로 특용작물을 재배하려고 합니다."

"천우 이 친구가 하는 특용작물 말인가?"

"그렇습니다."

"하하하하!"

뭐가 재미있는지 현수 아저씨가 웃어댔다.

"이 친구야! 장뇌삼은 적어도 6년 이상 길러야 하는 작물이야. 그런데 자네가 기르겠다고?"

"아!!"

현수 아저씨의 말에 나는 아저씨가 왜 웃었는지 이해가 됐다. 6년을 기른다면 그 안에 손가락만 빨 수도 있기 때문이다.

"다른 것을 한번 심어보게. 그곳이 그래도 기운이 센 곳이라 약용작물을 재배하면 돈이 좀 될 걸세."

“알겠습니다. 아직 남은 돈도 있고 하니 뭘 할지는 천천히 생각해 보도록 하지요.”

“잘 생각해서 하게. 귀농을 했다가 농사에 실패해서 다시 도시로 돌아가는 사람을 많이 봐서 해주는 말이네.”

“걱정 고맙습니다.”

아저씨는 정말 걱정스러운 듯했다. 초자아 컴퓨터인 미네르바가 있기에 별로 걱정이 되지는 않았지만 나를 생각해 주는 현수 아저씨의 마음 씀씀이가 고마웠다.

낫을 다 고치고 무쇠 솥을 화물차 뒤에 있는 화물칸에 실은 후 우리는 마을로 돌아왔다. 무쇠 솥을 들고 집으로 올라가는 것이 큰일이었지만 걱정이 되지는 않았다. 어제와 같이 힘이 넘치고 있기에 수월치 않게 옮길 수 있을 것 같았기 때문이다.

일단 어제 지었던 등짐보다 약간 더 나가는 무게였기에 이장님 댁 지게를 빌려 등에 지었다.

그렇게 무겁지는 않았는데 균형을 잡기가 조금 힘이 들었다. 지게를 지는 것이 익숙하지 않은 탓이다.

“오빠, 괜찮겠어?”

균형을 잡지 못하고 비틀거리는 나를 보고 미연이가 걱정스러운 듯 물었다.

“하하하. 걱정하지 않아도 돼. 한 번도 지게를 사용해 본

적이 없지만 힘 하나는 남 못지않으니 말이야. 이렇게 지고 올라가다 보면 익숙해질 거고, 아직 시간이 있으니 해가 지기 전까지는 도착할 수 있을 거다.”

미연이의 걱정을 덜어주려고 힘들지 않다고 말하자 이장 아저씨가 나섰다.

“하긴! 어제 그 짐도 상당히 무거워 보였는데 지고 간 것을 보면 걱정하지 않아도 될 것 같다, 미연아.”

질 때 비틀거리기는 했지만 내가 가뿐히 지게를 지고 있는 것을 보고는 아저씨는 그리 염려하지 않는 듯했다.

“그래도… 아참! 잠시만 기다려 오빠.”

걱정이 가시지 않은 듯 말을 있던 미연이가 무엇인가 생각 난 듯 집으로 들어갔다. 잠시 후에 뭔가를 들고 나왔는데 수 건 두 장이었다.

“처음 지어보는 지게라 어깨 끈이 쓸리면 아플지도 몰라. 그러니 이 수건을 등에 걸치고 지게를 져봐.”

“고마워, 미연아.”

남인 나에게 마음을 써주는 미연이가 너무 고마웠다. 옆에 있던 아저씨가 골이 난 듯 투덜거렸다.

“이 녀석은 아비에게는 신경도 쓰지 않더니만.”

“아빠는 이제 이력이 났잖아요. 한철 오빠는 처음이고.”

투덜거리는 이장 아저씨의 말에 미연이가 이런 것도 시샘 을 하냐는 듯 눈을 흘기며 대답을 했다.

"알았다, 알았어. 하하하하!"

새치름한 모습이 귀여운 듯 이장 아저씨가 연신 웃음을 터뜨렸다.

"고마워, 미연아."

"아니 뭘! 괜찮아. 그리고 오늘은 수련을 빼먹었으니 내일은 곱절로 해야 하니까 내일 아침 일찍 그곳으로 갈게."

"무슨 수련인지는 모르지만 이장님, 밥은 꼭 챙겨 드리고 와라!"

"으응! 알았어."

아침 식사를 혼자 했을 이장님을 생각해 한마디 했더니 아버지에게 미안한 듯 미연이가 머리를 긁적거렸다. 영락없는 선머슴이다.

"미연아, 이만 갈게. 내일 보자. 이장님도 내일 뵙겠습니다."

"그래, 잘 가게."

"오빠, 조심해서 가!"

걱정스러운 듯 바라보는 두 사람을 뒤로하고 산으로 올랐다. 등에 지게를 지고 있지만 그리 불편하지 않았다. 어제와 마찬가지로 힘도 별로 들지 않았다. 어제는 이유를 몰랐지만 이제는 어느 정도 이유를 알기에 빠른 걸음으로 산을 올랐다. 거의 뛰다시피 집을 향해 갔지만 숨이 차거나 하지는 않았다. 오히려 뛰면 뛸수록 힘이 더 솟는 것을 느꼈다.

집에 온 것은 놀랍게도 1시간 만이었다. 3시쯤 출발했는데 4시가 못되어 도착한 것이다. 땀조차 흘리지 않고 그 먼 거리를 1시간 만에 왔다는 생각에 내 몸이 어떻게 변한 것인지 궁금한 생각이 들었다. 아직도 해가 많이 남아 있었지만 두려운 생각에 미네르바를 부르기로 했다.

"미네르바!"

—부르셨습니까? 함장님!

"물어볼 것이 있다."

—말씀하십시오.

"지금 내 몸의 상태는 어떻지?"

—정확한 논리로 말씀해 주시기 바랍니다.

"지금 내 몸의 구조나 일반 사람에 비해 특이한 점이 있으면 알려다오."

—죄송하지만 그렇게 되면 함장님의 몸을 스캔해야 합니다. 그것은 제 권한 밖의 일입니다.

"명령이다."

꺼려하는 미네르바에게 강제로 시행토록 했다. 무엇보다도 내 몸의 상태를 알아야 안심이 될 것 같기에 명령을 내린 것이다.

—함장님의 명령을 수용합니다. 1단계 차폐가 해제되고 마스터로서의 권리를 누리시게 될 겁니다. 함장님의 신체와의

동조를 위해 일부 실험이 이루어지게 되며, 실험의 결과는 모두 보고 됩니다.

마치 기다리고 있었다는 듯 연속으로 들려오는 미네르바의 목소리에 뭔가 속았다는 기분이 들었다.

"1단계 차폐란 것이 뭐지?"

—네르키즈함의 중앙 컴퓨터이자 초자아 컴퓨터인 본 미네르바는 5단계 차폐막이 설치되어 있으며 함장의 개인의 능력에 따라 차례로 열리게 되어 있습니다. 참고로 네르키즈의 전 함장인 포바인 중장의 경우 1단계 차폐조차 완전히 풀지 못했음을 알려 드립니다.

"호오, 그거 의외로군."

젠트리온 연합이라는 곳에서 온 포바인 중장이라는 사람도 1단계 차폐를 완전히 풀지 못했다는 사실이 흥미로웠다.

"그럼 내 신체와의 동기화라는 것은 무슨 뜻이냐?"

—제가 가지고 있는 파장과 함장님의 파장을 맞추는 것입니다. 저를 사용하시기 위해서는 필수적으로 거쳐야 하는 상황입니다.

"그런 이야기로군."

조금은 알아들을 수 있었다. 어느 정도 이해를 하자 미네르바가 다시 자세한 설명을 이어나갔다.

—말씀드렸다시피 저는 초자아를 지니고 있는 컴퓨터입니다. 제 능력은 거의 무한대라 할 수 있지만, 쓰는 사람에 따라

달라질 수도 있음을 유념해 주시기 바랍니다.

"그러니까 능력이 안 되면 쓸 수 없고, 난 이제 1단계 차폐를 풀어 그만큼 쓸 수 있다는 이야기냐?"

—그렇습니다. 함장님께서 허용된 범위까지 저를 쓰시기 위해서는 동기화가 필수입니다. 휴먼 족의 경우 혼자서는 제 능력을 거의 쓸 수 없으니 말입니다.

"좋아! 그것은 됐고, 1단계지만 내가 너를 온전히 쓰려면 나를 스캔하고 동기화를 해야 한다는 말이지?"

—정확한 표현이십니다.

"그럼 한번 해봐!"

—예?

"그럼 한번 해보라고, 재미있을 것 같으니까 말이야."

—알겠습니다. 약간 따끔할 것입니다. 동기화가 끝난 후에는 함장님께서 저를 사용 범위에 대해서 설명을 드리겠습니다.

"알았어. 시작하자고."

말이 끝남과 동시에 양 손목 부근에서 따끔한 느낌이 들었다. 보이지 않는 손목 보호대에서 뭔가 튀어나와 혈관과 신경을 타고 들어오는 것이 느껴졌다.

"몸속에 들어온 것은 무엇이지?"

—정확한 동기화를 위해 임의적으로 선택한 방법입니다. 함장님의 의지가 제가 원하는 수준에 올라오지 않아 어쩔 수

없는 방법이었습니다. 인체에는 무해하니 염려하지 마십시오.

워낙 미세해 잘 느끼지는 못하겠지만 온몸을 헤집는 무엇인가를 느낄 수 있었다. 그렇게 신경과 혈관을 돌아다니던 두 개의 실 같은 것이 어느 순간 하나로 만났다.

—1차 스캔이 끝났습니다. 스캔한 결과를 보고받으시겠습니까?

"보고해 보도록!"

—우선 함장님의 신체 상태에 대해 보고를 드리겠습니다. 우선 근육의 밀도나 뼈의 구조가 일반인의 열 배가량 단단합니다. 또한 신경의 전달 속도는 거의 백여 배나 빠른 편입니다. 장기 또한 최상의 상태를 유지하고 있는 중입니다. 그리고 세포 재생력 또한 탁월해 웬만한 상처는 즉시 아물 것입니다.

'후후후, 그렇다는 말이지. 그래서 그렇게 왔어도 피곤하지 않은 거였군.'

미네르바가 말한 대로라면 거의 슈퍼맨이나 다름없는 상태였다. 보통 사람의 십여 배에 달하는 근밀도와 뼈밀도라면 놀랄 만한 힘을 발휘할 수 있을 것이기 때문이다.

—그럼 지금부터 2차 스캔을 시작하겠습니다. 2차 스캔은 뇌에 해당하는 부분이기 때문에 잠시 수면 상태를 유지하겠습니다.

"좋아. 시작해라."

말이 끝나기 무섭게 졸음이 밀려들었다.

―함장님 이제 깨어나실 시간입니다.

어느 순간 미네르바의 음성으로 깨어날 수 있었다. 얼마나 시간이 지났는지는 모르지만 사방이 어두웠다.

"내가 얼마나 자고 있던 거지?"

―정확히 4시간 30분 15초 동안 수면 상태에 있으셨습니다.

"스캔한 결과는 나왔나?"

―나왔습니다. 함장님의 두뇌 활동을 측정한 결과 지금 사용하고 있는 양은 정상인의 8배인 15퍼센트를 활용하고 있습니다. 지금도 계속 활동량이 늘어나는 상태로 휴먼 족으로서는 보기 드문 상태입니다. 또한 잠재 의식에 드리워진 망각의 장막도 지워지고 있어. 단시일 내에 두뇌의 50퍼센트까지 사용할 수 있을 겁니다.

"50퍼센트까지?"

―그렇습니다.

뇌의 3퍼센트를 쓸 수 있으면 아이큐가 200이 넘는다고 한다. 그런데 그 5배인 15퍼센트를 쓸 수 있는 상태이고, 얼마 지나지 않아 반을 쓸 수 있다니 놀라지 않을 수 없었다.

"믿지 못할 이야기로군. 난 그리 머리가 좋아지지 않은 것 같은데 말이야."

─저도 이런 데이터를 얻은 적이 없기에 3차 스캔을 권유드립니다.

"3차 스캔? 아직도 확인해 볼 것이 남아 있는 것인가?"

─마지막 스캔 작업은 에너지 파동에 대한 측정입니다. 함장님의 두뇌 활동이 촉진된 이유가 에너지 파동으로 인한 것일지도 모른다는 분석 때문입니다.

"그렇다면 할 수 없지. 분석해 보도록 해라!"

─그럼 실시하겠습니다.

미네르바의 말이 끝나자마자 양손에 차고 있는 손목 보호대가 있는 곳에서 푸른빛이 흘러나와 전신을 감쌌다. 그리고 한동안 내 몸에 머물다가 사라져 버렸다.

"보고를 해봐."

─…….

명령을 내렸지만 미네르바에게서 아무런 대답이 없다.

"미네르바! 거기 있는 거야?"

─죄송합니다. 잠시 연산이 되지 않아서 말입니다.

"연산이 되지 않는다니 무슨 말이야?"

─함장님의 몸에는 도저히 같이 있을 수 없는 힘들이 함께 존재하고 있습니다. 하이드마나포스와 하이드내츄럴포스, 그리고 넵코와 사이코 매트릭스까지 우주를 지탱하는 네 가지 절대 힘이 한꺼번에 뭉쳐 있는 상태입니다.

도저히 알아먹을 수 없는 이야기다.

"그것은 또 무슨 말이야?"

─쉽게 설명을 드리자면…….

미네르바는 내 몸에 깃들어 있는 힘에 대해 설명하기 시작했다.

하이드마나포스라고 하는 것은 판타지 소설에 나오는 마나와 종류가 같고, 하이드내츄럴포스라는 것은 무협소설에서 나오는 자연지기와 비슷하다고 했다.

사이코 매트릭스는 흔히 말하는 정신동력과 비슷한 개념의 힘으로 다른 말로는 감응력이라고 한다고 했다.

특이한 것은 넵코라는 것인데 이는 반물질 상태의 에너지로 반물질 상태에서 물질 상태로 전환하며 엄청난 에너지를 쏟아내기에 우주 전함이나 장거리 항성 여행에 쓰이는 동력이라는 설명이었다.

"제길! 어렵군."

미네르바로부터 긴 시간 설명을 들었지만 무척이나 이해하기가 힘들었다. 알아먹지 못하겠다고 투덜거리듯 중얼거리자 미네르바가 부연 설명을 하기 시작했다.

─처음 함장님이 관측됐을 때 함장님은 강력한 에테르에너지를 가지고 있었습니다. 에테르에너지는 하이드내츄럴포스와 넵코가 결합한 상태로 우주에서 흔히 볼 수 없는 에너지의 결합 형태입니다. 전 함장은 에테르에너지를 흡수해 제 동력원으로 사용하려 했지만 워낙 강력한 힘이라 제 동력원을

빼앗겨 버린 것은 물론, 골든나이트에 보관되어 있던 사이코매트릭스의 힘과 하이드마나포스가 전이되어 합쳐진 것이 분명합니다.

"후후후, 그렇다면 내 힘은 완전히 짬뽕이라는 거군. 위험하지는 않겠어?"

공교롭게도 가장 강력한 힘인 하이드내츄럴포스가 가장 안정적인 상태에서 다른 힘들을 통제하고 있는 중입니다. 더할 나위 없는 이상적인 상태라고 할 수 있습니다.'

"그럼, 졸지에 횡사할 염려는 없겠네."

─횡사라니요?

"아니다, 신경 쓸 거 없다. 그것을 그렇고 나와 동기화를 시도한다고 하지 않았나?"

─그렇지 않아도 말씀을 드릴 참이었습니다. 지금의 상태라면 제 정보를 차단하고 있는 2단계 차폐막을 거둘 수도 있으니 결정을 내려주시기 바랍니다.

"그렇다는 말이지? 좋아, 동기화를 시작하도록!"

난 서슴없이 미네르바에게 명령을 내렸다. 명령과 동시에 나의 뇌리도 알 수 없는 수많은 신호가 잡히기 시작했다.

─눈을 감으십시오. 잠시 주무시다 보면 내일 해가 뜰 무렵에 동기화가 끝나 있을 겁니다.

눈을 감자 의식 속으로 향하는 신호들이 더욱 생생하게 느껴졌다. 그리고 이내 깊은 잠에 빠져들 수 있었다.

미연이가 부르는 소리를 들은 것 같았다. 무거워진 머리를 하고 잠에서 깰 수 있었다. 어제 아침과는 달리 머리가 개운하지 않았다. 무엇인가 꽉 찬 듯한 느낌에 머리가 어지러웠다.

'으음! 그나저나 완전히 끝난 건가?'

자리에서 일어나려니 다시 미연이의 음성이 들려왔다. 잠결에 들은 것은 헛소리가 아니었다.

"오빠! 방에 있는 거야?"

"미연아! 잠깐만!!"

큰 소리와 함께 미연이가 방으로 들어오려 했다. 방에서 미연이를 맞이하려 했지만 서둘러 막았다. 어찌 된 일인지 지금 내 몸에 걸치고 있는 옷이 하나도 없었기 때문이다.

"미, 미연아! 잠깐 밖에서 기, 기다려. 오, 옷을 갈아입어야 하니……."

스스륵!

제기랄!! 말이 끝나기도 전에 방문이 열려 버렸다.

"깍!!"

쾅!

대답도 듣지 않고 물을 열던 미연이는 내 알몸을 보더니 비명을 지르며 방문을 닫고는 밖으로 나가 버렸다.

"제기랄, 이거 미치겠네. 그런데 다리는 왜 이렇게 자꾸 안

들어가냐?"

마음이 급한 탓인지 배낭에서 꺼내 입던 바지에 다리가 걸려 잘 들어가지 않았다. 간신히 옷을 입고 밖에 나가자 미연이가 얼굴을 붉힌 채 고개를 숙이고는 애꿎은 흙바닥만 발로 차고 있었다.

"동이 이제 막 튼 거 같은데 벌써 올라온 거야?"

얼굴이 화끈거렸다. 하지만 짐짓 아무렇지 않은 듯 찾아 미연이에게 온 이유를 물었다. 시간이 너무 일렀던 것이다.

"동이 트면 수련을 시작해야 하니까 일찍 올라온 거야. 내가 너무 일찍 깨워서 미안해, 오빠."

미연이의 얼굴이 홍시처럼 발그레 무척이나 붉었다. 발끝에 있는 흙바닥을 툭툭 차는 것을 보니 선머슴 같아 보였는데 천생 여자는 여자다.

"일찍 깨우기는 했지. 그런데 아저씨 아침은 챙겨 드리고 온 거야?"

"아니, 오늘은 아버지도 같이 수련하시는 날이라 저쪽 수련장에 계셔. 난 오빠도 같이 수련하자고 데리러 온 거야."

미연이의 손짓을 따라 시선을 돌리니 아저씨의 모습은 보이지 않지만 그쪽 방향에 누군가 있다는 것이 느껴졌다.

"그랬구나. 그런데 이걸 어쩌지? 감기 기운이 있는 것 같아서 말이야."

동기화인지 뭔지 어젯밤의 일로 인해 머리가 무거웠기에

사양을 하고 싶었다.

"이런 감기라니!! 약은 먹은 거야?"

"괜찮아질 거야. 그러니 너무 염려하지 마."

호들갑스럽게 묻는 미연이를 안심시켰다.

"그래도……."

"빨리 가서 아저씨하고 수련이나 하고 와라. 아침 식사는 내가 준비를 해놓을 테니까."

"정말!!"

"그래, 찬거리를 장만해 놓은 것이 있으니 오늘 아침 식사는 어제보다는 좀 나을 거다."

"알았어. 아침 수련 끝내고 빨리 오도록 할게."

미연이는 신이 난 듯 방글거리며 아저씨가 있는 곳으로 뛰어갔다. 산길이지만 마치 산야를 뛰어다니는 노루처럼 재빠른 몸놀림이었다.

"후후후, 어려서부터 수련을 했다고 하더니 산사람이나 다름없구나. 그럼 슬슬 아침을 준비해 볼까."

빠르게 시야에서 사라지는 미연이를 보다 부엌으로 들어갔다. 어제 솥을 사러 갔다가 장만해 온 반찬거리가 아직 비밀 봉지에 싸인 채 부엌에 있었다.

"일단 솥부터 씻어서 아궁이에 앉혀야겠다."

지게에 실은 채로 그대로 있는 무쇠 솥을 들어내 우물가로 갔다. 제법 커다란 솥이었지만 어쩐 일인지 하나도 무겁지 않았다.

솥을 씻어 아궁이에 앉히고는 쌀을 씻어 밥을 하기 시작했다. 전에 찾지 못했던 장작이 부엌 뒤편에 있는 것을 발견했기에 아궁이에 불을 지피는 것은 어렵지 않았다.

밥이 되는 동안 반찬이 될 것을 준비했다. 느타리버섯은 물에 씻고, 오이는 납작하게 썰어 소금에 절인 후 물기를 꼭 짰다.

밥이 어느 정도 되자 아궁이에 있는 숯들을 긁어냈다. 벌건 숯불이 아궁이를 나와 땅바닥에 펼쳐 놓고 그 위에 프라이팬을 올려놓았다. 그리고 참기름을 두르고 씻어놓은 느타리버섯을 볶았다. 소금 간을 약간 해서 본래의 맛을 살린 느타리버섯의 향기가 부엌을 진동했다.

볶아진 느타리버섯을 접시에 담고는 프라이팬을 닦아내고 다시 옥수수 기름을 두르고 마늘 찧은 것을 볶다가 절인 오이를 볶았다. 파가 없어 아쉽기는 하지만 그런 대로 맛을 낼 수 있었다.

"으음! 향기가 좋다. 하하하. 역시, 가마솥 밥이 최고다."

뜸이 다 들었는지 가마솥 안에서 구수한 밥 냄새가 흘러나오기 시작했다. 일반 솥에다가 밥을 한 거와는 냄새 자체가 달랐다. 뚜껑을 열고 주걱으로 김이 모락모락 올라오는 밥을 뒤집은 후 그릇에 가득 담았다.

"크크크, 이제부터가 별미지."

누룽지만 남은 솥에 물을 부어놓고는 솥뚜껑을 뒤집어 엎었다. 그리고 뚜껑을 덮은 밥그릇을 그 위에 올려놓았다. 은은한 숯불에 숭늉이 만들어질 동안 그 위에 밥그릇을 놓아 밥이 식지 않도록 할 생각이었다.

"밑반찬이야 넉넉하니 이제 찌개만 만들면 되는 건가? 그런데 언제 올 줄 알아야지. 삼십 분 후에 오면 딱 좋은데. 일단 준비는 해야겠다."

찌개는 된장을 이용해 끓이기로 했다. 처음 읍내에 나갔을 때 집 된장을 팔러 나온 할머니에게서 사둔 것이 있기에 어제 사온 호박을 이용해 찌개를 끓이려는 것이다.

"맛있는 고추장이 있으면 더 좋았을 텐데… 나중에 읍내에 나갈 때 팔러 나온 할머니가 있으면 좀 사두어야겠다."

뜨거운 불에 빨리 끓이는 것이 좋기에 버너를 준비했다. 시간을 맞추어야 해서 냄비에 물을 부은 후 사놓은 건새우를 넣고 된장을 풀어 숯불에 올려놓았다.

마늘이랑 호박은 미연이랑 아저씨가 오면 넣어 버너 불로 세게 끓이면 되기에 준비만 해놓았다.

"어! 오는 모양이네."

소리는 들리지 않았지만 미연이와 아저씨가 오는 것이 느껴졌다. 버너에 불을 켜고 냄비를 버너 위에 올려놓은 후 나머지 재료를 냄비에 넣었다. 이때 고추장을 풀면 약간 칼칼한 맛이 돌아 더 맛있지만 훗날을 기약하기로 했다.

얼른 상을 마루에 차렸다. 몇 가지 밑반찬들과 내가 만든 반찬들이 상 위에 올라가고 밥이며 수저와 젓가락이 올라갔다.

"우와! 냄새 죽인다."

미연이가 마당으로 들어오며 호들갑을 떨었다.

"어서 씻어라. 아저씨도 씻으세요."

찌개가 끓으려면 아직 시간이 있었기에 땀에 젖은 두 사람을 우물가에 가서 씻도록 했다. 마당 가득 퍼지는 구수한 된장찌개 냄새에 구미가 동한 듯 아저씨와 미연이는 손과 얼굴을 씻으면서도 시선을 뗄 줄 몰랐다.

빠르게 씻은 두 사람은 씻기가 무섭게 마루에 앉았다. 난 다 끓은 찌개를 밥상 위에 올려놓고는 아저씨 옆에 앉았다.

"차린 것은 없지만 많이 드십시오. 먹을 만할 겁니다."

"암! 이런 진수성찬을 놓칠 수야 없지."

아저씨는 뭐가 그리 급한지 수저를 들고는 된장찌개를 한 수저 떠서 먹었다.

"카아!! 바로 이 맛이야. 이게 도대체 얼마 만이냐?"

그리 대단하지도 않은 찌개에 감격스러워하는 아저씨를 보며 쑥스러웠지만 그런대로 맛이 괜찮았기에 나도 밥을 먹기 시작했다.

'어! 미연이가 왜 그러지?

미연이는 찌개를 한 수저 떠먹더니 울먹이는 표정으로 고개를 숙이고 있었다.

"미연아!"

내가 부르자 미연이는 손으로 눈가를 훔치더니 다시 웃는 표정이 되었다.

"오빠가 끓여주는 찌개를 먹으니까 갑자기 돌아가신 엄마가 생각이 나서……."

"맞는 이야기네. 나도 처음 입에 대고 많이 놀랐네. 한 가지가 빠진 것 같지만 집사람이 끓여주는 것하고 워낙 똑같아서 말이야."

"그러셨군요. 그런 줄은 몰랐습니다. 고추장이 빠지기는 했지만 비슷한 맛을 냈다고 하니 저도 기분이 좋군요."

"맞아! 고추장!"

내 말에 아저씨가 뭔가 알아낸 듯 탄성을 지었다. 찌개에서 빠졌다는 것이 고추장이 틀림없는 것 같았다.

"그렇군요. 제가 나중에 다시 한 번 끓여 드리겠으니 어서 식사나 하시죠."

"알았네. 미연아, 너도 어서 먹어라."

"알았어요, 아빠."

미연이는 많이 풀어진 표정으로 밥을 먹기 시작했다. 운동을 하고 와서 그런지는 몰라도 먹는 양이 보통 소녀들과는 달랐다.

입이 찢어져라 수저 가득 밥을 떠서 입에 우겨 넣고 있다.

거기다 젓가락으로 반찬을 왕창 집더니 입에 넣고 우물거린다. 입김을 불며 뜨거운 찌개를 떠먹는 모습이 그렇게 귀여울 수가 없었다.

아저씨 또한 마찬가지였다. 누가 빼앗아 가기라도 하는 양 정신없이 밥을 드셨다.

식사는 금방 끝났다. 평소 내가 먹는 양에 세 배로 밥을 했지만 양이 부족한 듯 아저씨와 미연이는 수저를 놓지 않았다.

"부족하신 모양이군요. 누룽지를 끓였으니 잠시만 기다리세요."

나는 얼른 부엌으로 들어가 잘 끓은 누룽지를 두 개의 대접에 나누어 담아 아저씨와 미연이 앞에 내려놓았다.

"이야! 노르스름하니 너무 퍼지지도 않고 적당하게 됐네."

미연이가 맛있겠다는 듯 수저를 들어 누룽지를 먹기 시작했다. 아저씨도 수저를 빠르게 놀리기 시작했다.

"무장아찌랑 같이 먹으면 맛있으니 같이 먹어라."

"알았어, 오빠."

꽤나 맛이 있는지 뜨거운 것을 입에 물고도 즐거운 표정이었다. 두 사람이 먹는 모습이 마음에 들었던 나는 무척이나 기분이 좋아졌다.

'이래서 어머니들이 좋아하는구나.'

내가 밥을 먹을 때면 언제나 잔잔한 미소를 지으시던 어머니의 모습이 떠올랐다.

식사를 마치고 설거지를 했다. 아저씨는 마루에 계시고 미연이는 나를 돕는다고 팔을 걷어붙였다. 미연이가 도와준 탓에 설거지는 금방 끝날 수 있었다.

"죄송합니다, 아저씨. 차는 아직 준비를 못해서……."

설거지를 끝내고 마땅히 대접할 차가 없었기에 아저씨에게 미안한 마음이 들었다. 식사가 끝나면 차를 마시는 것이 습관이라는 말을 설거지를 하면서 미연이에게 들었던 것이다.

"괜찮네. 모처럼 만에 마음을 따뜻하게 하는 밥도 얻어먹었으니 말이야. 차야 내려가서 마시면 되지 뭐."

"아니에요. 잠시만 기다리세요."

생각난 것이 있어 아저씨의 양해를 구하고는 부엌으로 갔다. 몇 개 되지 않는 그릇들을 부엌에 정리한 나는 적당히 식은 숭늉을 내왔다. 아저씨와 미연이는 기분이 좋아진 듯 음미하며 숭늉을 마셨다.

"집사람이 죽고 난 후에 이렇게 맛있게 밥을 먹은 적이 기억에도 없네. 오늘 자네 덕분에 호강을 했네."

"별것도 아닌데요. 뭘!"

"아니네. 미연이도 잘 알지만 내 입맛이 좀 까다로운 편이 아니네. 저 녀석이 제 엄마 흉내를 낸다고는 하지만 아직은 어림도 없지."

아저씨가 미소를 지으며 미연이를 바라보았다.

"맞아요, 오빠. 정말 엄마가 해준 것 같았어요."

미연이도 환한 웃음을 지으며 나를 바라보았다. 아저씨도 그렇고 정말 가족 같은 사람들이었다.

"후후후, 그랬어? 앞으로 가끔씩 해주도록 할게."

"정말이요?"

"그래!"

"와!! 좋아라!"

미연이는 무척이나 기쁜 듯했다. 하지만 옆에서 미소를 짓는 아저씨의 표정이 의미심장하게 느껴졌다.

"잘됐군. 그렇지 않아도 미연이가 방학을 하면 산에 올라올 생각이었는데 자네에게 신세를 지면 되겠네."

"예?"

무슨 소리인지 몰라 아저씨에게 물었다. 아저씨는 몰라도 이제는 다 큰 처녀가 산에서 생활을 해야 한다는 소리가 이상했던 것이다.

"후후후, 어제 자네도 현수 그 친구에게 들었지만 내가 재배하고 있는 것이 장뇌삼이네. 다 자라면 워낙 비싼 물건이라 남의 손을 탄다네. 그래서 나밖에는 재배하는 위치를 모르지. 하지만 나 혼자서 캐기는 워낙 벅찬 양이라 미연이 손도 빌려야 하네. 그리고 방학 기간 동안은 미연이도 본격적인 수련을 해야 하는 까닭도 있고."

“선무도 말씀이군요.”

아저씨의 말을 들어보면 그저 건강을 위해서 하는 수련은 아닌 것 같았다. 한 달이 넘는 기간 동안 산에서 생활하며 수련을 한다면 그것은 세상 사람들이 말하는 무예가나 하는 수련이었던 것이다.

“후후후, 맞네. 나를 비롯해 미연이는 진정한 선무도의 마지막 계승자라고 할 수 있네. 해서 맥이 끊어지지 않도록 해야 하지. 오빠라는 놈들은 포기했지만 미연이는 포기하지 않으니 저 아이에게 모든 것을 물려줄 생각이라네.”

‘어쩐지 선머슴 같더라니.’

“그런데 수련하시는 곳이 가까이 있는 것 같기는 합니다만 제집에서 신세를 지시겠다니 무슨 말씀이십니까?”

“후후후, 비밀이지만 장뇌삼 밭은 이곳에서 멀지 않은 곳에 있다네. 원래는 작년에 캤어야 하지만 일이 있었던 터라 올해에 수확을 하게 된 거네.”

“그러셨군요. 집에 머무실 방도 있으니 저야 괜찮습니다만.”

“좋네. 자네가 그리 승낙하니 자네를 심마니로 채용하도록 하지. 내 품값은 넉넉히 쳐줄 테니 일 좀 해주게나. 자네도 이곳에 정착을 하려면 배워놓는 것도 좋고.”

조금은 강제로 부탁을 하는 것 같아 마음이 걸리기는 했지만 배워놓으면 좋을 것 같기에 승낙을 하기로 했다.

“좋습니다, 저도 관심이 가는 터니.”

“후후후, 자네가 승낙을 했으니 한 가지 비밀을 더 말해주어야겠군.”

“비밀이요?”

“내가 이 근처에 심은 장뇌삼은 다른 것들하고는 다른 것이네. 천종산삼의 씨앗을 받아 저 녀석이 태어난 이듬해에 심었으니 십오 년을 넘게 기른 것이라 값이 꽤 나간다네.”

“꽤 오래 기르셨군요.”

십오 년을 넘게 길렀다면 꽤나 정성을 기울였을 것이기에 아저씨가 새삼스럽게 보였다.

“후후후, 그래야 값어치가 있지. 약효가 보증된 것이라 한 뿌리에 대략 십이삼만 원하네. 내가 얼마 전 확인한 것이 대략 삼천 뿌리쯤 되니까. 한 3억쯤 하는 가격이라네.”

“3억이요?”

“왜 놀랐나?”

다른 의미이기는 하지만 솔직히 조금 놀라기는 했다.

“아닙니다. 십오 년을 기르셨다고 하셨는데 일 년에 이천만 원도 안 되는 가격이지 않습니까? 너무 박하다는 생각이 들어서요.”

아저씨의 정성에 비하면 너무 터무니없는 가격이라는 생각이라는 게 솔직한 내 심정이었다.

“후후후, 자네 보기보다 순진하군. 삼밭이 그것뿐인 줄 아는가? 씨를 받아서 키우는 것도 상당하다네. 지금 캐는 것들이야 어쩔 수 없지만 다른 것들은 육 년이면 캐내지. 양도 많고 대략 시세가 한 뿌리에 만 오천 원 정도 하니까 대도시에 봉급쟁이보다 나은 편이네. 물론 손이 타지 않아야 한다는 보장이 있어야 하지만."

"그렇군요."

아저씨의 말대로라면 이 정도의 특용작물을 기르면 정착해 살림을 꾸려 나가는 데 문제가 없을 것 같았다.

"내가 내일 장뇌삼 재배하는 법이 담긴 책을 줄 테니 그동안 공부 좀 해놓게나. 그러면 앞으로 많이 도움이 될 테니 말이야."

"알겠습니다."

"그리고 일요일이면 나와 미연이가 수련을 하러 새벽 일찍 올라오니 아침 식사도 종종 부탁하네."

"그것은 염려하지 마십시오. 오늘은 준비한 것이 별로 없지만 다음번에는 제가 자취하면서 익혀온 솜씨를 모두 발휘하기로 하지요."

"호오! 그런가? 내 기대가 크네. 하하하!"

"저도요, 오빠."

아저씨가 크게 웃는 사이에 미연이도 작은 목소리로 미소를 지으며 말을 했다.

"그래, 다음에는 내가 제일 잘하는 꼬치 요리를 해줄 테니 기대하고 있어라."

"그럼, 나는 작년에 담가놓은 머루주를 준비해야겠구먼."

"그럼 오늘 아예 날을 잡지요. 다음 주 토요일 오후에 아저씨와 미연이가 제집으로 와서 지낼 만한지 하룻밤 자보시는 것도 괜찮고 말입니다."

"다음 주 토요일이라… 미연아, 너는 어떠냐?"

"저는 괜찮아요, 아빠. 이 주 후면 방학이 시작되니까 미리 와서 준비할 것이 뭐가 있나 살펴보는 것도 좋을 것 같고요."

"알았다. 그렇게 하도록 하자. 그런데 자네는 오늘 점심도 해결해 줄 건가?"

'미네르바와 연락을 해야 하는데… 할 수 없지. 미연이까지 저런 표정이니 두 사람이 돌아간 뒤에나 내게 어떤 일이 벌어졌는지 확인해 봐야겠다.'

아침을 먹은 지 얼마나 됐다고 점심을 찾는 아저씨를 보며 내심 어이가 없었지만 아저씨와 같은 표정을 보이고 있는 미연이를 보며 고개를 끄덕일 수밖에 없었다.

점심은 간단하게 된장으로 비벼 만든 비빔밥으로 했다. 미연이가 근처에서 먹을 만한 나물들을 뜯어왔기에 근사한 산채 비빔밥을 만들 수 있었다. 고추장을 넣어야 제 맛이 나지만 좌판을 벌이고 있던 할머니에게서 산 된장 덕에 꽤나 맛있게 점심을 먹을 수 있었다.

점심을 먹고 난 후 아저씨와 미연이는 잠시 휴식을 취하고는 두어 시간 수련을 한 후 산을 내려갔다. 아쉬워하는 표정으로 내려가는 미연이에게 다음 주를 기약하자며 내려보내는 내 마음에는 묘한 서운함이 서렸다.

두 사람이 내려가는 것을 지켜보다 모습이 시야에서 사라졌지만 어찌 된 영문인지 두 사람의 기운이 자세히 느껴졌다. 아침 나절에도 그렇고 지금도 생소한 감각이 느껴지는 것을 보면 미네르바와 동기화가 된 때문인 것 같다는 생각이 들었다.

"이제는 거의 다 내려간 것 같구나. 내려가는데 1시간밖에 걸리지 않는 것을 보면 아저씨와 미연이가 수련하는 선무도라는 것이 간단한 것은 아닌 모양인가 보군."

거의 산을 내려갔을 무렵까지 두 사람의 기운을 느낄 수 있었다. 1시간에 내려간 것이라면 거의 내달리다시피 한 것이나 다름없기에 두 사람이 익히고 있는 선무도라는 것이 무엇인지 궁금해졌다.

"그것은 나중에 물어보기로 하고, 이제 볼 사람도 없으니 미네르바를 불러야겠다."

─찾으셨습니까?

말이 끝나기 무섭게 미네르바의 음성이 뇌리로 들려왔다.

"미네르바! 목소리 좀 바꿀 수 없어?"

─함장님께서 제일 편안하게 느끼시는 목소리로 세팅이

되어 있습니다만 불편하신 겁니까?

"그래, 불편하다. 다른 목소리로 부탁 좀 하자."

—알겠습니다.

저녁이 되어갈 무렵 라디오에서 흘러나오는 유금희 누나의 목소리는 내게는 신비로움이자 엄마의 품이나 마찬가지였다. 그런데 어떻게 알았는지 미네르바가 금희 누나의 목소리를 사용하자 신비감이 떨어지는 것 같아 바꾸도록 한 것이다.

—음성 패턴을 바꾸었습니다. 마음에 드십니까?

"다른 걸로!"

목소리가 흘러나오자마자 다른 것으로 바꾸게 했다. 센스가 없는 것인지 이번에는 미연이의 목소리였던 것이다.

—자… 잠시만 기다리십시오.

단호한 내 목소리에 뭔가 두려운 듯 미네르바는 머뭇거리며 대답을 했다.

—새로운 음성 패턴입니다.

"다른 걸로!"

이번에도 역시 거부였다. 이번 목소리는 내가 너무도 좋아하는 연예인 목소리였던 것이다.

몇 번의 반복이 이어졌다. 미네르바는 초자아 컴퓨터라는 닉네임이 무색하게도 내게 십여 번이나 퇴짜를 맞았다.

—새로운 음성 패턴입니다. 함장님께서는 마음에 드십니까?

"으음! 새로운 설정이로군. 좋아! 대신 울림 현상은 조금 줄이도록!"

마치 신전에서 흘러나오는 찬트 같은 목소리였지만 마음에 들었다. 대신 목소리에 울림이 강하기에 조금 줄이도록 했더니 지금까지 미네르바가 제시한 음성 패턴 중 제일 나았다. 슬슬 포기할 시점이었는지라 그냥 사용하기로 결정을 내린 것이다.

"동기화가 끝난 건가?"

—2단계의 마지막 부분이 아직 남았습니다만 대부분 성공적으로 끝마칠 수 있었습니다.

"마지막 부분이 아직 남아 있다니 무슨 말이지?"

—마지막 부분을 시행하려는 도중 함장님 곁으로 지구의 휴먼 족 한 명이 접근을 했기에 시행을 멈추고 대기 모드로 돌렸습니다. 워낙 중요한 단계라 자칫 위험할 수도 있어 취한 조치였습니다. 그로 인해 함장님께서는 동기화된 상태를 느끼시지 못하고 계시지만 마지막 부분이 끝나면 확실히 느끼실 수 있을 겁니다.

아침에 머리가 아프더니 미연이가 온 것 때문에 중단해서 그런 것이었다. 미네르바가 중단한 원인을 알 수 있었기에 나는 고개를 끄덕였다.

"그것은 잘했군. 그럼 지금부터 시작할 건가?"

—함장님께서 계신 곳을 중심으로 사방 5킬로미터 이내에

위협할 만한 생명체가 없음으로 마지막 부분을 시행할까 합니다.

"좋아. 내가 방에 들어가면 시작을 해."

동기화가 어떤 상태인지 상당히 궁금했기에 방으로 들어갔다.

방으로 들어가자 미네르바의 음성이 다시 들렸다. 경직되어 있는 것이 상당히 긴장을 한 것 같았다.

—얼마 전 함장님이 취하신 자세를 하십시오. 동기화시 상당한 도움이 될 것으로 판단됩니다.

'명상 호흡을 말하는 모양이로군.'

미네르바의 말을 따라 가부좌를 틀고는 명상 호흡을 하기 시작했다. 틈틈이 익힌 것이라 세밀하지는 못했지만 그런대로 흉내를 낼 수 있었다.

—동기화를 다시 시작합니다. 마지막 부분 전까지는 이미 완성된 상태라 지구 시간으로 10분이면 끝나니 함장님께서는 준비해 주시기 바랍니다.

미네르바의 말이 끝난 것과 동시에 기이한 느낌이 뇌리를 속삭였다. 그러다가 환한 느낌과 동시에 뭔가 쏟아져 들어오는 느낌이 들었다.

'이것은 전에 꿈을 꾸던 것과 같은 모습이로군.'

하얀 빛무리와 함께 붉고 푸른 기운이 쏟아져 들어오는 것이 마치 눈앞에 보이는 영상처럼 느껴졌다. 전과는 달리 아주 편안한 느낌이었다. 누군가 빼앗아가려는 것이 아니라 모두가 내 것처럼 느껴졌기 때문이다.

내 안에 들어온 기운들이 천천히 합쳐졌다. 희고, 붉고, 푸른. 거기에 눈에 보이지는 않지만 투명한 기운이 하나 더 있었다.

정확히는 알 수 없었지만 여러 개의 기운이 무엇인지는 알 수 있었다. 흰 기운은 하이드내츄럴포스라 불리는 것 같았고, 붉은 기운은 하이드마나포스가 분명했다. 그리고 푸른색의 기운은 미네르바의 동력원이라는 넵코가 틀림없었다. 그리고 투명한 기운은 화성에 남겨져 있다던 사이코 매트릭스의 기운인 것 같았다.

네 개의 기운은 서로 하나가 되어가고 있었다. 몽환적인 분위기와 함께 심신을 한없이 편안하게 하는 느낌에 의식이 흐려질 것 같은 기분이었다.

─함장님, 지금부터 마지막 단계를 시작합니다.

번쩍!!

미네르바의 음성이 들리고 난 후 섬광이 일었다. 모든 것을 파괴할 것 같은 강력한 힘이 의식의 저편에서부터 깊숙한 곳까지 관통하고 있었다.

그와 함께 엄청난 양의 정보가 물밀듯이 들어오고 있었다. 나로서는 생전 생각하지도 못한 정보들이었다. 정보의 양이 얼마나 엄청난지 그 끝을 알 수가 없었다.

"크… 윽!!"

머리가 부서지는 듯한 고통이 시작되었다. 정보의 양을 가늠할 수 없었다. 너무도 많은 정보에 뇌가 한계 용량에 다다른 것이다.

'이… 이대로……'

금방이라도 터질 것 같은 머릿속을 어떻게 하고 싶었다. 하지만 도저히 방법이 없었다. 내 의지를 벗어난 정보의 양을 감당할 수 없을 것 같았다.

퍽!!

어느 순간, 무엇인가 나의 의식 속에서 부서지는 것 같았다. 마치 알을 깨고 새가 세상에 나오는 듯한 느낌이 의식을 감돌았다. 그 순간이 지나고 더 이상의 고통은 없었다. 다만 지금까지 융화되어 가던 기운들이 온데간데없이 없어져 버렸다.

―지금 함장님의 의식에서는 중첩화 현상이 일어나고 있습니다. 제가 가지고 있는 기밀 정보를 제외하고는 거의 모든 정보가 들어가고 있기에 함장님의 안전을 위해서는 이 방법밖에는 없었습니다.

중첩화 현상이 무엇인지 모르지만 고통이 많이 가셨다. 죽을 것 같은 고통이 가신 것만으로도 살 것 같았다. 기밀 정보를 제외하고 모든 것을 넘겨준다는 것이 조금은 의아했지만 미네르바의 판단을 존중하기로 했다.

미네르바가 비밀로 하고자 한다면 매우 중요한 것일 테고, 내가 미네르바가 설치한 모든 단계의 차폐막을 해제할 수 있다면 나중에라도 충분히 알아낼 수 있기 때문이다.

시간이 지나자 어느 정도 고통이 가시고 쏟아져 들어오는 정보의 양도 점차 줄어들고 있었다.

—동기화가 끝났습니다. 2단계 차폐막이 해체되었으므로 함장님께서는 2급 정보까지 열람 및 사용할 수 있는 권한이 생기셨습니다.

편안한 상태로 눈을 감고 있었는데 여신 같은 목소리가 뇌리에 전해졌다.

"미네르바, 중첩화 현상이 뭐지?"

—제가 가지고 있는 정보는 거의 무한대라고 할 수 있습니다. 이 정보를 휴먼 족의 뇌에 저장한다는 것은 뇌를 100퍼센트 사용한다고 해도 불가능한 일입니다. 해서 제가 시행한 방법은 비슷한 정보의 경우 중첩해서 기록하는 것입니다. 아직은 안정화 단계가 아니지만 안정화가 끝나면 중첩된 정보에서 원하는 정보를 끌어다 쓰실 수 있을 겁니다.

"후후후, 그런 것도 가능한 건가? 재미있네. 그건 그렇고, 동기화가 끝난 후에 내가 어떻게 변화된 건지 설명을 좀 해줘."

내가 얼마나 변한 것인지 느낄 수 없었기에 미네르바에게 설명을 하도록 했다.

─그렇지 않아도 말씀을 드리려고 했습니다. 우선 동기화가 끝난 상태에서는 저와 함장님의 의식을 공유할 수 있습니다. 함장님이 원하실 경우 중첩된 정보 이외에 새로이 받아들이는 정보에 대한 분석을 공유하게 됩니다.

"그럼 내가 슈퍼 컴퓨터가 된 거로군."

─말씀에 어폐가 있기는 하지만 간단하게 생각한다면 비슷하다고 보시면 됩니다. 하지만 안정화 과정을 먼저 이뤄야 하기에 아직은 사용하실 수는 없습니다.

"좋아. 그런 것은 시간이 지나면 해결될 거고. 다른 것은?"

─함장님의 인지 범위가 늘어나게 됐습니다. 함장님 스스로의 힘만으로는 대략 5킬로미터가 한계입니다. 절대의 힘을 사용하시게 되면 그 거리가 비약적으로 늘겠지만 지금은 그 정도가 한계입니다. 이 또한 안정화 이후에 가능할 겁니다.

"5킬로미터까지 내가 인지할 수 있다는 말이군. 참나!"

무협지에서 보던 절대고수들도 천시지청술인가를 뭔가를 펼쳐 자신의 감각을 확장하는 것이 백 장(百丈), 지금의 거리로는 300미터가 거의 한계였다. 그런데 5킬로미터라니 굉장한 수치였다.

─그리고 제 도움이 있어야 하기는 하지만 일반적인 상황에서는 지구의 거리 단위로 100킬로미터, 정신을 집중할 경우 함장님의 조국이라고 할 수 있는 한반도 전역을 커버할 수 있습니다. 또한 저와 의식을 완전히 공유할 경우 전 지구적

커버가 가능합니다.

"이야! 인공위성 기능까지! 대단하군."

정말이지 놀랍지 않을 수 없었다. 미네르바의 도움을 받기는 하는 것이지만 인간의 감각인지가 그렇게까지 확장할 수 있다는 사실이 경이적이었다.

하지만 이어지는 미네르바의 설명은 지금까지 설명한 것이 약과일 정도였다.

─참고로 말씀드리면 골든나이트가 본격적으로 가동할 경우, 지구가 속한 태양계는 물론 이곳 은하까지 본격적으로 커버할 수 있습니다.

"하하하, 할말이 없네."

지구가 속한 은하 전체를 커버한다면 도대체 골든나이트라는 것이 성능이 얼마나 되는지 짐작이 가지 않았다.

"골든나이트의 가동은 언제부터 할 수 있지?"

─아직 완성된 것이 아니라 뭐라고 말씀드리지 못하지만 1,287일 5시간 35분 14초 후에 완성이 되니 완전히 가동될 수 있을 것으로 판단됩니다.

"지금 상태는?"

─현재 가동할 수 있는 부분은 약 15퍼센트에 불과합니다. 그럼 골든나이트에 대한 설명은 이만 드리고 함장님의 신체적 상태에 대해 설명을 드리겠습니다.

"내 신체적 상태? 뭔가 변한 거라도 있나?"

근육과 뼈의 밀도가 상당한 수준이고 신경계 반응 속도가 보통 사람의 수준을 훨씬 뛰어넘는 가히 슈퍼맨이라고도 할 수 있는 내 몸이 변했다는 의미이기에 궁금하지 않을 수 없었다.

—동기화 이전까지는 신경 반응속도에 신체가 적응하지 못하는 불완전한 상태였습니다. 당초 에테르에너지의 방출 시에 완벽한 신체를 가지실 수 있으나 저와의 소통으로 인해 불완전한 신체를 가지게 된 것입니다.

'칫! 빼앗으려고 해놓고 찔리니까 소통이라고 표현하는군.'

찔리는 것이 있는지 다른 말로 표현하는 미네르바를 보며 초자아 컴퓨터라 역시 다르다는 생각이 들었다.

—그래서 이번에 에테르에너지는 물론 하이드마나포스와 사이코 매트릭스를 에테르에너지와 합쳐 새로운 사이클을 만들었습니다. 동기화의 최종 목적도 이 부분에 있음을 알려 드립니다.

'이상하군. 우주를 구성하는 네 개의 절대 힘을 합친 것이나 마찬가지인데 설명이 좀 부족한 거 아니야? 뭔가 감추는 것이 있는 것 같기도 하고……'

미네르바가 뭔가 감추는 것이 분명했다. 정확한 것을 알아야겠기에 일부러 미네르바에게 물었다.

"좀 더 설명을 해주면 안 될까? 이해가 안 돼서 말이야."

─각기 따로 놀던 힘이 합쳐져 이상적인 균형을 이루기 시
작했다는 것밖에는 말씀드릴 수 없는 것을 이해해 주십시오.
그 이상의 정보는 3단계 차폐를 푸셔야만 얻으실 수 있습니
다. 참고로 말씀드리면 현재 함장님께서 얻으신 힘은 지구에
서 부르는 말로 신력(神力)이라고 부르는 것 같더군요.

"어!! 신력?"

─…….

더 이상 할말이 없는지 내 의문에도 미네르바는 대답을 하
지 않았다.

'웃기는 일이로군. 신의 힘을 가졌다는 말이지. 그런데 이
것을 어떻게 사용하는 것이지? 그 신력이라는 힘도 느껴지지
않고, 사용 방법도 모르니 걱정이네.'

사실 미네르바의 말이 실감이 나지 않았다. 감각이 확장되
고 힘이 세지기는 했지만 그 정도까지라고는 믿어지지 않았
던 것이다.

'역시, 뭔가 설명을 안 한 것이 있는 것이 분명해.'

뭔가 중요한 것을 빠뜨린 것 같은 기분이 들었기에 나는 미
네르바에게 질문을 했다.

"내가 가진 힘 말이야. 어떻게 사용하는 것이지?"

─사용법은 저도 모릅니다.

너무도 간단한 대답에 어이가 없었다. 지금까지 설명해 왔
던 것들이 모두 허당이라는 이야기다. 사용법도 알지 못하면

서 나에게 동기화를 진행시킨 미네르바의 속셈이 무엇인지 점점 의문이 들었다.

"그게 무슨 말이야?"

―우주를 지탱하는 4대 힘의 사용은 우주 조약에 의해 통제권자의 의지에 관한 일로 규정되어 있습니다. 다시 말해서 스스로 힘의 사용법을 알아내셔야 합니다.

"컥!! 그럼 모두 도루묵이잖아."

미네르바의 말에 열이 받았다. 엄청난 힘이 생겼는데 사용 방법을 모른다니 말이 되는 소리가 아니었다.

"함장님, 흥분하지 마시기 바랍니다."

미네르바가 급했는지 머릿속이 아닌 직접적인 음성을 보내왔다. 머릿속에서 뭔가가 끊어지려는 찰나에 미네르바의 음성으로 간신히 정신을 차릴 수 있었다.

"내가 진정하게 생겼냐? 이런 힘을 가지고도 사용할 수 없다니 말이야."

―사용법을 아실 수 있도록 몇 가지 참고 사례를 말씀드릴 테니 진정하십시오.

내가 진정됐다고 판단했는지 다시금 뇌리로 차분한 미네르바의 음성이 들려왔다.

"알았다. 말해봐라!"

―우주를 통틀어 함장님과 같이 절대 힘을 가진 존재들의 숫자는 그리 많지가 않습니다. 수를 헤아릴 수도 없는 종족이

있지만 한 은하에 겨우 한 명이 있을까 말까 할 정도입니다. 하지만!

"하지만?"

—절대 힘을 사용할 수 있는 기술들은 무수히 많습니다. 은하를 다 합한 것만큼이나 말입니다.

"무슨 소리냐? 자세히 좀 말해봐라!"

도저히 이해가 가지 않는 소리였기에 미네르바를 다그쳤다.

—이해하시기 곤란할 것 같기에 지구적 표현을 통해 말씀드리겠습니다. 지구에도 이 네 가지 절대 힘을 사용할 수 있는 방법이 존재합니다. 아니, 좀 더 정확한 표현으로 한다면 얻을 수 있는 방법이 되겠군요.

"절대 힘을 얻어?"

—흔히 도라고 말을 하더군요.

'아이쿠! 머리야!! 도?'

서울 시내를 돌아다니다. '도를 아십니까?' 하며 내게 친근하게 다가오는 사람들을 몇 번 본 적이 있었다. 부귀영화를 누리거나, 액땜을 하기 위해서는 제사를 지내느니 하면서 돈을 뜯어내려는 수작을 보았기에 머리가 아파왔다.

"흥! 도가 넘쳐 났다. 그런 것을 가지고 힘을 사용할 수 있다는 말이냐? 그게 말이 된다고 생각을 해?"

되지도 않는 이야기라 콧바람이 절로 나왔다.

─무슨 생각을 하시는지 모르지만 함장님의 조국이라고 할 수 있는 대한민국에도 절대 힘을 얻으려는 상당수의 도인들이 있습니다. 예를 들어 함장님과 가깝게 지내시는 강천우 님과 강미연 양도 그런 경우에 속합니다.

"이장 아저씨와 미연이가?"

난데없는 말에 무척이나 놀랐다. 선무도라는 것을 수련하는 것은 알지만 그것이 네 가지 절대 힘을 얻을 수 있다는 것이 놀라웠던 것이다.

─그렇습니다. 두 분이 수련하는 것은 제가 파악하고 있는 기술 중 거의 최상위에 속하는 것입니다.

"호오! 그렇다는 말이지!"

갑자기 선무도에 흥미가 생겼다. 내가 가지고 있는 힘을 사용할 수 있다는 것 때문이기도 했지만 이제 이 세상에서 내가 제일 관심을 두어야 할 두 사람이 익히고 있다는 것이 궁금했던 것이다.

─제 통제권자이신 함장님의 발전을 위해서라도 두 분이 수련하고 계신 것을 익히실 것을 권유드립니다.

"알았다. 그렇게 하도록 하지."

미네르바의 권유가 아니더라도 익혀야 할 것 같았다. 나 자신에 대해 정확히 알기 위해, 그리고 이런 운명이 왜 내게로 다가왔는지 알기 위해서라도 말이다.

"그런데, 미네르바!"

─말씀하십시오.

조용한 내 질문에 미네르바가 소곤거리며 대답했다.

"너 화성 근처에 있다면서?"

─제 정확한 위치는 화성 궤도 안쪽에 있는 에로스 소행성에 있습니다.

"멀리도 있군. 그런데 너 지구에 올 수는 있는 거냐?"

그동안 음성으로만 들어왔던 미네르바의 모습이 보고 싶었기에 지구에 올 수 있는지 한번 물어봤다.

─지구에 말씀입니까?

"그래, 네 모습이 어떤지 보고 싶어서 말이야."

─가능은 합니다만 자칫 지구인의 눈에 뜨일 수도 있습니다."

"그럼 안 되는 거군.

미네르바가 탑재된 전함 네르키즈의 위용을 보고 싶던 나는 적지 않게 실망을 할 수밖에 없었다.

─제 모습을 확인하는 방법은 여러 가지가 있습니다. 함장님께서 네르키즈함으로 워프하실 수도 있고, 함장님의 망막에 제 실제 이미지를 투영할 수도 있으니 말입니다.

"정말?!"

다른 것은 몰라도 네르키즈가 있는 곳에 워프를 할 수 있다는 말에 흥미가 돋았다. 우리가 알고 있는 UFO라 할 수 있는 네르키즈에 갈 수 있다니 꿈만 같았다.

—저는 제 통제권자에게 거짓을 말하지 않습니다.

"그럼 날 너에게로 워프시켜 줘봐!"

더 이상 생각할 것도 없이 명령을 내렸다.

—알겠습니다. 그럼 좌표를 설정해야 하니 잠시 기다려 주십시오. 지구상의 좌표는 아직 명령이 없어 설정하지 않았으니 약 1분이면 좌표 설정이 끝날 겁니다.

"알았어!!"

흥분된 마음에 고개를 끄덕여 대답하고는 미네르바의 말을 기다렸다.

잠시 후, 미네르바의 음성이 들려왔다.

"좌표 설정이 끝났습니다. 전함 네르키즈의 함장이신 유한철님의 승선을 허락합니다. 워프!!"

미네르바의 음성이 끝나기 푸른빛이 시야에 비치더니 무섭게 내 몸이 어디론가 빨려 들어가는 느낌이 들었다.

Chapter 3
전함 네르키즈

시공간을 왜곡해 이동하고자 하는 곳으로 간다는 워프항
법. 공상과학소설에서나 나올 법한 워프가 실현된다는 것이
마냥 신기했다.

미네르바가 다른 우주에서 왔다는 것이 실감났다. 우주항
공 분야의 선두주자라는 NASA에서조차 연구를 시작하기는
했지만 실현한다는 것은 요원하다고 알려졌는데 나는 미네르
바로 인해 실제로 워프를 경험하는 것이다.

"아!!"

푸른 불빛에 싸인 네르키즈의 함교에 도착한 나는 탄성을
터뜨릴 수밖에 없었다. 은은하게 푸른빛을 발하는 네르키즈

의 함교는 우주영화에서 보았던 것보다 더욱 멋졌던 것이다.

그리 많은 수의 계측기가 존재하는 것은 아니지만 공학적 구조로 설계된 함교였다. 지구상에서는 볼 수 없는 구조로 되어 있는 모습은 나의 눈을 크게 뜨게 만들었다.

"전함 네르키즈에 승선하신 것을 환영합니다, 함장님!"

잠시 감상에 젖어 있던 나에게 반가운 목소리가 메아리쳤다. 의식으로만 통화하던 미네르바의 목소리였다.

"나도 반갑다."

"지금 지구에서 발사한 위성들이 근처에 있는지라 전함을 노출시킬 수는 없지만 밖의 모습은 볼 수 있으니 스크린을 가동시키겠습니다."

말이 끝남과 동시에 내 정면에 커다란 화면이 허공에 나타났다. 그 어떤 곳에도 고정되어 있지 않고 공중에 뜬 화면이었다.

아무런 영상도 내보내지 않던 화면상에 무엇인가 떠올랐다. 요즘 뜬다고 하는 풀 HD TV보다 더욱 선명한 화면이 시야에 들어왔다.

"저게 화성인가?"

붉은 황토 같은 것으로 뒤덮인 것 같은 화성의 모습이 시야에 들어왔다. 간혹 인터넷을 통해 본 적은 있지만 이렇게 화면을 통해 생생하게 볼 수 있다는 것이 믿을 수가 없었다.

"그렇습니다."

"미네르바, 좀 더 자세히 볼 수 있을까?"

궁금증이 동해 미네르바에게 물었다.

"잠시만 기다리십시오."

미네르바의 말이 끝나자 마치 줌인을 하듯 화성이 점차 가까이 다가왔다. 지구에 떠 있는 첩보위성도 이렇듯 선명한 화면을 제공하지 못할 정도로 줌인 되가는 화면을 선명했다.

"응?"

화면이 커지고 뭔가 이질적인 것이 보였다. 생물이 하나도 살지 않을 것이라는 화성에 움직이는 물체가 있었던 것이다.

"저것은 뭐지?"

질문이 끝나기도 전에 화면이 더욱 확대되고 움직이고 있는 물체의 모습이 선명히 잡혔다. 인공위성 같은 물체가 포크레인 비슷한 로봇 팔을 움직여 흙을 퍼 담는 모습이 보였다.

"함장님께서 살고 계시는 지구의 미국이라는 나라에서 발사한 피닉스라는 탐사체입니다."

화면에 잡힌 물체에 대해 미네르바가 설명을 했다.

'저것이 그 탐사체인가 보구나. 삽질 한 번 하기 위해 4억 달러를 넘게 쏟아 부은……'

지리산으로 내려오기 전 잠시 들렀던 PC방에서 미국의 탐사체 피닉스가 화성에서 연구를 위한 토양을 퍼 담기 위해 첫 삽을 떴다는 기사를 본 것이 기억났다.

"정말 꼴도 보기 싫군."

화면상에 있는 피닉스의 모습이 갑자기 보기가 싫어졌다.

갑자기 아무렇게나 방치되고 도축되는 광우병 위험이 있는 쇠고기를 우리에게 팔아 치우려 하는 미국의 횡포가 생각났던 것이다.

우방이라고는 하지만 자신의 잇속만 챙기는 미국에 대한 혐오감은 나뿐만이 아닐 것이다. 당당히 말하지 못하는 정부와 그런 정부를 질책하는 촛불집회가 연일 서울광장에서 열리는 것을 보다가 지리산으로 내려온 탓이기도 했다.

우주로 나아가기 위해 미래를 준비해 온 미국의 힘이 어느 정도인지 실제로 눈으로 확인했기에 반감이 들었던 것이다.

우르릉!

눈살을 찌푸리고 있는데 갑자기 함선이 진동을 했다.

"무슨 일이냐?"

난데없는 사태에 놀라 물었다.

"원격 플라즈마를 이용한 EMP가 발사됐습니다."

"그게 무슨 소리……."

말을 이을 수가 없었다. 화성탐사를 위해 돌아다니고 있는 미국의 탐사체가 산산이 부서져 파괴되는 모습이 스크린에 비치고 있었기 때문이다.

"어찌 된 일이지?"

내 통제하에 있다는 미네르바가 내 허락도 없이 무기를 쓴 거 같아 기분이 나빠졌기에 내 목소리는 더할 나위 없이 싸늘해져 있었다.

"함장님께서 제거 명령을 내리셨기에 화성 내에 있는 탐사체를 제거했습니다. 전자기기를 파괴하는 EMP만을 사용하려다 함장님께서 기체 자체에 혐오감을 가지시는 것 같아 플라즈마를 이용해 제거한 것입니다."

"미, 미네르바! 내가 제거 명령을 내렸다는 말인가?"

그저 꼴 보기가 싫었을 뿐인데 파괴하라는 명령을 내가 내렸다니 의아하지 않을 수 없었다.

"전임 함장이신 포바인 중장의 명령 패턴과 비교해 볼 때, 함장님께서 방금 전 저에게 하신 말씀은 분명 화성에 있는 탐사체를 제거하라는 명령이었습니다."

'이런! 꼴 보기 싫다는 말에 아예 제거를 택하다니… 말조심해야겠구나. 통제권을 확실히 해야 할 것도 같고.'

의미없는 한마디에 바로 박살을 낼 정도라면 통제 체계를 다시 확립할 필요성이 있었다.

지구에서는 생각조차 할 수 없는 무기로 간단히 파괴할 정도의 힘을 가졌다면 자칫 내 실수로 엄한 사람들이 수없이 죽어나갈 우려가 다분히 있었기 때문이다.

하지만 내심 피닉스에 대해 기분이 나빴던지라 통쾌한 감도 없지 않아 있었다.

"미네르바, 지금부터 내 말 잘 들어. 전임 함장의 명령 패턴은 모두 취소한다. 앞으로는 내가 확실한 명령을 내리지 않는 한 임의적인 행동은 금지한다는 뜻이다. 알아들었나?”

위험 요소가 될지도 모르기에 나는 단호하게 명령을 내렸다.

“함장님의 명령을 접수 완료했습니다. 지금부터 함장님에 대한 패턴 학습에 들어가겠습니다.”

내 딱딱한 목소리를 의식한 탓인지 미네르바의 목소리도 매우 굳었다. 초자아 컴퓨터라고 하더니 어쩌면 인간처럼 감정도 느낄 수 있는지 모를 일이었다.

“이제 그만 너를 보고 싶은데…….”

분위기를 반전시킬 필요가 있었기에 미네르바의 모습을 직접 보고 싶었다.

“알겠습니다. 함장님을 제집으로 모시겠습니다.”

‘집? 후후후, 희한한 표현을 쓰는군.’

집이라는 표현이 의아스러웠지만 워프로 이동되었기에 잠시 잊어버렸다.

“이거야?”

미네르바가 있는 곳에 워프를 통해 이동한 나는 어이가 없어 고개를 흔들었다.

“마음에 안 드십니까?”

“아니야! 이건 꼭 방 같잖아?”

실망스럽게도 미네르바가 날 워프시킨 곳은 푸른색이 감도는 사각형의 방이었다.

"후후후, 맞습니다. 제 내부에 있는 4차원 아공간입니다."

"4차원 아공간?"

"독립적으로는 미네르바라 불리지만 사실 저는 네르키즈 함 전체라고도 말할 수 있습니다. 함장님께서 와 계신 곳은 제 중추신경계를 총괄하는 4차원 아공간의 내부입니다."

미네르바가 내 의식 속에 정보를 거의 다 넘겨주었다지만 아직 활용 수치가 떨어지기에 설명하는 것을 거의 알아들을 수가 없었다.

"뭐가 뭔지 모르겠네. 자세히 설명 좀 해줘봐."

"제 구조에 대해서는 3단계 차폐가 해제된 이후에나 아실 수 있는 정보이니 그리 신경을 쓰지 않으셔도 됩니다. 3단계 차폐가 진행되면 자연스럽게 아시게 될 테니 말입니다."

"알았다. 하지만 네 모습이 네르키즈함과 같은 것이라면 조금은 실망인걸!"

전함과 같은 모습이라는 미네르바의 말에 적지 않게 실망했었기에 불만이 아닐 수 없었다.

"잠시만 기다리십시오."

실망스럽다는 말에 미네르바는 나를 잠시 기다리게 했다. 그리고 갑자기 내 눈앞에 누군가 나타났다.

"헉!"

로마 시대에 입었다는 토가처럼 하늘하늘한 옷을 입은 여자가 눈앞에 서 있었다. 속옷을 입지 않았는지 가슴의 융기

부분 위에 까만 점이 옷 위로 비쳐지는 모습은 그야말로 청소년 관람불가의 모습이었다.

‘캬아! 그렇지만 보기 좋은걸? 저게 바로 3차원 입체 영상이라는 건가?’

삼단처럼 긴 흑발에 푸른색이 감도는 눈, 거기다 비단결처럼 부드러워 보이는 하얀 피부가 억눌러야 할 욕망을 자극했다.

“으흠! 보기가 좀 그렇군.”

“죄송합니다.”

더 이상 보기 민망에 한소리 했더니 눈앞에 나타난 여자가 사라졌다. 그리고 이내 정장 차림에 안경을 쓴 지적인 여성이 다시 나타났다.

‘칫! 옷만 갈아입은 거로군. 그래도 꽤나 섹시했는데…….’

비록 앞전의 모습보다는 못하지만 새로 나타난 모습도 무척이나 보기 좋았다. 보통 3차원 입체 영상은 아무리 잘 만든다고 해도 형상을 투과해 반대편이 모습이 보인다. 그렇지만 내 앞에 보이는 미네르바는 그런 모습이 전혀 보이지가 않았기에 어떻게 만들었는지 궁금했다.

“3차원 입체 영상인가?”

“호호호, 아닙니다. 함장님의 에테르에너지를 이용해 만든 형상입자체입니다.”

눈앞에 나타난 여인이 미네르바의 목소리로 대답을 했다.

"형상입자체?"

생소한 말에 의문을 표하자 미네르바가 슬며시 미소를 지었다.

"한번 만져 보십시오."

미네르바의 말에 몸을 만져 봤다. 인간의 몸과 같이 따뜻한 체온이 느껴졌다. 말캉거리며 부드러운 살도 만져졌다. 완전한 사람이나 마찬가지인 것에 놀라지 않을 수 없었다.

"호오! 진짜 사람 같네."

"함장님께서 믿으실 수 있을지는 모르겠지만 그냥 보기에는 진짜 사람과 똑같습니다. 비록 의식은 제 것이지만 인간과 똑같은 구성을 가지고 있는 휴머노이드라고 할 수 있습니다."

'사람 헷갈리게 하는군. 사람과 같다면 거 뭐 시기냐? 응응응도 가능하다는 건가?

사람과 마찬가지라는 소리에 별의별 생각이 다 들었다.

"휴머노이드라면 인간형 로봇이라는 말이야?"

"차원이 다릅니다. 제 분신이나 다름없는 휴머노이드는 생식은 물론, 감정의 공유까지 가능합니다."

미네르바가 조금은 섹시한 미소를 지으며 대답을 했다.

"생식? 아이를 낳을 수 있다는 말이야?"

"그렇습니다. 상대방의 세포를 이용해 복제하는 방식이지만 아이를 낳을 수 있습니다. 그리고 통제권자가 허락을 한다면 제가 조합한 유전자를 이용한 이성 세포를 통해 복제가 아

닌 새로운 탄생을 맞이할 수도 있습니다."

'휴유, 가관도 아니군. 초자아 컴퓨터라는 것이 그런 것도 할 수 있는 것인가? 그렇다면 사람하고 다른 것이 하나도 없잖아.'

영혼은 없겠지만 자아를 가지고 있는 미네르바가 생각을 주관할 테니 생식 기능까지 있다면 인간과 마찬가지였다. 젠트리온 연합이라는 곳의 과학력이 어떠할지 쉽게 짐작할 수 있었다.

그런 과학력을 가지고 신과 같은 능력을 발휘할 수 있는 미네르바가 가진 힘이 무섭게 느껴졌다. 이 정도라면 신이 가진 능력이라는 창조력을 가지고 있는 것이나 마찬가지라는 생각이 들었다.

'하긴, 스스로 자아를 가진 존재라고 했으니… 그럼 미네르바의 통제권을 가진 나는 또 뭐야?'

새삼스럽게 내가 가지게 된 힘이 얼마나 무서운 것인지 느껴졌다. 자칫 제대로 통제하지 못한다면 세상의 멸망을 불러올지도 모른다는 생각에 등골이 오싹했다.

"무, 무서운 힘이로구나."

"호호호, 걱정하지 마십시오. 제가 가진 기능을 모두 사용하시려면 함장님께서 5단계 차폐까지 모두 해제하셔야 하니까 말입니다. 젠트리온 연합에서도 저와 같은 초자아 컴퓨터를 이용해 새로운 생명을 창조할 수 있는 이는 완전한 통제권을 가진 사람 이외에는 없으니 말입니다."

"그렇다면 다행이고, 제대로 통제하지 못한다면 무서운 결과를 초래할 수도 있는 일이니까.”

그나마 다행스러운 일이었다. 아무래도 새로운 생명의 창조에 관해서는 나름대로 엄격한 규제가 있는 것이 분명했다.

사용에 대한 권한도 무척이나 까다롭게 설정되어 있다는 것은 젠트리온 연합이 제대로 된 사상을 가지고 있다는 뜻이었기에 어느 정도 안심할 수 있었다.

'그나저나 아직도 미네르바가 내 본심을 읽고 있는 것이 아닌지 모르겠군. 알려줄지는 모르지만 이렇게 된 이상 젠트리온 연합에 대한 정보를 좀 더 알아봐야겠다. 혹시 모르니 미네르바를 통제할 수단도 강구해야겠고.'

의심스러운 마음이 들었지만 물어볼 수는 없었다. 아직은 미네르바의 정체가 불확실했기 때문이다.

아무리 과학이 발달한 젠트리온 연합이라고는 하지만 일개 전함의 중앙 컴퓨터라고는 믿을 수 없는 능력을 가지고 있었기에 좀 더 미네르바에 대해 살펴보기로 했다.

미네르바의 분신과 함께 함교로 돌아왔다. 미네르바가 집이라고 표현한 아공간 속에서 여러 가지 궁금증을 풀 수 있어 답답한 마음이 조금은 가셨다.

함교로 돌아왔을 때는 이미 시간이 많이 지났기에 해가 뜨기 전 집으로 돌아가야 했다. 아쉬움이 없지 않아 있지만 언제든지 내가 생각만 하면 함교로 워프해 올 수 있기에 다음 기회를 기약하기로 한 것이다.

일출을 보기 위해 미네르바에게 부탁을 해 천왕봉 정상 근처로 워프를 부탁했다. 환한 빛무리에 휩싸여 워프가 진행됐다. 일출을 보러 올라온 등산객들이 있을 것이기에 사람들이 없는 한적한 곳에 워프한 나는 빠르게 천왕봉 정상으로 올라갔다.

역시나 일출을 보기 위해 새벽부터 산에 올랐는지 땀을 흘리고 있는 등산객들이 보였다. 얼마 시간이 지나지 않아 주변이 점점 밝아왔다.

"아, 정말 장관이구나."

붉은 태양이 멀리서 떠오르고 있었다. 매일 떠올라 세상을 비추는 태양이지만 오늘은 감회가 남달랐다.

밤새 한숨도 자지 못했는데도 피곤하지 않았다. 가슴으로 따뜻한 기운이 스미는 것이 기분도 상쾌해졌다. 백무요의 일과 미네르바로 인해 새로운 삶을 살게 된 불안감이 씻겨 나갔다.

"이제부터 정말 새로운 날이 시작되는 것인가? 이제 집으로 내려가야겠구나."

해가 중천으로 떠오르자 집이 있는 방향으로 길을 잡고는 빠르게 내려왔다. 놀랍게 변해 버린 감각을 이용해 사람들의 시선을 피하며 달리듯 산을 타고 내려온 나는 30분도 되지 않아 집에 올 수 있었다.

"일단은 서울로 올라갔다가 금요일에 다시 내려와야겠다."

서울로 올라가기 위해 집에 돌아온 나는 가방에서 몇 가지를 챙겼다. 서울에는 아직도 정리할 것이 많았다. 나에게 남겨진 것 중 반드시 확인해야 될 것이다.

어머니의 유품과 함께 발견된 자그마한 열쇠와 알지 못하는 여섯 자리 숫자에 대한 비밀도 풀어야 했기에 일단 서울로 향하기로 한 것이다.

미네르바에게 집에 대한 경계를 부탁하고는 산을 내려왔다. 이장 아저씨를 만나 잠시 집을 비운다는 말씀을 드리고는 진주로 가서 서울행 버스를 탔다.

고속버스를 타고 서울로 향하는 동안 아버지가 남긴 열쇠와 여섯 자리 숫자에 대해 계속 생각을 했다. 하지만 아무리 머리를 굴려봐도 깜깜할 뿐이다.

'끙! 도저히 안 되겠군. 머리가 좋아졌다고 하더니 이것도 못 풀고 말이야.'

머리가 좋아졌다는 말에 내심 혼자 풀어보려고 했던 나는 미네르바의 도움을 청할 수밖에 없었다. 열쇠에 새겨져 있는 GB라는 글자와 여섯 자리 숫자는 암호나 마찬가지였던 것이다.

속으로 미네르바를 호출했다.

"미네르바!"

—부르셨습니까? 함장님!

"이 열쇠 말이야. 도대체 뭐 하는 걸까?"

들고 있는 열쇠를 쳐다보며 미네르바에게 물었다.

─잠시만 기다리십시오. 분석을 시작하겠습니다. 분석된 정보는 함장님의 망막을 통해 직접 전송하겠습니다.

미네르바의 말이 끝남과 동시에 내 눈에는 여러 가지 정보가 보였다.

"제네럴 뱅크의 비밀 금고 열쇠라?"

제일 눈에 띄는 것이 세계 최대의 은행이라는 제네럴 뱅크에 관한 정보였다. 한국에도 지사를 두고 있는 은행으로 세계 120여 개국에 점포를 두고 있는 금융지주 회사였다.

"미네르바, 제네럴 뱅크에 대한 자세한 정보를 보여줘 봐."

생각이 미치는 것과 동시에 GB가 운영하고 있는 비밀 금고에 대한 정보가 시야에 들어왔다. 그와 함께 자그마한 열쇠의 영상이 보였는데 내가 들고 있는 열쇠와 같은 모습이었다.

아버지가 어떻게 비밀 금고를 가지고 있는지 모르지만 틀림없는 것 같았다. 열쇠와 함께 여섯 자리의 암호 키를 눌러야 비밀 금고를 열 수 있다는 설명에, 나는 아버지가 GB의 비밀 금고를 가지고 있었다는 것을 알게 됐다.

세계에서 알아주는 부호나 국가원수 급의 고위 관리, 그리고 암흑 세계를 주름잡는 자들만이 보유할 수 있는 비밀 금고를 한낱 평범한 회사원인 아버지가 가지고 있을 수 있는지 의문이 들었지만 일단 GB 한국 본점이 있는 강남으로 가기로 했다.

'일단 한번 들어가 보는 거다. 뭔가 결론이 나오겠지.'

강남 고속버스 터미널에 도착한 나는 버스에서 내려 택시를 타고 곧장 GB 한국 본점으로 향했다.

'우와! 역시, 다국적 금융회사라 다르군.'

26층짜리 은회색의 빌딩을 통째로 쓰고 있는 GB 한국 본점은 상당한 위용을 자랑했다.

한국에 투자하는 외국 투자자들의 대부분이 이용할 정도로 큰 규모를 자랑하는 GB는 우리나라 주식자금의 30퍼센트와 채권의 15퍼센트 운용하고 있을 정도로 대규모 금융지주회사다운 모습이었다.

이미 미네르바를 통해 이곳의 위치와 비밀 금고를 이용하는 방법을 알았기에 현관문을 들어서자마자 엘리베이터가 있는 곳으로 향했다.

허름한 옷차림 때문이었는지 3층 VIP 실로 올라가는 엘리베이터 앞에 선 나를 누군가 제지했다. 가스총을 찬 것을 보면 은행 경비를 위해 고용된 청원경찰로 보였다.

"무슨 일로 오셨습니까?"

"VVIP 룸으로 가려고 합니다만!"

"VVIP 룸이요?"

당당한 내 목소리에 미심적은 표정을 지은 청원경찰은 무전을 통해 누군가를 불렀다. 잠시 후 1층 로비 옆에 붙은 사무실에 누군가가 나와 나에게 다가왔다.

다가오는 자의 신상 정보가 망막에 스쳤다. GB 한국 본점

보안 책임자인 최경철이라는 사람이었다. 태권도와 합기도 등 무술이 종합해서 20단이 넘고, 한국전산정보원 출신의 엘리트로 2년 전부터 GB 보안 책임자로 일하고 있다는 정보였다.

"VVIP 룸을 찾으셨다고 들었습니다만."

허름해 보이는 청년이 VVIP 룸을 찾는다는 소리를 들었기 때문인지 최경철은 수상하다는 눈빛으로 나를 쳐다보았다.

"VVIP 룸으로 가는 게 맞습니다만, 그런데 무슨 일인가요?"

불쾌한 듯한 내 목소리 때문인지 최경철의 표정이 약간 상기됐지만 이내 표정을 고쳤다.

"죄송합니다. 제가 안내해 드리겠습니다."

자신이 직접 에스코트하겠다는 것을 보면 만약에 사태에 대비하겠다는 뜻이 분명했다. 나를 뭐 은행 강도같이 보는 것이 마음에 들지는 않았지만 점잖게 따르기로 했다.

'하긴 이 모양새면 나라도 의심할 만하지.'

헐렁한 청바지에 허리를 내놓은 T셔츠를 입은 사람이 VVIP 고객이라면 나라도 믿지 않을 것이기에 최경철의 안내를 받아 엘리베이터에 올라탔다.

VVIP 전용 엘리베이터는 1층에서부터 한번도 쉬지 않고 최상층인 26층까지 직행하게 되어 있는 엘리베이터였다. 각 층에 아예 문이 만들어지지 않은 것이었다.

그 이유는 최상층인 26층에 GB의 최고 고객이라고 할 수 있는 사람들의 비밀 금고가 있었기 때문이다.

　GB 한국 본점에는 VIP 창구와 VVIP 룸이 별개로 있었다. VIP 창구는 2층과 3층에 위치해 있었는데 10억 이상의 자산을 가진 우량 고객들의 자산관리와 금융 편의를 봐주는 곳이었다.

　하지만 VVIP 룸은 의미가 달랐다. 일단 고객의 정체가 철저히 비밀로 보장되는 곳이다. 고객들이 운용하는 자산의 규모도 1인당 100억을 넘어서는 터라 돈의 출처에 대해 말들이 많을 수도 있기에 고객에 대해 철저히 비밀로 하고 있는 곳이다. 그야말로 금융실명제가 실시되는 현행법상 불법 시설이라 할 수 있었다.

　그와 함께 VVIP 룸에는 고객들의 비밀 금고가 자리하고 있었는데 1년 사용료가 최대 1,000만 원에 달하는 곳이었다.

　땡!

　도착했다는 신호음과 함께 초고속 엘리베이터는 1분도 되지 않아 나를 26층에 내려놓았다. 엘리베이터가 있는 곳으로부터 안내 데스크까지 푹신한 양탄자가 깔려 있었다.

　'꽤 비쌀 것 같은데. 역시, 돈이 최고로군.'

　돈 많은 자들이 오는 것이라 기분이 별로 좋지는 않았지만 볼일이 있기에 엘리베이터에서 내렸다. 발목까지 빠질 듯한 푹신한 양탄자를 밟으며 안내 데스크로 다가가자 최경철은 감시하는 듯한 눈빛으로 나를 쳐다보며 뒤를 따랐다.

　거부들을 상대하기 위해서인지 안내 데스크에는 미모의 아가씨 한 명이 앉아 있었는데 명찰에는 GB 마크와 함께 검은색 글씨로 최경아란 이름이 써 있었다.

'호오, 하버드 경영학 석사가 안내를 맡았다는 말이지? 하긴, 이곳에서 운용되는 자금의 규모가 조 단위가 넘어가니 그럴 만도 하겠군.'

망막을 스쳐 가는 화면에 앞에 앉은 최경아라는 아가씨가 정보가 떴다. 하버드 MBA 출신임으로 상당한 재원이 안내 데스크를 맡고 있는 것을 보면 고객 접점부터 관리가 들어가는 것 같았다.

"어떻게 오셨습니까?"

최경아라는 여자의 의혹이 가득 담긴 질문에 나는 말없이 아버지가 남긴 열쇠를 꺼내 데스크에 올려놓았다. 열쇠를 보자 흠칫하던 최경아는 바로 자리에서 일어났다.

"따라오십시오."

조금은 경색된 음색이었다. 최경아의 안내에 나는 비밀 금고가 보관되어 있는 개인 룸으로 향할 수 있었다. 그런 내 모습을 보며 최경철은 의아한 듯 바라보기만 할 뿐이었다.

'최경아, 최경철! 혹시, 남매인가? 이목구비도 비슷하고 말이야.'

생각과 동시에 망막에 두 사람에 대한 정보가 동시에 뜨고 있었다.

'호오, 재미있는데? 남매는 확실한데 입사 원서로는 전혀 남으로 기록되어 있다는 말인가? 뭔가 있군.'

유전자 대조로는 100퍼센트 친남매가 확실했다. 하지만 법률상으로는 전혀 남남이었다. 입사 원서는 물론이고, 정부 기록 역시 완전히 남남이었다.

'후후후, 재미있기는 하지만 내가 상관할 바는 아니지.'

별달리 나와 관계가 있는 것 같지는 않았기에 상관하지 않기로 했다. 최경아의 안내를 받아 어느새 커다란 금고 문 앞에 도착했기 때문이다.

커다란 대형 금고의 문 앞에는 건장해 보이는 두 명의 청원경찰이 서 있었는데 놀랍게도 두 사람은 한국에서는 휴대가 금지되어 있는 진짜 권총을 차고 있었다.

최경아는 아무 말 없이 금고 문 앞에 다가가더니 내가 준 열쇠를 금고 문에 꽂았다. 그리고는 자신의 목에 목걸이 형태로 걸려 있는 열쇠를 풀어 다른 열쇠 구멍에 꽂았다.

차르르르! 착!

금고 안에서 기계가 돌아가며 내는 소리가 희미하게 들렸다. 다른 이들에게는 들리지 않겠지만 감각이 확장된 나는 확실히 들을 수 있었다.

'열쇠 안에 인식 칩이 내장되어 있다더니 그것으로 작동하는가 보군.'

찰칵! 찰칵!

금고에 대해 잠시 생각할 무렵 금고가 개방되는 소리가 들려왔다.

지이이잉!

원형의 커다란 금고 문이 자동으로 열리고 있었다. 워낙 육중한 탓에 금고 문이 열리는 것도 시간이 꽤 걸렸다.

금고 문이 열리자 최경아라는 안내원이 안으로 들어갔다. 나도 뒤를 따라 들어갔다.

안으로 들어서자 가로 30센티미터 세로 15센티미터의 작은 소형 금고들이 벽면을 따라 빼곡히 들어찬 것이 보였다.

'저건가?'

한쪽 벽면에 다른 소형 금고들과는 달리 테두리가 푸른빛으로 빛나는 금고가 보였다. 아마도 금고 문에 인식 칩이 들어간 열쇠의 신호로 금고 소유자를 표시하는 장치가 틀림없었다.

"여기서 일을 마치시고 나오시면 됩니다."

최경아는 나에게 가볍게 인사를 하고는 다시 금고 밖으로 나갔다. 고객의 개인 정보나 금고 안에 들어 있는 물건을 보아서는 안 된다는 규정 때문인 것 같았다.

금고에는 각자 명함 크기의 액정 화면이 달려 있었다. 터치 스크린 식으로 되어 있는 액정 화면에는 0부터 9까지 숫자가 나와 있었다. 나는 알고 있는 여섯 자리 숫자를 차례로 눌렀다.

찰칵!

소형 금고가 벽에서 분리되는 듯한 소리와 함께 1센티미터 정도 앞으로 밀려 나왔다. 아버지가 나에게 남긴 비밀 금고가 열린 것이다.

소형 금고를 빼내 금고 중앙에 있는 탁자에 가져갔다. 금고의 뚜껑을 열자 안에는 누렇게 색이 바랜 표지로 감싸인 오래된 고서 한 권과 가지런히 놓인 여러 개의 통장, 그리고 상아로 만들어진 도장이 들어 있었다.

'여기서 살펴보기에는 무리가 있다.'

어떤 것인지 모르지만 오랜 시간 머물 수 없기에 집에 가서 살펴보기로 하고 터미널에서 산 가방에 금고 안에 있던 것들을 모두 집어넣었다.

금고의 뚜껑을 닫고는 다시 금고를 벽에 꽂아 넣고 밖으로 나왔다.

"끝나신 겁니까?"

밖에서는 최경아가 기다리고 있었다. 생각 외로 빠르게 나온 때문인지 그녀는 내게 용무가 다 끝났는지 물었다.

"다 끝났습니다."

"그럼 이리로 오십시오."

그녀는 고객에 대한 비밀 엄수 원칙 때문인지 더 이상 질문을 하지 않고는 나를 엘리베이터까지 안내했다.

엘리베이터 앞에는 예의 최경철이 대기하고 있었다. 엘리베이터 문이 열리고 안에 탔다. 그도 같이 엘리베이터에 탔지만 조금 전과는 다른 의미였다. 둘 다 고객 보호 차원이지만 이번에는 범죄의 우려가 아닌 진정한 고객의 보호였다.

엘리베이터를 타고 내려온 후, GB 한국 본점을 빠져나와 강남 고속버스 터미널로 향하는 택시를 탈 수 있었다.

택시를 타고 얼마 후, 망막에 비치는 붉은색의 신호를 본 나는 미네르바에게 정보를 요청했다.

"미네르바, 무슨 일이야?"

—지금 세 대의 차가 함장님을 미행 중입니다.

"누구지?"

한 대도 아니고 세 대씩이나 나를 미행한다는 소리에 미네르바에게 정체를 물었다.

—한 대는 최경철이라는 GB 보안 책임자가 이끌고 있고, 두 대는 아직 정체가 파악되지 않고 있습니다. 아!

들려오는 이야기 도중에 미네르바가 뭔가 알아낸 듯 탄성을 터뜨렸다.

"뭐야?"

—한 대는 함장님의 조국이신 대한민국의 국가정보원 소속인 것 같습니다. 하지만 다른 한 대는 아직까지 정체가 불분명합니다.

'후후후, 재미있는 일이군. 아버지가 우연히 돌아가신 것이 아니었나?'

기괴한 죽음이라고는 생각했지만 한 번도 누군가 관련돼 있다는 생각을 해보지 않았었다. 그렇지만 미네르바의 말대로 아버지가 남긴 것을 찾아 나오는데 누군가 따라나섰다면 아버지의 죽음에는 의문이 있다는 소리였다.

갑자기 피가 싸늘하게 식는 것이 느껴졌다. 아버지의 유품을 찾자마자 기다렸다는 듯 미행을 하는 것을 보면 예사 것은 아닌 모양이었다.

전 같으면 아무것도 모르고 당했을 테지만 이제는 내게 미네르바라는 그야말로 괴물 같은 초자아 컴퓨터가 있었다. 거기다 외계의 우주선까지 있으니 복수라는 단어가 자연스럽게 뇌리에 떠올랐다.

"미네르바, 나를 따르는 놈들이 누구인지 모르지만 전부 감시하도록 해. 저들이 하는 대화는 물론 저들과 연계된 자들까지 알아낼 수 있는 것은 전부 알아내고 모두 분석해서 내게 알려줘."

―범위는 어떻게 합니까?

내가 내린 명령에 미네르바는 범위를 정해줄 것을 요구했다.

"전 지구!!"

―다시 한 번 말씀해 주십시오.

자신을 풀가동하라는 명령이라 그런지 미네르바가 확인차 물어왔다. 난 단호하게 명령을 내렸다.

"전 지구를 커버해서 관련있는 것들은 개미 새끼 한 마리까지 다 감시해!"

다시 확인하는 명령을 내리자 미네르바는 조금은 딱딱한 목소리로 자신이 명령을 인지했음을 내게 알려왔다.

─함장님의 전방위 명령을 수행합니다. 이 명령은 앞으로 코드 NO.1으로 명명되며, 함장님께서 내리는 모든 명령에 우선하여 시행됩니다. 기한은 함장님의 해제시까지 무기한입니다.

싸늘한 내 의지에 미네르바의 목소리도 딱딱하게 들려왔지만 마음에 들었다.

'일단은 꼬리를 떼고 아버지가 남긴 물건부터 살펴봐야겠군.'

이 상태로는 아버지가 남긴 물건을 확인한다는 것이 어려웠기에 집으로 가기로 했다. 저들이 나를 쫓는 이유가 아무래도 내가 금고에서 찾아 가지고 온 것과 관련이 있을 것이기 때문이다.

"미네르바, 나를 집까지 워프시킬 수 있나?"

소리없이 갑자기 사라진다고 해도 내가 미네르바를 이용한 줄은 모를 테니 워프할 수 있는지 물었다. 귀찮음을 피할 요량이기도 했지만 내가 갑자기 사라진다면 뒤를 쫓는 자들은 상부에 보고를 할 테고 그에 따른 움직임을 감시하기 위해서이기도 했다.

─가능합니다.

"그럼, 곧장 집으로 이동하게 해줘."

─네, 함장님! 워프!

미네르바의 마지막 음성과 함께 내 몸이 어디론가 빨려 들어가는 느낌이 들었다.

　　　　　*　　　　　*　　　　　*

"조 사무관님! 용의자의 머리가 갑자기 사라졌습니다."

국정원 제1차장 산하 대외산업정보부의 정보담당 주사인 안정수는 앞서가는 택시에서 유한철의 머리가 갑자기 사라진 것을 볼 수 있었다.

감시하면서 눈도 한 번 깜짝하지 않았는데 뒷좌석에 있던 유한철의 머리가 꺼지듯 사라졌기에 그는 그의 상급자인 조동원 정보사무관에게 급히 보고를 했다.

"차도에 뛰어내리지 않은 이상 잠시 누운 것일 수도 있으니 잘 살펴봐. 지금 가는 방향이 고속버스 터미널인 것 같으니 내리는 거 확실히 확인하고 곧장 미행하도록."

조동원도 계속 택시를 지켜보고 있었기에 아무렇지 않은 듯 대답을 하고는 다음 사항을 지시했다.

'쩝, 내가 잘못 본 모양이군. 하긴, 귀신도 아니고 사람이 갑자기 꺼지듯 사라질 리는 없지.'

안정수는 잘못 본 것이라 생각하고는 이내 조동원의 지시에 대답을 했다.

"알겠습니다. 일단 가는 방향이 확실하니 추적하는 것은 쉬울 것 같습니다."

"만전을 기해야 하니 서둘러 경찰에 협조를 구하고 다른 대기 팀을 고속버스 터미널로 집결시켜. 이번에 놓치면 문제가 커지니 말이야."

"염려 마십시오."

안정수는 대답을 하고는 곧장 무전을 켰다. 조동원의 지시에 안정수는 무전으로 요원들을 호출해 지시를 하기 시작했다. 장장 3년을 넘게 진행해 온 수사가 종결될 수도 있는 일이기에 조금은 흥분된 상태였다.

삐이!

"B팀은 즉시 강남 고속버스 터미널로 집결하고 다음 지시를 기다린다. 용의자는 지금 푸른색 SM5 택시를 타고 있으니 도착하면 감시만 하고 있도록."

안정수가 부산하게 무전을 날리는 모습을 보며 조동원은 생각에 잠겼다.

'후후후, 이제 얼굴 없는 사나이라 불리는 그분의 후계자가 드러나는 것인가?

얼굴 없는 사나이는 국적이 한국인이라는 것만 밝혀진 국제적인 무기 거래상이었다. 나이는 물론 얼굴이 알려지지 않은 그는 국제 무기 시장에서는 누구 못지않은 실력자였다. 보통 무기 거래상이라면 피를 연상시키지만 조동원에게 얼굴 없는 사나이는 존경의 대상이었다.

조국을 위해 자신의 영달을 포기하고 수십여 년 동안 그늘에 숨어 자주국방을 위해 위험을 홀로 짊은 그야말로 애국자

중 애국자라고 그는 알고 있었다.

얼굴 없는 사나이와 국정원의 수장인 원장과는 개인적인 비선을 가지고 있었다. 그런데 몇 년 전 그 비선이 끊기고 연락이 두절되었기에 원장의 요청으로 비밀리에 그의 행적을 쫓고 있던 조동원이었다.

연락이 끊기기 전 자주국방을 이룰지도 모를 무기 거래를 성사시키기 일보 직전이라는 연락이 있었기에 그가 남긴 것을 찾기 위해서였던 것이다.

팀원들에게는 거액의 불법 해외 자금에 대한 조사라고 알려져 있는 임무였지만 실상은 얼굴 없는 사나이가 죽기 전 남긴 것과 그의 유지를 이어받은 후계자를 찾는 것이 이번 임무의 진정한 목적이었다.

'비밀 금고를 연 것으로 보아 이번에는 확실하겠지?

우연치 않게 얼굴 없는 사나이의 것으로 보이는 금융거래를 파악하고 추적해 오다 걸려든 것이 바로 GB의 한국 본점이었다. 어렵게 VVIP 룸에 그의 비밀 금고가 있다는 것을 알아내고는 요원들을 침투시킨 것도 벌써 1년째였다.

그런데 오늘 그 비밀 금고를 열고 안에 든 물건을 취해 떠나는 자가 나타난 것이다. 국정원장의 무수한 독촉 속에서 인내하며 기다린 결과가 오늘 나타날 것이기에 조동원의 손에는 땀이 차오르고 있었다.

"이제 멈추는데요."

잠시 생각에 잠겨 있던 강동원은 안정수의 말에 멀리서 택시가 멈춰서는 것을 볼 수 있었다.

"그런 것 같군. 모두 놓치지 않도록 주의를 기울이도록."

"걱정 마십시오."

염려스러운 조동원의 말에 안정수가 경직된 목소리로 대답을 했다.

끼익!

잠시 후, 용의자가 나올 것이기에 국정원의 미행 차량도 근처에 섰다. 그렇지만 그들의 기대와는 달리 용의자는 택시에서 내리지 않았다.

"이상하군. 잠깐 대기!"

예상치 못한 상황에 차에서 내리려던 요원들은 조동원의 지시에 그대로 대기했다.

운전석이 열리고 택시 기사가 내렸다. 그는 무척이나 화가 난 듯 욕을 해대다 뒷문을 열어보며 뭔가를 살폈다. 그리고는 갑자기 함박웃음을 짓더니 다시 운전석으로 돌아가 차를 출발시켰다.

"빨리! 차 잡아!"

이상함을 느낀 조동원이 소리를 쳤다.

부우웅!

끼이익!!

급하게 차를 출발시킨 안정수가 빠르게 택시 앞을 가로막고 멈추어 섰다.

"아니, 어떤 미친놈의 새끼가!!"

택시 운전기사는 험한 욕설과 함께 택시에서 내리더니 안정수에게로 다가왔다.

"야! 이 새끼야! 죽으려고 환장했어?"

"죄송합니다. 급하게 찾는 용의자가 있어서."

일단 사과를 하고 차에서 내린 안정수는 품 안에서 신분증을 꺼내 택시 기사에게 내밀었다. 눈앞에 보이는 국정원 요원의 신분증에 택시 기사의 험악한 얼굴이 언제 그랬냐는 듯이 풀어졌다.

국정원이라면 아직도 세인들의 뇌리에 두려움의 대상으로 남아 있었기에 택시 기사의 말소리가 떨렸다.

"무, 무슨 일입니까?"

"방금 전, GB 은행 앞에서 태운 손님은 어디 갔나요?"

"아! 그 손님이요? 고속 버스터미널까지 가자고 해서 태우고 왔더니만 온데간데없이 사라져 버렸더라고요. 참나! 귀신이 곡할 노릇이지. 어떻게 차 안에 있던 사람이 감쪽같이 없어져 버렸는지 알다가도 모르겠습니다. 그나마 뒷좌석에 배춧잎 두 장이 있어서 손님이 탔다는 게 믿어지지. 그렇지 않았다면 귀신에 홀렸다고 생각했을 겁니다."

택시 기사는 입에 거품을 물고 설명을 했다. 자신이 본 대로 안정수가 국정원 사람이라면 자신이 태운 자가 간첩일지

도 모른다는 생각 때문이었다. 세세히 설명하는 그의 목소리
에는 만약 간첩이라면 보상금이라도 받을 수 있지 않을까 하
는 기대 심리가 깔려 있었다.

"안 주사! 빨리 터미널 CCTV 녹화 테이프를 확보하고, 용의
자가 어디서 왔는지 확인해! 그리고 강남서에 다시 한 번 협조
를 구해서 GB 로비에 있는 CCTV 녹화 테이프도 확보하고."

이미 놓친 것은 할 수 없는 일이었다. 터미널로 왔다면 서
울에 도착한 후 이곳에서 GB로 갔을 가능성이 크기에 조동
원은 터미널의 CCTV 녹화 테이프를 확인하도록 했다. GB의
것과 대조해 보고 어느 버스에서 내렸는지 확인하면 용의자
의 출발지를 확인할 수 있었기 때문이다.

'어떻게 그렇게 감쪽같이 택시에서 사라질 수가 있었지?
역시 얼굴 없는 사나이의 후계자라는 건가? 후후후, CIA도 이
런 상황에서는 별수가 없겠군!'

먼발치에서 차를 멈춘 채 당황스러운 표정으로 어디론가 연
락을 취하고 있는 CIA 극동지부 요원들의 모습이 눈에 보였다.

미행이 실패했다는 생각에 분통이 터졌지만 자신 이외에
쫓고 있는 자들도 그런 것 같기에 일단은 안심이 되었다. 자
칫 신원이 노출될 수도 있다는 생각 때문이었다.

'하지만 어째서 GB 안전요원들도 나선 것이지? 뭔가 관련
이 있을 것 같으니 한 사람은 철수시키지 말고 그 부분도 조
사를 하라고 해야겠군.'

CIA 극동지부 요원들과는 달리 차분한 표정으로 차를 돌리는 GB 안전요원들을 보며 조동원은 철수시키려던 요원을 GB 내에 그대로 놔두는 것이 좋겠다는 생각이 들었다.

그동안 지켜본 바로는 그들에게서도 음모의 냄새를 맡을 수 있었기 때문이다.

CCTV의 분석 작업은 그리 오래 걸리지 않았다. 국정원의 요청이라는 말에 강남서에서는 무슨 수를 썼는지 GB의 로비가 녹화된 테이프를 금방 확보해 전달해 주었고, 터미널에서 확보된 테이프도 낮 시간이라 터미널을 이용하는 손님이 그리 많지 않았기 때문에 용의자인 한철을 찾아내는 것이 그리 어렵지 않았던 것이다.

CCTV를 통해 한철이 타고 온 우등 고속버스가 진주에서 올라온 것임을 확인한 조동원은 고속버스 터미널 인근을 탐문하고 있는 안정수에게 전화를 걸었다.

"안 주사! 진주로 가야겠다."

"진주요?"

"거기서 지부에 요청해 용의자를 탐문하도록. 용의자의 사진은 핸드폰으로 전송할 테니 될 수 있으면 빨리 용의자의 신병을 확보해야겠어."

"알겠습니다. 그런데 본부에는 뭐라고 보고를 할까요?"

"침묵!!"

조동원은 침묵의 율법을 강조했다. 안정수는 조동원의 목소리에서 심각한 기색을 읽을 수 있었다.

"침묵입니까?"

"맞다."

"그럼, 차장님께도 말입니까?"

"물론이다. 용의자에 대해서는 극비로 다뤄라. 차장님께도 예외가 아니다. 원장님께는 내가 직접 보고를 드리겠다. 보고를 드린 후 나도 곧장 쫓아갈 테니 최대한 빨리 신상을 파악하도록 해라. 그리고 그쪽 터미널에 있는 CCTV의 테이프 원본을 회수해 보관하도록. 이쪽은 내가 할 테니까."

"알겠습니다."

안정수는 전화를 끊었다. 조동원이 침묵을 요구하는 것을 보며 마음이 무거워졌다. 굳어 있는 조동원의 목소리에 안정수는 자신이 오랫동안 맡아온 이번 일이 심상치 않은 사건임을 알 수 있었다. 단순한 국제금융 사기사건으로 생각했는데 이면에 생각지도 못한 진실이 숨어 있음을 느낀 것이다.

직속상관에게까지 보고를 하지 못하게 하는 것을 보면 국정원 내에 이번 사건과 관련하여 적대 세력이 있을 수도 있다는 것을 뜻했기 때문이다.

그런 정황은 여기저기 나타나고 있었다. 그도 CIA 극동지부 요원들이 추적에 가담했다는 것과 이례적으로 GB의 보안요원들까지 추적에 따라나선 것을 알기에 앞으로의 일이 격정이었다.

'조 사무관님이 이렇게 적극적으로 나서는 것을 보면 뭔가 재미있는 일이 벌어질 수도 있겠군. 그럼, 녹화 테이프를 회수하고 진주로 가볼까? 그나저나 그리 나이가 먹어 보이지는 않은 것 같은데 그만큼 중요하다면 이건 뭔가가 있다.'

원본 테이프를 회수한다는 것은 용의자의 신분이 철저히 감춰져야 한다는 것이기에 약간의 긴장감이 들었다.

조동원의 지시를 받은 안정수는 기대감을 가지며 자신의 휘하에 있는 요원들과 함께 고속도로로 향하는 도로로 향했다.

조동원은 안정수에게 지시를 하고는 화면 캡처로 잡은 한철의 이미지 파일을 메신저를 이용해 전송하고는 곧장 국정원으로 향했다.

'골치 아프군.'

국정원으로 들어선 조동원은 보안 점검을 끝내 후 원장실로 향하며 보고할 생각에 눈앞이 깜깜했다.

'극비로 다루는 것도 좋지만 사람이 너무 없어서 곤란하니 이번 기회에 증원을 요청해야겠다.'

한철의 행방을 놓친 탓에 보고하기가 갑갑했던 조동원은 강공으로 나가기로 했다. 인원이 없어 제대로 된 작전을 수행하지 못하고 있다는 것을 원장도 잘 알기 때문이었다.

어차피 이번 일에 대한 비밀을 알고 있는 사람은 원장과 자신, 그리고 GB에 잠입해 있는 요원 둘뿐이었다. 오랫동안 같이 일해온 안정수에게까지 비밀로 해온 것이 미안할 정도였다.

하지만 국가의 사활이 걸릴 수도 있는 중요한 일이었기에 비밀을 지키기 위해 요원의 수가 적을 수밖에 없었다. 이제 찾고자 하는 사람이 나타난 이상 충원이 안 된다면 원장의 개인 비선이라도 붙여달라고 할 요량으로 원장실의 문을 두드렸다.

똑! 똑!

문을 두드리고 들어가자 앉아서 컴퓨터로 작업하고 있는 여비서가 조동원을 맞았다.

"조 사무관님, 오셨군요. 원장님께서 기다리고 계십니다."

평소와는 달리 국정원장의 여비서인 정수희의 목소리가 무척이나 반기고 있었다.

"오늘 저녁은 시간을 못 낼 것 같아. 미안해."

조동원은 옆으로 스쳐 지나가며 작은 목소리로 자신과 미래를 약속한 정수희에게 사과를 했다. 만난 지 100일이 되는 날이라 약속을 잡았는데 아무래도 한철의 일로 약속을 지키지 못할 것 같았기 때문이다.

"미안한 줄 알면 출장 갔다가 올 때 선물이나 하나 사와요. 비싼 거는 말고 심플한 걸로."

조동원의 약혼녀인 정수희는 새초롬한 눈으로 한번 흘겨보더니 나직이 속삭였다.

"아… 알았어. 미안해."

“들어가시죠.”

고소하다는 듯 인상이 일그러진 조동원을 바라본 정수희가 국정원장실의 문을 열었다.

“사랑싸움은 그만 하고 어서 들어와!”

“죄송합니다, 원장님.”

두 사람의 싸움을 들킨 것이 무안한 듯 얼굴을 붉힌 정수희가 조용히 문을 닫았다.

“어!!”

원장실 안으로 들어선 조동원은 자신에 앞서 누군가 면담 중이었음을 확인할 수 있었다. 아직 GB 내에 있어야 할 최경아가 원장실에 있는 것을 본 조동원은 떨떠름한 표정으로 인사를 했다.

“경아 씨도 와 있었군요?”

“오랜만에 뵙는 것 같군요, 조 사무관님.”

“오랜만이군요.”

“그리 서 있지 말고 자리에 앉아. 정신 사나우니까.”

“알겠습니다.”

조금은 낮은 원장의 목소리에 조동원도 원장석과 마주 보이는 의자에 최경아와 나란히 앉았다.

검은 뿔테 안경에 다부진 몸매를 하고 있는 사나이는 평직원으로 시작해 국정원의 수장에까지 오른 입지전적인 인물로, 대한민국의 국가정보와 대외 안전의 최일선을 책임지고 있는 김한석 원장이었다.

국내는 물론, 해외 공작에도 일가견이 인물로 현역 시절 그의 활약은 각국 정보국에서는 다크 라이온이라고 불리고 있는 신화적인 인물이었다.

임무가 실패했음을 이미 아는 듯 김한석으로부터 쏟아져 나오는 분노의 기운에 조동원은 자리에 앉아서도 기운을 제대로 펼 수 없었다.

"그래, 다 잡은 걸 놓쳤다고?"

뿔테 안경을 코밑으로 내리며 자신을 노려보는 듯한 김한석의 눈동자에 조동원의 눈이 가늘게 떨렸다. 원장이 저런 표정을 지으면 공포의 잔소리가 흘러나온다는 것을 오랜 경험으로 알고 있었기 때문이다.

"택시 안에서 감쪽같이 사라졌습니다. 타는 순간부터 터미널 앞까지 한 번도 눈을 떼지 않았는데 말입니다."

"으… 음."

자신을 비호하기 위해 핑계를 댈 인물이 아니기에 김한석은 신음을 삼켰다.

"경아 양은 어떻게 생각하나?"

"기획조정실이 나서야 할 것 같습니다."

"기조실이?"

국정원의 지원 분야와 내부조직의 조정을 맡고 있는 기획조정실이 언급되었기에 김한석이 안경을 다시 들어 올리며 최경아를 바라보았다.

"지금은 MP(멘탈파워)가 나서야 된다고 봅니다."

"무슨 뜻인가?"

최경아의 제안이 놀라운 듯 김한석은 저의를 물었다. 아직은 완성되지 않은 조직으로 국정원 내에서도 극비로 다루고 있는 MP를 동원해야 한다는 소리가 뜻밖이었던 것이다.

"제게 내밀었던 열쇠에서 얻은 감응 정도로 보아 그 사람은 텔레패스일 가능성이 매우 높습니다."

최경아의 말에 김한석이 자리를 고쳐 앉았다.

"능력자라는 말인가?"

"확실합니다."

"조 사무관의 보고대로 택시 안에서 그렇게 사라졌다면 스페이스런너(공간 이동 능력자)일 가능성도 있군."

확신하는 듯한 최경아의 대답에 김한석은 조동원이 보고한 사항의 진실을 금방 유추해 낼 수 있었다.

"열쇠에 서려 있는 영능이라면, 믿기지 않는 일이지만 충분히 가능한 이야기인 것 같습니다."

최경아의 말에 김한석이 얼굴을 굳힌 채 생각에 잠겼다. 안경을 만지작거리며 초점없는 시선으로 골몰하는 것은 뭔가 중요한 일을 결정하기 전에 나오는 그의 버릇이었다.

최경아를 놀라게 할 정도의 능력이라면 김한석은 이번 일에 MP를 동원해야 함을 알았다. 고심하던 그는 결론을 내리고 입을 열었다.

"최경아 양 말대로 조 실장에게 부탁을 해야겠군. 하지만 성사될지는 아직 나도 장담할 수 없네."

"아직 시기상조이기는 합니다만 부탁을 드리겠습니다."

"알겠네. 내 노력해 보도록 하지. 그런데 그에 대한 분석은 끝났나?"

"염상능력으로는 파악이 불가능해서 열쇠에 남아 있는 지문패턴을 이용해 그에 대한 분석을 완료했습니다. 이름은 유한철, 나이는 20세. 4년 전 세상을 떠들썩하게 했던 자연발화 사건의 주인공인 유민혁 씨의 아들입니다."

"역시, 민혁의 아들이라는 말인가?"

최경아의 설명에 김한석이 놀라 물었다. 어느 정도 관련이 있다고는 생각했지만 이번에 나타난 자가 자신의 친우인 민혁의 아들일 줄은 그의 예상 밖이었던 것이다.

'으… 음, 역시 피는 속이지 못하는 것인가? 최경아 양은 마스터 급의 능력을 가졌는데도 이렇게 놀란 것을 보면 거의 최상급이라고 해도 과언은 아니겠군. 하지만 그 아이가 어렸을 적에 검사한 결과로는 능력이 없는, 평범한 것으로 나왔는데 이상하군.'

"조사된 바로는 그렇습니다."

"그렇다면 조 실장이 반대를 하더라도 무조건 MP를 동원해야겠군. 그 일은 염려 말게."

김한석은 최경아가 능력자들의 집단인 MP를 동원하게 해달라는 이유를 확실히 알 수 있었다. 자신의 친우인 민혁의 아들이 능력을 가지게 됐다면 최고일 가능성이 많았기 때문이다.

최고라고 말할 수 있는 상당한 영능력자로 길을 걷던 도중 자연발화라는 초자연적인 현상으로 한 줌 재로 사라져 버린 유민혁의 아들이라면 마스터 급을 상회하는 영능력자일 가능성이 매우 컸던 것이다.

비록 어렸을 적에 비밀리에 실시된 검사에서 능력이 없다고 판정이 났지만 영능력이라는 것이 중간에 발현될 수도 있었기에 시기상조이지만 직권을 동원해서라도 MP를 동원하기로 결심을 굳힌 것이다.

"행방은 알아냈나?"

"국토해양부 전상망을 통해 지리산 쪽에 유민혁 씨의 와이프인 김민서 씨 명의로 된 밭과 가옥이 있는 것으로 확인되었습니다. 제 예상이 맞는다면 그는 지금 그곳에 있는 것이 분명합니다."

최경아의 능력이라면 그런 것쯤은 알아내는 것이 아무것도 아니었을 것이다.

"그렇다면 헬기를 동원을 해야겠군. 조동원 군!"

최경아와 대화를 나누던 김한석이 조동원을 불렀다.

"예, 원장님."

두 사람의 대화를 도통 이해하지 못해 자신의 약혼녀인 정수희에게 무엇을 선물할 것인가 딴생각에 빠져 있던 조동원은 엉겁결에 자리에서 일어나며 대답을 했다.

"들었을 테니 곧바로 출발하게."

"알겠습니다."

"경아 양도 조동원 군과 함께 지리산으로 가게. MP들은 4시간 후 지리산에 도착할 걸세."

"그럼, 전!"

최경아는 자리에서 일어나 김한석에 인사를 하고는 원장실을 나섰다. 조동원은 줄 달린 강아지마냥 그녀의 뒤를 쫓았다.

원장실을 나서 비서실을 지나는 동안 자신의 약혼자인 정수희가 손가락을 치켜들며 선물을 상기시켰다.

'애고, 내 팔자야. 괜히 꼬셨나?

싹싹한 표정에 언제나 반듯한 모습이 마음에 들어 대시를 한 것이 문제였다. 자신의 마음을 들킨 후 전세가 역전된 것이다. 만약 결혼을 한다면 공처가는 맡아놓은 당상이라 한숨만 내쉬는 조동원이었다.

타—타타타타!

국정원을 나선 후, 헬기장으로 가자 이미 기별이 간 듯 헬기가 이륙 준비를 끝내놓고 있었다. 헬기에 올라탄 조동원은 작아져 가는 국정원을 바라보며 자신이 알 수 없는 사건에 휘

말려 가고 있음을 짐작할 수 있었다.

'그나저나 같은 국정원 요원이라지만 MP니 하는 것은 또 뭐지? 원장님과 이야기하는 것으로 봐서는 전에 내가 상대했던 자들과 비슷한 능력자 집단 같은데… 우리 국정원에도 능력자를 양성하고 있다니 놀라운 일이로군. 그리고 이 여자도 능력자인 것 같은데……'

자신은 아직 알아내지도 못한 용의자의 정체를 알아낸 것도 놀랍지만 그동안 최경아가 능력자일지도 모른다는 생각에 조동원으로서는 앞으로의 일이 무척이나 궁금했다.

그 또한 외국의 능력자들과 심상치 않은 인연이 있었기에 헬기가 남쪽으로 내려가는 동안 몇 번이고 묻고 싶었지만 같이 작전을 수행한 것 이외에는 평소 대화 한 번 나누지 못한 그로서는 말을 꺼내기가 쉽지 않았다.

'궁금해서 못 참겠네. 일단은 물어보기라도 하자.'

궁금증을 참지 못한 그로서는 더 이상 참을 수가 없자 결심을 굳히고는 물어보기로 했다.

"저, 저어……"

"궁금한 것이 많으실 줄 압니다만 MP 요원들과 합류한 후 설명을 드리도록 하겠습니다."

"알겠습니다."

싸늘한 어투로 딱 잘라 거절하는 최경아의 말에 조동원의 입이 댓 발은 나왔다.

‘칫! 알려주면 어디가 덧나나? 그런데 어떻게 목소리가 이렇게 뚜렷하게 들리는 거지?

프로펠러 소리가 무척이나 요란한데도 최경아의 목소리가 선명히 들렸다는 생각에 조동원은 그녀 또한 능력자라는 것을 이제야 실감할 수 있었다.

한편, 최경아와 조동원이 지리산을 향해 자신을 찾아오고 있는 동안 한철은 자신이 가지고 온 아버지의 유품을 확인하고 있었다.

*　　　*　　　*

“다시 한 번 말해봐라!”

아버지의 유품에 대한 설명을 미네르바로 듣고 난 후 너무 놀라운 나머지 다시 한 번 내가 들은 것이 사실인지 물었다.

—가지고 계시는 통장은 함장님의 이름으로 국내 다섯 개 은행에서 개설된 것입니다. 각 은행마다 세 개의 통장이 개설되었고, 각각의 통장에는 정확히 200억 원의 현금이 들어 있으니 총 3,000억 원의 현금이 함장님의 이름으로 예치되어 있습니다.

“그, 그 말! 사… 실이냐?”

나도 모르게 말이 떨려 나왔다. 쥐꼬리만 한 봉급만 가져온다고 어머니와 다투던 아버지가 이런 거액의 통장을 내 앞으로 해놓았다는 것이 믿기지가 않았다.

─각 은행의 전산망을 확인한 결과 틀림없습니다.

"졸지에 부자가 됐군. 그럼 나도 졸부의 반열에 들어선 건가?"

땅값 상승으로 일약 거부가 되었다는 말은 들어보았어도 이렇게 부자가 되었다는 말은 들어보지 못했기에 얼떨떨했다.

─입금이 된 날짜는 함장님의 부친께서 돌아가시기 일주일 전 모두 같은 날짜에 개설이 된 것으로 보아 함장님의 부친께서는 이미 죽음을 예감하신 것으로 생각됩니다.

"이미 죽음을 예감하시고 준비를 하신 것인가?"

─틀림없습니다. 그리고 이상한 것이 한 가지 있습니다.

"뭔데 그래?"

─계좌 입출금 내역을 조회한 결과 모두 같은 시간대에 입금이 됐다는 것입니다. 그 정도의 돈이라면 직접 가지 않는 한 통장을 개설하지 못할 텐데 거의 비슷한 시간에 통장이 개설된 것을 보면 함장님의 부친 이외에도 다른 사람들이 통장을 만드는데 관여되어 있을 확률이 큽니다.

"그래? 그렇다면 아버지에게 따르는 사람들이 있거나, 협력자들이 있다는 소리로군."

─그럴 확률이 매우 높습니다.

아버지와 같이 일을 하는 사람들이 있다는 사실이 흥미로웠다. 그런 사람들이 정말 있다면 나에게 무척이나 힘이 될 수도 있기에 찾아보는 것이 좋을 것 같았다.

"그럼 이것은 뭐지?"

앞으로 찾아야 할 사람들이지만 아직은 아니었기에 통장 말고 고서처럼 위장된 것에 대해 미네르바에게 물었다.

고문서로 보이는 책의 내용물도 심상치 않았다. 정확히 말해 누런색의 표지로 감싸인 것은 고문서가 아니었다. 표지만 그럴 뿐, 안은 한눈에 보기에도 전혀 다른 것으로 채워져 있었던 것이다.

영어로 표기되어 있고, 많은 숫자와 달러와 비슷한 문양이 있는 것을 보면 이것도 돈과 관계된 것이 분명해 보였다.

—맨 뒤에 있는 다섯 장을 제외하고는 전부 미국 국채입니다. 무기명 양도성국채로 장당 1,000만 달러로 총 300장이니 30억 달러로 지금 현재 달러 환율이 1,005원 59전이니 약 3조 원정도 되는 금액입니다. 거기다 이자까지 따지자면 더 늘어날 수도 있습니다. 현재 얼마나 되는지 산출할까요?

"허걱!!"

너무 놀라 말조차 나오지 않았다. 이것은 졸부는커녕 세계적인 갑부가 된 거나 마찬가지였다. 아버지가 어떻게 이런 돈을 가지고 있는지 너무도 궁금했다. 아마도 미국 국채 이외에 덤으로 달려 있는 마지막 다섯 장에 그에 대한 비밀이 적혀 있을 것이 분명했다.

"아니다. 그건 됐어. 그런데 맨 뒤에 있는 것은 해석은 끝났나?"

─이미 끝냈습니다. 지금 곧 전송해 드리겠습니다.

한문으로 써 있었기에 미네르바로 하여금 해석을 부탁해 놓았었다. 미네르바의 말이 끝나고 해석된 한문이 한글로 번역되어 망막에 비치기 시작했다.

지금쯤 엄마 아빠는 살아 있는 사람이 아니겠구나, 한철아.

'아… 아버지!'

아버지가 남기신 편지 형식의 글이었다. 나는 금세 눈시울이 뜨거워지는 것을 느낄 수 있었다.

너는 나를 평범한 월급쟁이로 알겠지만 나는 평범한 일을 하는 사람이 아니었다. 이 아빠는 송도 유씨 상가의 27대 손으로 할아버지의 뜻을 따라 가업을 이었다.

'역시, 아버지는 평범한 회사원이 아니었구나.'

해방이 되기 전 우리 가문은 그동안 이어온 가업을 정리하고 공산당의 이목을 피해 숨어 있다가 동족상잔의 비극인 전쟁이 터지기 전 남한으로 피신해 왔다. 그리고 서울에 자리를 잡고 가업을 계속해서 이어왔다. 믿기지 않겠지만 우리 가문이 이어온 가업은……

아버지가 써놓은 장문의 편지가 계속해서 망막을 스쳐 지나갔다. 다 읽은 후에도 믿을 수가 없어 다시 한 번 읽어보았다. 그리고 내가 읽은 것이 거짓이 아니었음을 확인할 수 있었다.

'참 웃기지도 않는군. 우리 가문이 국제 무기 거래상이라니… 이걸 믿어야 하나 말아야 하나?'

아버지가 남겨놓은 것을 보고는 믿을 수가 없었다. 우리 집안이 고려 시대부터 무기를 거래해 온 아주 전통있는 무기 거래상이라는 사실이 황당하기까지 했다.

하지만 믿지 않을 수도 없었다. 비록 현금은 아니지만 내 눈앞에 놓인 천문학적인 돈이 그것을 증명했다.

'그러니까 아버지는 5년 전 새로운 무기 거래가 실패할 것을 예상하고 이런 준비를 하셨다는 건데… 도대체 그 무기가 뭐지? 언급해 놓은 것이라고 아멘도스라는 이름뿐인데……. 아멘도스에 대해 알려면 이번에도 미네르바를 동원해야 하나? 할 수 없지. 단편적인 정보밖에는 없으니 일단은 미네르바에게 부탁을 해야겠구나.'

정보의 부재였다. 거기다 아직까지 완전하게 활성화되지 않은 머리로는 상황조차 정리가 되지 않았다. 만능우먼 미네르바가 아니라면 아직까지 난 길 잃은 어린양이었다.

"미네르바!"

―부르셨습니까?

"그래, 이걸 번역해서 알겠지만 아멘도스라는 것을 찾아봐
줘!"

—이번 것도 범위를 전 지구로 삼는 겁니까?

"물론, 국제 무기 거래상이었다니 전 세계를 뒤져서 찾아
내도록 해야 할 것 같아. 아무리 봐도 냄새가 풍기는 물건 같
으니까 말이야."

—알겠습니다. 이번 명령은 코드 NO.2로 명명하고 1차 명
령에 준해 집행하겠습니다.

"알았어. 그렇게 하도록 해."

—그리고 함장님께 보고드릴 일이 생긴 것 같습니다.

목소리가 심상치 않은 것을 보면 중요한 일인 것 같았다.

"뭔데? 보고해 봐!"

—국정원 소속으로 보이는 인물 두 명이 지금 헬기를 타고
이곳으로 오고 있는 중입니다.

"어떻게 알았기에 이곳으로 온다는 거지?"

국정원 요원들이 오고 있다는 말에 놀라지 않을 수 없었다.

—헬기에 타고 있는 국정원 요원 한 명이 사이코 매트릭스
를 사용할 수 있는 능력자로 보입니다.

"사이코 매트릭스를?"

—그렇습니다. 아주 미미한 능력이지만 지구에서 본다면
상당한 능력자입니다. 염상능력을 사용할 줄 안다면 국가정
보원의 능력으로 보아 함장님의 신원을 파악하는 것이 가능

했을 것으로 판단됩니다. 그리고 사이코 매트릭스를 사용할 줄 아는 국정원 요원은 함장님께서 GB로 들어가셨을 때 안내를 맡았던 최경아라는 여자입니다.

"그 여자가?"

―그렇습니다.

말없이 무뚝뚝해 보이던 여자가 그런 능력을 가졌다니 놀라웠다. 거기다 GB에 잠입해 있었다면 아버지가 남긴 유품에 대해 알고 있었다는 이야기가 가능했다.

"그럼 순식간에 내 정체를 알아냈겠군. 이제 어떻게 하면 될까 모르겠군."

―일단 저들이 원하는 것이 무엇인지 모르니 아무것도 모르는 것으로 하십시오. 제가 지금부터 국정원 메인 컴퓨터에 들어가 함장님과 관련된 정보들을 한번 찾아보겠습니다.

"알았어. 난 그동안 손님 맞을 준비를 할 테니 그렇게 하도록 해."

정보에 대한 사항은 미네르바에게 맡기기로 하고 난 저녁을 준비했다. 어떤 일로 오는지는 모르지만 국가 공무원이 우리 집을 방문한다니 저녁이라도 대접해야 할 것 같아서였다.

간단하게 호박잎쌈을 준비했다. 된장에다가 매운 청양고추를 썰어 넣고, 대파와 산마늘 잎을 넣어 끓인 쌈 된장을 만들었다.

집에 온 후 다시 읍내로 워프해서 사 가지고 온 고추장과 시어버린 김치를 이용해 고추장 떡도 만들었다. 간단히 반찬을 준비하고는 쌀을 씻기 위해 우물가로 갔다.

타타타타타!

멀리서 헬기 소리가 들려왔다. 집으로 가까이 오는 것을 보면 버려진 밭에 그냥 착륙하려는 것 같았다. 하긴 잡초만 무성하니 나 있는 곳이고, 1,000여 평이나 되는 밭이니 헬기가 충분히 착륙할 만했다.

헬기에서 누군가 내리는 것이 느껴졌다. 헬기는 사람을 내리고 난 후 곧장 떠올라 사라져 갔다.

'미네르바 말대로 상당한 기운을 가진 여자였군. 아까 봤을 때는 개방을 하지 않았던 것인가?'

GB에서 봤을 때와는 느껴지는 기운 자체가 달랐다. 시위를 잔뜩 잡아당기고 있는 활 같은 느낌이 풍겼다.

'그래도 남자는 정상이군. 하지만 꽤나 단련된 느낌인걸!'

남자도 만만치 않아 보였다. 걷는 보폭이며 호흡의 정도로 보아 흔히 말하는 고수가 분명해 보였다.

'어! 그런데 내가 어떻게 이런 것들을 다 분석할 수 있는 거지?'

나도 모르는 사이에 두 사람에 대해 분석을 끝내고는 소스라치게 놀랐다. 전에는 상상도 할 수 없는 능력이었기 때문이다.

'미네르바와 동기화되더니 멀리 떨어진 사람의 능력을 분석할 수 있는 능력이 생긴 모양이로군. 후후후, 이것도 괜찮은데!

전 같으면 겁을 먹었겠지만 자연스럽게 생각하기로 했다. 내가 가진 힘은 계발하기 나름이라고 했으니 앞으로 천천히 즐겨볼 생각이다.

'꽤나 조심스럽군.'

집으로 들어오지 않고 주위를 살피는 것을 보니 국정원에서 나온 자들답게 꽤나 조심스러웠다.

'궁금하기도 하겠지. 이제 슬슬 밥이나 해볼까?'

쌀을 다 씻고 밥을 하기 위해 부엌으로 갔다. 솥에 쌀을 넣고 숯불이 남아 있는 아궁이에 장작을 몇 개 더 넣었다. 불은 금세 달아올랐다.

밥이 되기를 기다릴 동안 찌개를 준비했다. 오늘은 두부 된장찌개를 준비했다. 청양고추를 넣고 맵게 끓이는 것으로 오늘의 주 메뉴와 아주 잘 어울릴 것이 분명했다.

얼마 있지 않아 밥이 끓는 소리가 들렸다.

"이쯤에서 넣어야겠다."

집 앞에서 제멋대로 자란 호박잎을 뜯어서 씻어놓은 것을 뜸이 들기 시작하는 밥솥에 넣었다. 이렇게 하면 원래 밥이 질어지지만 약간 물을 적게 넣어 밥을 해서 밥이 질어지는 않을 것이다.

준비가 끝나자 메인 메뉴를 준비하기 시작했다. 우선 광에서 꺼낸 화로에 아궁이에서 남아 있던 숯을 담았다. 벌건 숯불의 열기가 얼굴을 따갑게 했지만 기분은 좋았다. 화로를 가지고 가서 마루에 놓고는 그 위에 석쇠를 올려놓았다.

"이제 밥을 푸고 상만 들이면 되는 건가?"

미리 준비된 상 위에 찐 호박잎을 담아 올려놓고는 제법 커다란 대접에 밥을 세 그릇 퍼 담았다.

"이만 하면 푸짐하군."

밥상을 화로 옆에 놓고는 부엌으로 가서 조금 전에 끓여둔 된장찌개를 가지고 와서 화로 위에 올려놓았다.

"크크크, 이제 삼겹살을 구우면 되는 건가?"

오늘의 메인 메뉴 삼겹살의 등장이었다. 고기를 먹은 지가 하도 오래돼서 읍내에 나간 김에 사온 것이다. 삼겹살이 석쇠 위에 올려지고 발갛게 달아오른 숯불을 받으며 익기 시작했다.

지글지글!

"꿀꺽!

뒤집어놓은 부분이 노릇하게 익어 기름이 끓고 있는 모습에 저절로 군침이 넘어갔다.

'아 참! 손님이 왔는데 나 혼자 먹을 수는 없지.'

밖에 숨어서 지켜만 보고 있는 두 사람을 부르기로 했다.

"거기 밖에만 서성이지 말고 안으로 들어와요. 아직 식사 전일 텐데 들어와서 같이 들어요."

큰 소리로 부르자 놀라는 기척이 역력했다. 그렇지만 얼마 안 있어 삐걱하니 문이 열리고 두 사람이 안으로 들어왔다.

한철의 집으로 들어선 이들은 최경아와 조동원이었다.

최경아를 따라 지리산 골짜기로 온 조동원은 지금 배가 고파 죽을 지경이었다. 숨 가쁜 추격전 후에 비디오 분석, 그리고 국정원에 들러 원장에게 보고를 하고, 이내 지리산에 오기까지 아침부터 그가 먹은 것이라고는 쓴 커피 몇 잔이 전부였기 때문이었다.

Chapter 4
의문에 싸인 비밀들

능선 너머에 헬기가 착륙한 뒤 산을 타고 넘어와 한철의 집에 도착해 사람이 있는지 살피느라 주변을 어슬렁거릴 때부터 나기 시작한 음식 냄새는 바로 죽어도 잊지 못할 고향의 냄새였다.

'지랄 맞을!'

저절로 욕이 튀어나왔다. 지리산에 도착한 이후로 이토록 근무 환경이 열악한 직장을 계속 다녀야 할 것이냐는 고민이 저절로 들었다.

'한 점이라도 맛을 봤으면……'

매콤한 기름 냄새가 나는 것을 보면 기름에 지져진 것은 고추장떡이 분명했고, 부엌에서 흘러나오는 된장찌개는 분명 얼큰한 청양고추를 송송 썰어 넣은 것이 분명했다.

범죄자도 아니고 나라에 음으로 양으로 보탬이 되다 사라져 버린 얼굴 없는 사나이의 행방을 찾기 위한 일이었다.

만약 최경아가 말리지 않았다면 벌써 뛰어들어 가고도 남았을 것이지만 임무가 임무인지라 꾹 눌러 참고 식사 준비하는 유한철을 살폈다.

한철이 집 안에 있음을 확인하고 이토록 빠른 시간에 집으로 와 식사를 준비할 정도라면 원장이 말한 스페이스런너일 가능성이 크다고 생각했다. 그 또한 능력자라는 이야기였다.

한철이 능력자라는 사실이 확인되자 능력자가 가진 힘에 대해 누구보다 잘 알고 있는 조동원은 상당히 주의 깊게 주변을 살폈다. 혹시나 동조자가 있나 하는 생각에서였다.

그 이외에 다른 이들이 있는지 살폈지만 주변에는 아무도 없었다. 자신뿐만 아니라 최경아도 같이 세밀히 살핀 결과 결론은 혼자라는 것이었다.

어쩐 일인지 가끔 인상을 쓰는 최경아의 모습이 이상했지만 그것 이외에는 별다른 이상이 없었다.

상황 파악이 끝났을 때 조동원의 코를 자극한 것은 숯불에 구워지는 삼겹살이었다. 냄새로 보아 집단으로 사육된 것이 아닌 집에서 한두 마리 기르는 그런 놈이 분명했다. 서울에서도 보기 힘든 진짜배기가 분명했기에 그는 더 이상 자신의 굶

주림을 참을 수가 없었다.

"들어가서 한 끼 얻어먹지요?"

조동원은 최경아에게 자신의 의향을 강하게 밝혔다.

"우리가 거지인가요? 우리는 저 사람을 감시하러 왔어요. 얼마 안 있어 작전이 시작될 텐데 좀 참아요. 저자의 신병을 확보하고 나면 그때 근사하게 한 끼 살게요."

'쩝! 저거 진짠데……'

대번에 거절하는 최경아가 야속했지만 어쩔 수가 없는 일이었다. 그녀의 말대로 여기에 온 것은 놀러온 것이 아니라 작전이었기 때문이다.

능력자라는 것이 확인된 이상 신병을 확보하자면 문제가 있을 수 있기에 조동원은 아쉬움을 삼켜야 했다.

"거기, 밖에만 서성이지 말고 안으로 들어와요. 아직 식사 전일 텐데 들어와서 같이 들어요."

"으음!"

"어!"

안에서 들려오는 외침에 자신들이 들켰음을 직감한 두 사람은 잠시 갈피를 잡지 못했다.

"저… 경아 씨, 들어와 밥 먹으라는데 들어갑시다."

이미 들킨 이상 밥이나 먹자는 생각이 들었다. 목소리에 담긴 느낌으로는 자신들의 정체를 이미 알고 있는 것은 물론, 적대시하지 않을 것 같기에 조동원은 최경아를 재촉했다.

"……."

조동원의 재촉에도 뭔가 생각할 것이 있는 듯 최경아는 입을 다물고 있었다.

"경아 씨! 좀 들어갑시다."

더 이상 참을 수 없었던 조동원이 최경아를 조금 전보다 센 어조로 재촉했다.

"좋아요. 들어가지요."

결심이 선 듯 최경아의 승낙에 조동원은 기쁘게 문을 열었다.

"어서 들어오세요. 진즉에 들어오시지. 밥이 식으니까 어서 앉으세요."

"하하하, 우리 것까지 있는 겁니까?"

"물론입니다. 이사 오고 나서 처음 맞는 손님이라 변변히 준비를 못했습니다. 어서 앉으세요."

아저씨와 미연이는 이제 내게는 가족이나 마찬가지니 지금 내 앞에 있는 두 사람이 첫 손님이었기에 거짓말은 아닌 셈이었다.

자신들의 몫까지 밥상이 차려져 있음을 본 두 사람은 놀란 듯했지만 정보원들답게 신발을 벗고 차분히 자리에 앉았다.

'의심이 많기는…….'

최경아라는 여자가 무릎을 꿇고 살포시 옆으로 내려앉을

때 그녀의 다리 사이로 무기 같은 것을 감추는 것이 보였다.

"식으니까 빨리 드세요."

다 익은 고기를 접시에 담아 상 위에 올려놓았다. GB에서 나를 추적해 오던 사나이는 벌써 호박잎에 밥을 얹고 쌈장을 바르더니 한입 가득 먹고 있었다.

"후후후, 많이 드세요. 여기 찌개도 있어요."

어느새 다시 끓기 시작한 뚝배기도 상 위에 올려놓았다. 금강산도 식후경이라고 최경아란 여자가 나를 살피든 말든 밥을 먹었다.

'역시, 죽이는구나.'

삼겹살을 밥과 함께 호박잎에 싸서 쌈장을 바르고는 입에 한가득 넣었다. 특유의 감칠맛을 느끼며 우물거리다 매콤한 된장찌개 한입을 떠먹으니 세상 부러울 것이 없었다.

'맛이 없나? 저 양반 먹는 걸 보면 그런 것은 아닌 것 같은데… 누가 잡아먹나. 밥 먹는데 저렇게 인상만 박박 쓰니. 좋은데 시집가기는 글렀군.'

국정원에서 나온 사나이와는 달리 인상만 쓰며 밥을 깨작거리는 최경아란 여자가 얄미웠다. 나름 최선을 다해 준비한 음식인데 저렇게 성의없이 먹으니 은근히 기분이 나빠진 것이다.

"꺼억! 한 그릇 더 먹을 수 없을까요?"

트림을 하며 국정원에서 나온 사나이가 벌써 다 먹은 것인지 빈 그릇을 내밀었다.

"하하하. 얼마든지요. 정말 잘 드시네요. 조금만 기다리세요. 바로 밥을 퍼 올게요."

최경아가 깨작거리든 말든 맛나고 복스럽게 먹는 사나이를 위해 나는 곧바로 부엌으로 향했다. 박으로 만든 바가지에다 밥을 퍼 담고 숭늉을 만들기 위해 솥에 물을 부은 후 밥을 들고 마루로 돌아왔다.

"하하하, 더 드세요. 오늘은 어쩐 일인지 밥을 많이 하고 싶었습니다."

"하하하, 그런가요? 제가 시골 출신이지만 일이 일인지라. 이런 음식 먹어본 지가 너무 오래돼서요. 실례를 한 것 같습니다. 조동원이라고 합니다."

사람 좋은 인상을 풍기며 인사를 해오는 것이 아무리 봐도 국가정보원에서 일할 사람으로는 안 보였다.

"그러셨군요. 많이 드세요. 다 드시고 난 후에는 숭늉도 있으니 고향 기분을 더 느끼실 수 있을 겁니다."

"하하하, 고맙습니다. 저희 신분을 아시는 것 같은데도 이런 대접을 하시는 것을 보면 정말 대단하신 분입니다."

거침없게 웃는 모습을 하고 있지만 역시 만만한 사람은 아니었다.

'무서운 자군. 웃음에 자신을 감출 수 있는 자라… 어쩌면 능력자인 저 여자보다는 여기 있는 조동원이라는 이 남자가

더 무서울 것 같다.'

자연스럽게 웃고 있지만 잘 벼려진 기세가 옷 속에 잠들어 있었다. 눈앞에 있는 조동원은 이미 어떤 경지를 넘은 무예가가 틀림없었다.

"별말씀을요. 나랏일을 보시는 분들인데 이 정도야 약소하지요."

속에 감춘 것도 많지만 내가 차린 음식을 맛있게 먹는 것을 보면 전형적인 한국인이었기에 일단은 마음에는 들었다. 하지만 내 성격에 한 방 먹여야지 그냥 보낼 수 없어 태연히 정체를 알고 있음을 우회적으로 말했다.

"그럼, 일단 밥부터 먹고 볼일을 볼까요?"

'후후후, 만만치 않군.'

자신의 정체를 알고 있다는 내 말에도 조동원은 아랑곳하지 않고 태연히 말을 했다.

"그러십시오. 저도 지금은 식사가 중단되는 것을 원하지는 않으니까요."

우리 둘의 대화에 최경아의 인상이 구겨지든 말든 나와 조동원은 누가 빼앗아 갈세라 다시 밥을 먹기 시작했다.

어느새 자신의 밥을 다 먹은 조동원은 깨작거리는 최경아에게 양해를 구하고는 그녀의 밥까지 몽땅 비웠다. 참으로 대단한 식성이 아닐 수 없었다.

식사가 끝나고 나서 상을 치웠다. 조동원이 워낙 싹싹 비운 탓에 설거지할 것은 얼마 되지 않았다. 설거지를 끝낸 후 부엌에 들어가 차 대신 숭늉을 내왔다.

"으… 음! 역시! 혹시……."

"말씀하십시오."

말을 하려다가 멈추는 조동원을 보며 말을 해보라고 했다.

"누룽지는 아직 있겠지요?"

"많이 있습니다. 일단 이야기가 끝난 후에 드리도록 하지요."

그렇게 많이 먹었는데도 아직 식탐을 버리지 못한 조동원의 모습에 고개가 저절로 저어졌지만 어떤 용무로 왔는지 일단 대화를 끝내야겠기에 분위기를 이끌었다.

본격적인 내용으로 들어가자는 내 뜻을 알아들었는지 아쉬운 표정으로 수저를 내려놓은 조동원이 나를 쳐다보았다.

"크음, 일단 우리의 신분도 아시는 것 같고… 이야기하기가 편해서 좋군요."

헛기침을 한 조동원이 운을 띄웠다. 이미 알만큼 안 것 같으니 터놓고 이야기하고 싶은 듯했다.

"그런데 어쩐 일로 그런 무시무시한 곳에 계시는 분들이 저 같은 사람에게 볼일이 있으신 거지요?"

"무섭긴요. 그건 이제 다 옛날 말입니다. 사실, 유한철 씨가 오늘 GB 내의 비밀 금고에서 무엇을 찾았는지에 대해서 궁금한 점이 많습니다. 우리가 찾고자 하는 분이 남긴 것이니까요."

"제가 찾아간 비밀 금고에 아버지가 남긴 것이 무엇인지 궁금하다는 말입니까?"

"예, 그렇습니다."

"뭐가 궁금하신지 모르겠군요. 전 그곳에서 아버지가 남긴 유품을 찾아온 것밖에는 없는데요? 그것도 따지고 보면 그곳에서 궁금해야 할 만한 사항도 아니고 말입니다."

감추기로 했지만 나는 솔직히 말했다. 어차피 대충은 알고 온 것 같은데 감추면 나만 치졸해질 것 같아서였다.

"그것을 한번 봤으면 합니다."

"글쎄요. 그게 나라에서 쓸 일이 있나 모르겠군요."

말을 돌려 거절을 했지만 조동원의 표정은 꼭 봐야 한다는 빛이 역력했다.

─국가정보원의 자료를 모두 다운받았습니다. 지금 함장님의 앞에 있는 자는 국정원 해외담당인 제1차장 휘하에 있는 정보사무관인 조동원이라는 자입니다. 대외적인 직함은 그렇게 알려져 있지만 해외공작에 주로 투입되는 자로 상당한 능력을 가지고 있습니다. 상세한 사항은 시간이 날 때 별도로 보고드리겠지만 일반적인 것은 이런 것들이 있습니다.

조동원과 눈을 마주하고 눈싸움을 하고 있는 와중에 미네르바로부터 조동원에 대한 정보가 들어오고 있었다.

'호오, 상당한 이력이로군. 해외공작 17건을 성공시켰고,

못 다루는 무기가 없으며, 검도에도 일가견을 이룬 사람이로
군. 대학 때 검도왕까지 한 경력에다가 유파를 알 수 없는 우
리 고유의 검맥을 이었다니…….'

털털해 보이는 인상과는 달리 내 생각대로 무서운 사람이
었다. 미네르바가 보내오는 정보를 보느라 자신을 빤히 바라
보는 것같이 돼서 그런지 조동원의 얼굴이 약간 굳어졌다.

"좋습니다. 보여 드리도록 하지요."

"미네르바, 아버지가 남긴 것 중에서 편지 부분만 감쪽같
이 없앨 수 있어?'

—그 부분만 워프시키면 되니 가능합니다.

"좋아. 그렇게 좀 해줘!"

난 아버지가 남기신 것을 가지러 가며 미네르바에게 부탁
해 편지 부분만 없애도록 했다. 국채와 통장을 넣어놓은 가방
은 마루 옆에 있으니 가져오는 데 그리 시간도 걸리지 않았
다.

"이겁니다."

나는 가방에서 통장과 국채가 묶여 있는 책을 꺼내 조동원
에게 내밀었다. 조동원은 통장에는 관심이 없는 듯 국채가 묶
인 책자를 살피기 시작했다.

'암만 봐야 아무것도 없을 텐데 정성이로군.'

조동원은 책자가 묶인 부분은 물론 안쪽의 이음매까지 국
채를 하나하나 넘기며 살펴 나갔다.

하지만 이미 미네르바가 손을 써놓아 아무리 봐도 아무것도 없을 것이기에 나는 느긋하게 숭늉을 마시며 그의 모습을 지켜보았다.

"상당한 부자시군요. 이 정도면 거의 대도시의 일 년 예산일 텐데 말입니다."

"후후후, 어떻게 된 일인지는 모르지만 아버지가 남겨주신 것이 꽤 되더군요."

"통장을 한번 살펴봐도 되겠습니까?"

"그렇게 하세요."

조동원은 통장을 살폈다. 하지만 하나같이 처음 돈을 입금한 것 이외에는 거래 내역이 나오지 않는 것이라 보아도 소용이 없는 것들이었다.

"생각 같아서는 이 통장 중 하나를 가지고 튀고 싶군요."

조동원은 부러운 듯 나를 보며 통장을 내려놓았다.

"하하하, 저도 보고는 기절하는 줄 알았습니다."

"돈에 욕심이 없으시군요."

"제 것이 아닐 수도 있으니까요."

"우리가 유한철 씨를 쫓아온 이유를 아십니까?"

아버지의 유품에서 아무것도 찾을 수 없자 조동원은 이야기의 본론을 꺼내려는 것 같았지만 그보다 급한 일이 벌어졌다. 밥을 깨작거리던 최경아의 모습이 이상했던 것이다.

"글쎄요. 그것보다는 저 여자 분을 먼저 어떻게 하는 것이 좋을 것 같군요."

대화를 나누던 나는 최경아를 가리켰다. 밥 먹을 때부터 내
내 인상을 쓰더니 지금은 아예 입가로 침까지 흘리며 몸을 떨
고 있었다.

"예? 이런!!"

내 말에 최경아를 본 조동원은 상태가 심상치 않다고 느꼈
는지 그녀를 자리에 눕히고는 입을 벌려 주머니에서 꺼낸 라
이터로 기도를 확보하고 전신을 주물러대기 시작했다.

"간질인가요?"

간질병 환자가 보이는 증상과 비슷하기에 조동원에게 물
었다.

"모르겠습니다. 간질이 있을 리는 없습니다만… 일단은 근
육이 뒤틀리지 않도록 몸을 주물러야겠습니다. 같이 좀 도와
주십시오."

조동원도 최경아의 상태가 어째서 이런 지경에까지 이르
렀는지 모르는 모양이었다. 내키지는 않지만 최경아란 여자
의 몸을 주무르기 시작했다.

"미네르바, 이 여자의 상태가 어떤지 한번 체크해 봐!"

나는 미네르바에게 최경아의 상태를 살필 것을 지시했다.

─최경아라는 여자는 국정원 산하 특수공작팀인 MP의 요
원으로 염상능력과 텔레파시가 가능한 영능력자입니다. 그
녀가 지금 이런 상태에 이른 것은 그녀의 자아를 형성하고 있

는 정신에 타격을 받았기 때문입니다.

"정신적 타격을 받았다는 말이야? 그럴 리가 없는데……."

그저 밥을 같이 먹고 옆에서 이야기를 들은 것밖에는 없는데 정신적 타격을 받았다는 미네르바의 말이 이상했다.

─그녀는 특이하게도 이곳에서 말하는 무격(巫覡)을 자신의 영능으로 개발한 특이한 경력의 영능력자입니다.

"무격?"

무격이라면 무당이 분명했다. 무당이 영능력자니 궁금증이 일었다.

"미네르바, 쉽게 말해서 이 여자가 영험한 무당이라는 이야기 아냐?"

─네, 함장님 말씀대로 무당이라고 부르기도 하지요.

"이 여자가 무당인 거하고 지금 이런 모습이 관계가 있는 건가?"

미네르바의 설명에 최경아가 무격을 가진 무당임을 알 수 있었다. 쓸데없는 이야기는 꺼내지 않았을 것이기에 미네르바에 진실을 말할 것을 지시했다.

─관계가 아주 많습니다. 그녀가 충격을 받은 것은 이곳에서 함장님께 흡수됐던 에테르에너지의 잔상으로 인한 것이 확실하니 말입니다.

무격을 어떻게 영능으로 개발했는지는 몰라도 이곳에서 어떤 충격을 받았다면 광에 있던 사천왕밖에는 없었다.

"미네르바, 광에 있던 그거 해석이 끝났나?"

—아직 일부 남았습니다만, 앞으로 3시간 20분 후 완전한 해석이 가능할 것 같습니다.

"그럼 늦겠군. 저 여자의 발작을 멈추게 할 수는 없겠나?"

—저보다는 함장님이 조치하는 것이 빠를 것 같은데요.

"내가?"

내가 그녀를 진정시킬 수 있다는 어리둥절했다.

—함장님은 지금 네 가지 절대 힘을 가지고 계시니 저 정도 힘을 가진 여자를 진정시키는 것을 말로도 가능할 것입니다.

"언령이라는 것이냐?"

언어로서 힘을 사용할 수 있었던 것은 고대 주술에서나 가능했다. 지금도 간혹 말의 힘을 빌려 능력을 발휘하는 사람이나 무당이 있다는 것을 알고 있지만 내가 그런 능력이 있다니 믿을 수가 없었다.

—언령은 아닙니다. 아직까지는 그저 말을 따라 아주 미세한 기운을 쓸 수 있을 뿐이지만, 저 여자를 진정시키는 데는 충분할 겁니다.

"빨리 주물러요! 이러다가 큰일 나겠습니다."

미네르바와 대화를 나누느라 나도 모르는 사이에 주무르는 것을 멈추었더니 조동원이 재촉을 했다.

"알겠습니다."

'말로 하면 될 거라고 했으니 일단 시도나 해보자. 밑져야

본전이고 죽어가는 사람을 그냥 내버려 둘 수도 없으
니……'

점점 발작의 강도가 심해지고 있었다. 자칫 내가 살 집에
처녀 귀신 하나를 들일 수도 있는 일이라 미네르바의 말대로
해보기로 했다.

"이봐요!! 정신 좀 차려요!"

최경아를 향해 있는 힘껏 소리를 질렀다. 소리를 지르는 것
과 동시에 내 몸에서 뭔가 미세한 것이 빠져나가는 것을 느낄
수 있었다.

"푸아!!"

경련을 일으키던 최경아가 입에 물린 라이터와 함께 고인
침을 내뱉으며 경련을 멈추었다.

'제기랄! 하필이면 내 얼굴에 튈 게 뭐야!'

경련이 멈추고 진정되는 것은 다행이지만 최경아가 내뱉
은 침들이 고스란히 내 얼굴로 쏟아졌기에 기분이 더러웠다.

하지만 경련이 점차 가라앉고 뒤집혔던 눈동자가 원래로
돌아오는 것을 보면 효과가 있었던 모양이다.

"방에 이불이 있으니까 덮어주세요."

한숨 돌린 것 같아 허탈한 표정을 하고 있는 조동원을 향해
한마디 해주고는 우물가로 가서 얼굴을 씻었다. 오늘은 정말
이지 손님을 잘못 받은 것 같았다.

"마루에 있으면 몸이 차질 테니 방에 눕히죠."

정신을 잃고 기절해 있는 최경아를 조동원과 함께 방에 눕혔다. 초여름이지만 날이 서늘하기에 아궁이에 불을 지폈다.

부엌에서 일을 마치고 난 후 호롱에 불을 켰다. 날이 많이 어두워진 탓이다. 초여름이라고는 하지만 모기들이 있기에 마당에 모깃불을 켰다.

산모기라는 놈은 옷도 뚫고 피를 빠는지라 조동원과는 상당한 대화의 시간을 가져야 할 것 같기에 취한 조치였다.

"괜찮아진 것 같지요?"

마루에 나란히 앉아 최경아를 바라보니 곤히 자는 것 같았다.

"그런 것 같군요. 숨을 쉬는 것이 편안해진 것을 보면 말입니다."

"저를 쫓아오신 이유가 있다고 아까 이야기를 들은 것 같습니다만."

"말씀드리지요. 제가 드리는 이야기는 국가일급정보에 해당합니다만 당사자이시니 말씀을 드려도 될 것 같기에 자세히는 아니지만 대략적인 것은 설명을 드리겠습니다."

"하하하, 그렇게 말씀하시니 정말 궁금하군요. 겁도 좀 나고요."

"후후후, 그렇게 겁을 내실 분은 아닌 것 같아 보이는데요."

"저를 좋게 보신 모양이로군요."

나이 차이가 상당히 남에도 처음 봤을 때부터 이 사나이는 나에게 말을 놓지 않았다. 경계심에서 그럴 수도 있겠지만 느낌상 그런 것은 아닌 것이 분명했다.

뭐라고 할까? 마치 존경의 대상에게 보내는 경외라고나 할까. 그런 느낌이 무척이나 강했다.

"국정원에서는 몇 년 전부터 한 분의 행방을 쫓고 있었습니다. 국적이 한국이라는 것밖에는 알려진 적이 없는 분이지요. 우리들 사이에서는 얼굴 없는 사나이라고 알려진 그분은 매우 중요한 인물입니다."

"중요한 인물이요?"

나는 직감적으로 얼굴 없는 사나이가 아버지를 지칭한다는 것을 알 수 있었기에 궁금증을 드러냈다.

"사실 얼굴 없는 사나이로 불리는 그분으로 인해 우리는 많은 혜택을 볼 수 있었습니다. 이 자리에서는 밝힐 수 없습니다만 이미 중고품이나 다름없는 미국의 무기를 울며 겨자 먹기로 구매해야 할 때도 그분의 도움으로 그에 상응하는 혜택을 볼 수 있었고, 세상에는 알려지지는 않았지만 그분 덕분에 미국제 무기에 버금가는 여러 가지 신무기 체계를 대한민국이 보유할 수 있었습니다."

'으음! 역시 아버지 이야기로군.'

아버지가 남긴 편지에서 국가 무기구매 사업에 많은 도움을 주었다는 것을 보았기에 조동원이 이야기하는 얼굴 없는 사나이가 아버지라는 것이 확실해졌다.

　"얼굴 없는 사나이라 불리는 분은 그로 인해 미국의 군산복합체의 표적이 되어야 했습니다. 하지만 생명의 위협이 있음에도 불구하고 국가에 도움을 주는 것을 잊지 않으셨죠. 국정원 내에서도 솔직히 그분의 존재에 대해서 아는 사람이 없었습니다. 원장님의 개인 비선을 통해서만 접촉이 가능한 분이었으니 말입니다. 그분의 존재 자체를 감춘 것은 친미 세력이 지나치게 강한 한국에서 자칫 그분의 행적이 알려지면 위험에 처하게 될 수도 있었기에 취한 조치였습니다. 그것은 오래전부터 그분과 접선 루트를 유지해 오신 지금의 국정원장님 방침이었기도 합니다. 그런데 문제가 생긴 것은 5년 전입니다. 지금의 국정원장님이 제1차장으로 근무할 때였는데 그분은 기존의 전략 무기체계를 완전히 뒤집어놓을 수 있는 것을 찾았다며 연락을 해오시고는 그대로 종적이 묘연해지신 겁니다. 저도 이 사건을 맡고 나서야 그런 사실들을 알게 되었지요. 저기 최경아 양이 자세히 말을 해주지 않아서 확실한 판단을 내리지는 못하겠지만, 지금까지 조사된 것으로 봐서는 아무래도 얼굴 없는 사나이라고 불리셨던 그분이 유한철 씨 아버님 되시는 것 같습니다."

　쿵!!

　뭔가 가슴에서 떨어지는 소리가 들리는 것 같았다. 아버지의 비밀 금고를 연 순간부터 막연하게 느껴지던 느낌이 현실로 다가온 것이다.

"후후후, 그렇군요."

"……."

극비 사항은 말하지 못했지만 자신의 권한으로 알려줄 수 있는 사항은 전부 알려준 조동원은 무덤덤한 대답 후에 무표정한 모습으로 담배를 꺼내 물고 있는 한철의 모습이 의아했다.

헬기를 타고 오며 최경아에게 들었던 유한철의 정보로는 열여섯 살 때 천애고아가 됐고, 남겨진 유산을 사기당한 후 막노동을 전전하며 어렵게 생활했다고 들었기에 이야기를 들으면 충격을 받을 줄 알았건만 너무도 태연했기 때문이다.

"믿기지 않으신 모양이군요?"

"……."

재차 물었지만 아무런 대답 없이 담배만 피울 뿐이었다. 하지만 점점 싸늘해져 가는 유한철의 눈을 보며 그가 결코 무덤덤한 것이 아님을 알 수 있었다.

'국장님의 말도 그렇고, 내가 모르는 MP라는 것도 그렇고, 틀림없이 뭔가 있다. 이 친구 부모의 부자연스러운 죽음 뒤에는 내가 알지 못하는 뭔가가 있는 것이 틀림없는데…….'

유한철의 모습을 바라보다 자신이 알지 못하고 있는 부분이 많다는 사실을 느낄 수 있었다. 비밀 금고의 소재를 파악하고 동료로서 소개를 받은 최경아도 그렇고, 그와 함께 GB에 잠입한 최경철도 그렇고, 두 사람은 오늘 낮에 원장실에서 들었던 MP라는 곳의 요원일 가능성이 컸기에 조동원의 의문은 커져만 갔다.

'아차!! MP!'

최경아가 MP 요원일 가능성에 대해 생각을 하다가 MP의 요원들이 4시간 후 지리산에 갈 것이라는 김한석 원장의 말이 생각이 났다. 지금이 그 4시간 후쯤 되는 시간임을 기억해 낸 것이다.

조동원이 나에게 물어보고 있었지만 난 대답을 할 수가 없었다. 국정원장만 볼 수 있도록 되어 있는 암호화된 극비 파일을 해킹한 미네르바가 암호를 해석해 나에게 전송해 오고 있기 때문이었다.

암호명 '인비저블 맨' 아버지를 지칭하는 암호였다. 국정원장인 김한석의 개인적인 비선을 통해서만 접촉을 하고, 대외 무기구매 시 무기에 대한 평가와 아울러 미국의 시선을 벗어나 다른 국가의 전략무기를 구매하는 사업을 하는 로비스트이자 무기업자로 기록되어 있었다.

그리고 맨 끝에는 단 한 줄 시선을 끌 만한 기록이 있었다. 아무런 설명도 없이 그저 'MP NO.1 & NO.2' 란 기록이 바로 그것이었다.

'아버지도 MP의 요원이었던 것인가?'

생각할 수 있는 한도가 그것밖에는 없었다. 미네르바가 파악한 정보로 볼 때 MP는 특수한 영능력자를 모아놓은 특수팀이 분명했다. 그런데 NO.1도 아니고 NO.2까지 기록되어 있는 것이 이상했다.

―함장님!

"왜?"

―기록으로 볼 때 함장님의 부모님은 모두 MP의 요원이었을 가능성이 91.5퍼센트입니다.

"어째서지?"

―함장님 부모님들의 죽음이 그것을 반증합니다. 또한 한국 속담에 부부는 일심동체라고 했으니 마지막 줄의 의미가 그것이 아닐까 하는 생각입니다.

"그럴 수도 있겠군."

미네르바의 설명이 그럴 확률이 매우 높다는 것을 알았다. 지난 일이지만 중학교에 들어간 이후 아버지의 외국 출장 때 뒷바라지를 해야 한다며 어머니가 항상 따라가신 것이 기억이 난 것이다.

"나를 기숙사가 있는 중학교에 보내신 것도 그 때문인가?"

난 조금 특별한 학교에 다녔다. 중학생과 고등학생이 함께 다니는 우리나라 최고의 교육기관 중 하나라는 명문 사립학교였다.

민족색이 짙은 이 학교는 전원 기숙사 생활을 해야 하는 곳으로 교통편이 그리 좋지 않은 외진 곳에 위치해 있었기에 방학 때를 제외하고는 거의 밖으로 나올 일이 없는 곳이었다.

'그렇다면 국정원장인가 하는 분을 한번 만나봐야겠군.'

아버지와 오랜 세월 비선을 유지해 온 김한석 국장을 만나야겠다는 생각이 들었다. 그를 만나면 아버지와 어머니의 죽음에 대해 얼마간이라도 알 수 있을 것 같았다.

국정원장을 만나봐야겠다고 결심을 굳힐 무렵, 미네르바가 뭔가를 알려왔다.

—함장님! 정체불명의 자들이 접근하고 있습니다. 감지된 자들의 능력으로 보아 영능력자들이 틀림없습니다.

미네르바의 말에 그들이 누구인지 대충은 알 수 있었다. 나 또한 그들의 기운을 느낄 수 있었고, 보통 사람들과는 다르다는 것을 알았던 것이다.

'MP인가?'

자리에서 일어나려 하자 조동원이 무엇인가 알아차린 듯 동시에 자리에서 일어났다.

"무슨 일입니까?"

조동원이 다급히 일어나기에 연유를 물었다.

"죄송합니다. 최경아 양이 갑작스럽게 발작을 하는 바람에 연락을 한다는 것을 까먹어서. 아무래도 우리 측 요원들이 올 것 같습니다."

"요원들이요?"

“저도 잘은 모릅니다만 경아 양이 소속되어 있는 곳의 요원들이 올 것이 분명합니다.”

이미 누가 오는지 알고 있고 그들이 벌써 근처에 와 있다는 것을 알고 있지만 내색을 하지 않았다.

“밤이 깊었는데 찾아오다니 예의가 없는 사람들이군요. 경아 양이 속한 곳이라니 일단 그녀를 깨워야겠네요.”

혹시나 마찰이 있을지도 모르기에 최경아를 깨우기로 했다. 이미 심신이 안정되어 있는 상태라 깨워도 별 지장이 없을 것 같아서였다.

“이봐요! 좀 일어나시죠!”

방으로 들어가 큰 소리로 최경아를 깨웠다. 내 부름에 놀랐는지 누워 있다가 갑자기 눈을 뜬 최경아가 벌떡 일어났다. 그러자 어리둥절하게 만드는 일이 내게 벌어졌다.

“어! 어!! 왜 그러는 거예요?”

최경아라는 여자는 일어나서 나를 보더니 갑자기 몸을 떨고는 큰절을 해댔다. 정말이지 황당하기 그지없는 일이었다.

‘그런데 죽은 사람도 아니도 두 번 반이 뭐야! 두 번 반이!’

최경아는 죽은 사람에게 예를 드리듯 두 번 절을 하고는 한 번은 반절을 했다. 기분이 나빴지만 연유가 있을 것이기에 가만히 지켜보았다.

“천왕존신을 뵈옵니다.”

절을 마친 최경아는 공손한 목소리로 나에게 인사를 했다.

'천왕존신이라니? 심신이 안정되었다고 생각했는데 이거 아직도 제정신이 돌아오지 않은 거 아냐?'

미칠 지경이었다. 귀신을 바라보는 듯 풀려 있는 최경아의 눈동자가 무척이나 눈에 거슬렸다.

"자자, 이제 그만 정신 차리고. 당신 동료들이 온 것 같으니 어떻게 해결 좀 해봐요."

다시 소리를 조금 높여 그녀를 일깨웠다.

"사자들이 온 모양이로군요. 너무 걱정하지 마십시오. 제가 알아서 해결을 하고 오겠습니다."

'아이고, 두야!!'

자리에서 일어나 밖으로 나가는 최경아를 보며 머리를 짚을 수밖에 없었다. 어떻게 된 일인지 당장 미네르바에게 확인을 해야 했다.

"미네르바! 도대체 어떻게 된 일인지 설명을 좀 해봐라."

─아직은 힘들 것 같습니다. 그녀가 그렇게 된 것이 함장님의 에테르에너지 때문인 것 같은데, 광에 있던 기록을 해석해봐야 정확한 원인을 파악할 수 있을 것 같습니다.

최경아의 행동에 대해 미네르바 또한 파악이 어려운 것 같았다. 나를 천왕존신이라 부르는 것을 보면 광에 있던 사천왕상과 관련이 있을 것이기에 아직 해석이 안 된 이상, 아무래도 기다려야 할 것 같았다.

"그럼 아직 기다려야 한다는 소리잖아."

―그렇습니다.

"미네르바, 소름 끼치니까 어떻게든지 해결 좀 해봐라. 응!!"

―최선을 다하겠습니다, 함장님!

애원하는 듯한 내 소리에 해석에 집중하려는 듯 미네르바가 통신을 닫았다.

"그런데 미네르바가 초자아 컴퓨터가 맞는 거야? 그까짓 거 하나 빨리 해석하지 못하고 말이야."

시간이 늦어지는 것에 애꿎은 미네르바에게 짜증이 났다. 누구라도 최경아의 그런 모습을 봤다면 나와 같은 생각일 것이다. 조동원도 얼떨떨한 상황에 입을 다물고 있었다.

잠시 후, 집을 포위하며 다가들던 사람들이 하나둘 돌아가는 것이 느껴졌다. 자신의 말대로 최경아가 해결한 것 같았다.

'그나저나 다들 돌아가는 것을 보니 잘 해결 됐나 보군. 어! 그런데 저 노인장은 왜 이리로 온 거지?

MP 요원들의 기척이 사라진 후, 문이 열리며 최경아와 함께 초로의 신사 하나가 들어오고 있었다. 들어오는 폼이나 느껴지는 기세로 봐서는 MP의 팀장쯤 되는 사람 같았다.

최경아와 함께 들어오는 노신사와 내 눈이 마주쳤다.

'저 노인장은 또 왜 그러는 거야?

나와 눈이 마주친 후 노인장의 눈이 변하기 시작했다. 옆에서 있는 최경아와 같은 표정으로 변해가는 것이다. 그리고 어제 벌어졌던 일처럼 입으로 침을 흘리며 사시나무 떨 듯 몸을 떨기 시작했다.

'우와!! 미치겠네!!'

"노인장, 정신 차려요!!!"

최경아에게도 그러했듯이 냅다 소리를 질렀다. 몸을 떨 던 노신사는 그대로 정신을 잃고 쓰러졌다. 경련은 덜했지만 최경아와 같은 한 치도 다르지 않은 현상이었다.

'이 노인장도 저 여자랑 비슷하게 되면 어떻게 하지? 이거 미치겠네. 역시, 손님을 잘못 받았어! 제기랄!!'

황당한 일이 또 일어날까 봐 걱정이 들었지만 쓰러진 노인장은 우선 방에 옮겨야 했다.

'빌어먹을!! 오늘은 왜 이런 손님들만 오는 거야? 도대체 왜!!'

속에서 욕이 튀어나왔지만 입 밖으로 낼 수는 없었다. 조심스러운 몸짓으로 노인장을 둘러업는 조동원의 표정이 무척이나 경건했기 때문이다.

노인장을 방에 들인 후, 밤이 늦었기에 최경아는 다른 방에서 자도록 하고 나와 조동원은 춥기는 하지만 마루에 누웠다. 놀라운 일에다가 다시 황당한 일에 정신없는 하루였기에 잠이 잘 오질 않았다.

조동원도 잠이 오지를 않는지 눈을 살며시 뜨고는 나를 살피고 있었다.

'그래 봐야 나에게서 아무것도 찾아낼 수 없을 텐데. 무척이나 끈질긴 사나이로군.'

조동원을 무시하고 미네르바와 교신하기 위해 나는 잠든 척 눈을 감았다. 옆에서 아무리 눈에 불을 켜고 감시를 해봐야 아무것도 알아낼 수 없을 것이 분명했다.

"미네르바, 그 사람들 어디에 있는지 체크를 좀 해봐!"

─멀리 가지는 않았습니다. 기운을 모두 감추고 근방에서 대기하고 있는 중입니다.

"그렇겠지. 팀장으로 보이는 노인장이 이곳에 있으니 멀리 가지는 못했을 거라고는 생각했어. 그런데 대단하군. 내 감각을 속이고 잠적할 수 있다니 말이야."

─아직은 함장님의 능력이 활성화되지 않아서 그렇습니다. 활성화가 끝나면 함장님의 이목을 속일 수 있는 것은 없을 테니 빠른 시간 안에 수련하실 것을 권유드립니다.

"알았어. 내일이라도 이장 아저씨에게 부탁을 해볼게. 그나저나 MP 요원들에 대한 정보는 찾아낸 거야?"

─그것이 아무리 찾아봐도 국정원 중앙 컴퓨터 내에는 없는 것 같습니다. 아무래도 다른 방식으로 정보를 보관하는 것 같습니다.

"그렇다면 결론은 하나네."

─국정원장을 만나시려는 겁니까?

"그래야지 별수있겠어. 부모님 일인데 알아볼 수 있는 데까지 알아봐야겠지."

―그렇게 하도록 하십시오. 하지만 정보의 보관 정도나 그동안의 상황을 봐서는 함장님의 신체 기능이 활성화되지 않는 한, 예기치 않은 위험을 겪으실 수도 있습니다. 그러니 선무도라는 것을 배우시기 전에 저에게 보관되어 있는 전투기술을 먼저 습득하시는 것이 좋겠다는 것이 제 판단입니다.

"전투기술!"

미네르바의 제안이 나를 위한 것인 줄은 알지만 전투기술이라니 의외였다.

―알카트라 제국과 맞서오면서 발전되어 온 겐트리온 연합의 전투술 중 최상위에 속하는 전투기술이 저에게 보관되어 있습니다. 그것을 다소나마 익히신다면 앞으로 있을지도 모르는 위험이 상당히 줄어들 겁니다.

미네르바가 주장하는 말이 맞기는 하지만 한 가지 문제점이 있었다.

"미네르바, 겐트리온 연합의 알카트라 제국과 1,000년이 넘게 전쟁을 해왔다면서?"

―그렇습니다.

"그 긴 시간 동안 발전되어 온 전투기술을 지금 당장 배운다고 해서 내가 써먹을 수가 있을까?"

아직 내 힘이 어떤 것인지도 잘 모르는 나였다. 그런데 오

랜 세월 전승되어 온 전투기술을 어느 세월에 배워서 써먹을
수 있을지 알 수 없었기에 미네르바의 제안을 거절하려 했다.

　―함장님께서는 저와 동기화됐다는 것을 잊으셨군요.

　격정이 없다는 듯한 미묘한 목소리였다.

　"동기화된 것과 전투기술을 배우는 것이 무슨 관계가 있
지?"

　―함장님께서는 제게서 허락된 거의 모든 정보를 가져가
신 상태입니다. 그리고 휴먼 족으로서는 그야말로 최고의 신
체를 가지고 계시고요. 겐트리온 연합의 전투기술은 그야말
로 전투기술입니다. 함장님의 내면에 잠재해 있는 절대의 힘
을 사용하기 위한 기술이 아닙니다.

　"그 말이 무슨 뜻이지?"

　절대의 힘을 사용하지 않고 순순한 육체의 기술만을 사용
해 MP 같은 자들을 상대한다는 것은 어불성설이었기에 그렇
게 말한 연유를 물었다.

　―간단합니다. 의식 속에서 약간만 활성화시킨다면 함장
님께서는 스스로 자신을 보호하실 수 있을 겁니다.

　"그게 가능한 건가?"

　―충분히 가능합니다. 겐트리온 연합의 전투기술은 주변
에 존재하는 기운을 빌려 쓰는 것입니다. 효과나 파괴력 면에
서는 절대의 힘을 사용하는 것에 비해 현저히 미약하지만 지
구차원에 존재하는 능력자들은 우습게 처리하실 수 있을 겁

니다. 그리고 지금부터 시작한다고 해도 동기화가 끝난 이상 몇 가지 기술은 내일 당장이라도 쓰실 수 있을 겁니다.

"오오! 그렇다는 말이지. 그럼 뭘 망설여! 당장 시작해야지."

내심 걱정이 없지 않았던 나는 미네르바의 말에 반색하지 않을 수 없었다.

—알겠습니다. 그럼 지금부터 겐트리온 연합의 전투기술인 데블나이트를 활성화시키겠습니다.

"좋아! 가보자고!"

내가 승낙을 하자 의식 속에서 뭔가 생각이 나기 시작했다. 그리고 나는 지옥 같은 밤을 보내고 다음날 아침 머리가 깨지는 아픔으로 아침을 맞이해야 했다.

"크으! 머리야!!"

'부작용이나 좀 말해주지. 머리 아파 미치겠네.'

밤새 지속된 데블나이트의 활성화 과정에는 엄청난 부작용이 뒤따랐다. 아무래도 이런 부작용을 미리 말해주지 않은 것은 내가 익히기를 거부할 것이 분명했기 때문인 것 같았다.

다른 사람이 보기에는 그저 편안하게 잠을 청하는 것처럼 보였겠지만, 지난밤 내 의식 깊숙한 곳에서는 피 튀기는 처절한 전투가 수없이 벌어졌었다. 의식 속에서 이루어지는 것이라고는 하지만 그에 수반되는 고통은 절대 허상이 아니었다.

전투에서 벌어지는 고통을 고스란히 느끼게 해 거의 미치게 만드는 이 수련은 '편향적 인지성 환상전투' 라는 거창한 이름이 달려 있었다.

나에게는 환상이 아니라 환장이었지만 앞으로의 위험을 방지하기 위해 어쩔 수 없이 미네르바와 동기화된 신체적 능력의 활성화 과정을 밤새 겪어야 했던 것이다.

좋게 자고 일어나 아프다며 머리를 누르는 나를 보던 조동원이 이상하다는 듯 고개를 갸웃거렸다.

"어디 아프십니까?"

"아니요. 세수나 해야겠네요."

새벽녘에 코까지 골며 자던 그가 얄미웠지만 사실을 말해줄 수 없는 마당에 어찌 내 고통을 알까 싶어 우물가로 가서 세수를 했다.

"푸우!"

세수를 끝내고 세숫대야에 있는 물을 배수로에 버렸다. 환경오염을 이유로 비누 같은 물품을 사지 않았기에 세숫대야에서 버려진 아직은 맑은 물이 조그만 배수로를 따라 담장 밑에 나 있는 구멍을 통해 밖으로 빠져나갔다.

내가 세수를 마치자 조동원도 기지개를 켜고는 내 옆으로 와서 우물을 길어 세수를 했다.

세수를 끝낸 그가 아직도 지끈거리는 머리를 부여잡고 마루에 앉아 있는 내 옆에 와서 앉았다. 쭈뼛거리는 표정이 내게 뭔가 할 말이 있는 것 같았다. 난 별로 이야기하고 싶지 않은데 그의 표정이 워낙 심각해 아무래도 해야 할 것 같았다.

"할 말이 있으십니까?"

"저… 아침은 언제 먹는 건가요?"

'참나! 이 아저씨 먹는 거 무지하게 밝히네. 어디 못 먹고 죽은 귀신이라도 붙었나? 사천왕이 떡 하니 버티고 있는 집에서 그럴 리도 없고…….'

사람 좋은 미소를 보이며 앉아 있는 사람에게 뭐라고 할 수도 없었다. 그리고 다른 사람도 있으니 일단은 식사 준비를 해야겠다는 생각이 들었다. 손님을 잘못 받기는 했지만 집주인 입장에서 그냥 내치는 것은 도리가 아니었기 때문이다.

"조금만 기다리세요. 일단 밥부터 해야겠네요."

부엌으로 가 쌀독에서 쌀을 꺼내 씻고는 이내 밥을 하기 시작했다. 대접할 만한 반찬이 별로 없기에 간단하게 국을 끓이기로 했다. 집 앞에 폐허가 되다시피 한 밭에서 듬성듬성 나 있는 아욱을 보았기에 시원한 아욱 된장국을 끓이기로 했다.

밖으로 나가 아욱을 따와서는 물에 씻어 준비하고 된장을 풀고 새우 간 것을 넣은 후 아욱국을 끓였다.

"자는 사람들 좀 깨워서 씻으라고 하세요."

부엌 앞에서 이제나저제나 밥이 되기를 기다리는 조동원을 향해 안에서 아직도 자고 있는 두 사람을 깨우라고 했다. 조금 있으면 밥이 다 되기 때문이다.

잠시 후, 뜸을 들일 준비를 하고 있으니 세수를 하는지 우물가에서 부산한 소리가 들려왔다. 밥을 푸고 반찬을 올려놓은 다음 국을 떠놓으니 제법 괜찮은 아침 밥상이 됐다. 어른 네 명이 편안하게 앉아 식사할 수 있는 커다란 밥상을 들고 마루로 갔다.

내가 밥상을 들고 가니 노인장과 최경아가 황송한 듯 자리에서 일어나 어쩔 줄을 몰라 했다.

"무슨 일인지는 모르지만 어서 자리에 앉아 식사나 하세요."

상을 내려놓으며 퉁명스럽게 말하고는 수저를 들었다. 조동원도 잽싸게 수저를 들었다. 밥을 통째로 덜어 국에 말고는 고추장에 버무려진 무장아찌를 반찬 삼아 연신 먹어대기 시작했다.

"가을은 아니지만 아욱국은 문 닫아 걸고 먹는 거라고 하니 얼른 드십시오."

아직 수저를 들지 않은 두 사람에게 밥 먹기를 권유했다. 불안한 듯했지만 두 사람도 이내 수저를 들고는 밥을 먹기 시작했다. 어제와는 달리 최경아가 연신 맛있게 먹는 것을 보니 조금은 기분이 조금 좋아졌다.

'크크크, 이 맛에 엄마들이 식사 준비를 하는구나.'

주부의 보람은 온몸으로 느끼며 나도 밥을 먹기 시작했다. 아직 가을은 아니지만 아욱국이 제법 맛이 있었다.

"쩝! 쩝! 화학조미료 하나 들어가지 않은 이런 천연 음식을
먹을 수 있다니 정말 행복합니다."

보기보다는 입맛이 예민한 조동원이었다.

"그럴 겁니다. 제가 화학조미료를 체질적으로 싫어하는지
라."

어려서부터 화학조미료에 알레르기가 있어 조미료를 만들
어 가지고 다닐 정도로 나는 천연식품을 선호했다. MSG에
길들여진 사람들에게는 밋밋한 맛일 수도 있겠지만 재료의
참맛을 아는 사람이기에 조동원이 새삼스러워 보였다.

조동원이 이런 토속적인 음식에 어째서 그렇게 목메어 하
는지는 훗날 알 수 있었다. 약혼녀인 정수희 씨가 해주는 극
악을 넘어선 요리로 인해 토속적인 음식에 그리 집착하는 것
이었다.

"카아!! 진짜 죽이는군."

식사를 끝내고 길어온 우물물을 한 잔 마신 조동원은 세상
을 다 가진 듯한 눈빛으로 나를 바라보았다. 그의 눈빛에는
진심으로 고마워하는 빛이 역력했다.

'후후후, 밥 한 끼 대접한 걸 가지고 저렇게 고마워하기는.
아니, 두 끼던가. 그런데 언제 다 먹은 거지?'

조동원과 마찬가지로 두 사람도 어느새 식사를 끝내놓고
있었다. 맛있게 먹어주는 조동원만 보다가 두 사람이 식사를

끝내는 것을 보지 못했던 것이다.

두 사람도 만족한 표정으로 수저를 놓은 후 시원한 냉수를 한 잔씩 들이켰다.

"이제는 어떻게 하실 생각입니까?"

식사를 모두 끝내자 나는 상을 마루 옆으로 치워놓고 단도직입적으로 물었다.

"조동원 군, 잠시 자리 좀 피해주겠나."

내 질문에 노인장이 조동원에게 눈치를 주었다. 그가 들어서는 안 되는 이야기일 것이 분명했다.

"알겠습니다, 어르신!"

조동원은 노인장에게 깍듯이 인사를 하고는 마루에서 내려가 문밖으로 나갔다. 그리고는 산책을 하려는 듯 집에서 점차 멀어져 갔다.

"천왕존신께 인사드립니다."

"천왕존신께 인사드립니다."

조동원의 기척이 멀리 사라지는 것을 안 것인지 두 사람이 일어나 나에게 절을 하며 황당한 인사를 했다. 어르신인지라 나도 황급히 맞절을 하며 인사를 했다.

"어르신! 어제 최경아 씨도 그러더니 도대체 저에게 이러시는 이유가 뭡니까?"

인사를 끝낸 나는 이유가 있을 것이기에 노인장에게 물었다.

“말씀 낮추십시오. 저는 백무요의 이대제자인 한천구라고
합니다.”

“백무요요?”

한천구라고 하는 노인장이 말한 곳이 바로 우리 집을 가리
키는 것이기에 의문이 들었다. 내가 아무것도 모르는 것같이
보이자 옆에 있는 최경아가 대신 입을 열었다.

“천왕존신께서는 차신문의 수좌 가문인 백무요에 대해 아
직 모르시는군요?”

“이 집 이름이 백무요라는 것은 알겠지만 지금 무슨 말씀
을 하시는지 도대체 모르겠습니다. 설명을 해주실 수 있나
요?”

어머니와 관계된 것이 분명하지만 차신문이니 수좌 가문
이니 하는 소리는 나도 어머니에게 한 번도 듣지를 못해 무슨
소리인지 알 수가 없어 노인장에게 설명을 요구했다.

“제가 말씀을 드려도 되기는 하지만 저보다는 사고(師姑)
께서 설명을 하시는 편이 나을 것 같습니다.”

노인장의 말을 들어보면 최경아가 노인장보다 한 항렬 높
은 것 같았다.

“천왕존신께 설명을 드리지요. 천왕존신의 부모님께서는
바로 이곳 백무요를 이으신 분들입니다. 정확히 말씀드리자
면 어머님께서 이곳 백무요의 전대 주인이셨지요.”

“이 집이 어머님 소유로 되어 있으니 그것은 알겠습니다만

차신문이란 것은 또 무엇입니까?"

나도 알지 못했던 어머니에 관한 일이기에 묻지 않을 수 없었다. 이번에는 한천구라는 노인장이 대답을 했다.

"차신문(借神門)은 신력을 가진 존재로부터 그 힘을 빌려 쓰는 법을 익힌 문파를 말합니다. 우리나라에 존재하는 영가(靈家)의 우두머리가 되는 문파로 문파 내의 삼가(三家) 중 백무요가 수좌로 있습니다. 저 또한 차신문에 속한 백무요의 무격(巫覡)으로 이대제자가 됩니다."

무척이나 공손한 대답을 들었지만 가슴이 무척이나 답답했다.

'그러니까, 나더러 무당이라고 하는 거야? 정말 미치겠군.'

천왕존신이니 무격이니 하는 것을 보면 어머니는 세인들이 말하는 무당이었던 것이 틀림없다. 그리고 두 사람이 대하는 것을 보면 내가 무당들의 우두머리쯤 되는 것이 분명했다.

내 표정을 본 것인지 최경아가 의미심장한 표정으로 말을 이었다.

"차신문과 백무요의 사람들은 세인들이 말하는 무당과는 질적으로 다른 사람들입니다. 세상에 널리 퍼진 무당들 중에 신력을 이은 자들은 손을 꼽지만 그 또한 전부를 얻은 사람들이 아니니까 말입니다. 그리고 차신문은 마고로부터 이어져 나온 고대의 수련법을 통해 완성된 존재들이 머무는 곳입니다. 하찮은 무격하고는 그 존재가 다르지요."

"그럼, 차신문이나 백무요의 사람들은 그 신력이라는 것을 전부 이었단 말입니까?"

"그렇습니다. 선계나, 귀계의 신들로부터 온전한 신력을 이어받은 자들이 모인 곳이 바로 차신문입니다. 무격의 대부분이 신내림만으로 끝나지만 차신문의 사람들은 수련을 통해 그 힘을 완전히 자신의 것으로 만든 사람들입니다. 천왕존신 께서는 그런 차신문의 당대 문주이시자 백무요의 주인이 되신 겁니다."

놀라 자빠질 소리였다. 어머니가 무당 비슷한 존재라는 것도 그렇고, 내가 졸지에 그런 사람들의 우두머리가 되었다는 소리가 머리를 멍하게 만들었다.

"내가 문주니 뭐니 하는 것이 정말입니까? 나는 이날 이때 까지 내림굿 한번 받은 적도 없고, 그냥 평범하게 지내왔는데 말입니다."

짐작이 가지 않는 것은 아니지만 두 사람에게 정확히 듣고 싶었기에 사실 여부를 물었다.

"천왕존신의 몸이 그렇게 말하고 있습니다. 몸에서 풍겨 나오는 기운은 아무리 살펴보아도 사대천왕의 기운이 분명합니다. 아직 제자리를 잡지 못한 사고와 저의 신력을 바로 잡아줄 수 있는 것은 오직 그것밖에는 없으니 말입니다."

한천구라는 노인장이 확신하듯 대답을 했다.

“예?”

광에 있던 사천왕의 그림이 백무요와 밀접한 관련이 있는 것이 분명했다. 아무래도 두 사람과 이야기를 끝낸 후 미네르바와 통신을 해야 할 것 같았다.

“자세한 이야기는 모르겠지만 대충은 알겠습니다. 그러니까 일단은 두 분이 내 밑이라는 거지요?”

“그렇습니다.”

정말이지 고치 아픈 일이다. 미네르바에게 알아봐야 하기에 시간이 필요했다.

“머리가 아프군요. 생각을 좀 해봐야겠으니 조금 있다가 이야기를 나누시지요.”

“그러실 것입니다. 존가(尊家)께서 아직은 적응하기 힘드실 테니 말입니다. 그러면 마음을 정리하시고 다시 대화를 나누도록 하시죠.”

짐작을 하겠다는 듯 노인장이 고개를 끄덕였다.

“미안합니다.”

머리가 아프다는 핑계로 혼자 있을 시간을 마련한 후, 두 사람에게 양해를 구하고는 방으로 들어갔다.

방으로 들어오자마자 미네르바를 불렀다.

“미네르바, 광에 있던 그거 해석이 됐으면 말해봐!”

―기다리고 있었습니다, 함장님. 그럼 지금부터 광에 기록

되어 있는 것에 대한 해석 결과를 말씀드리겠습니다. 기록으로 남겨진 것을 해석한 결과, 그것은 에테르에너지를 이용하는 방법이었습니다. 기록상으로 볼 때 천조신경(天造神經)이라 불리는 이 에너지 사용법은 상당히 놀라운 것입니다. 일례로 말씀드리자면 제가 가지고 있는 4단계 차폐를 해제할 수 있는 정신력 정도를 가지고 있어야 하는 고단위 에너지 사용법입니다.

"천조신경이라는 에너지 사용법?"

—저도 이런 에너지 사용법이 있으리라고는 미처 생각하지 못했습니다. 완전히 익힌다면 함장님이 계시는 현재의 지구 차원이 가지고 있는 전체의 에너지의 절반 정도를 쓸 수 있는 방법이었습니다. 전 우주를 뒤져 봐도 이것처럼 성능이 좋은 방법이 없을 정도로 대단히 희귀한 방법입니다. 특히 눈길을 끄는 것은 에너지의 집합 방법입니다. 각 차원의 신물을 이용해 차원계 에너지의 속성을 융합하는 방법으로 겐트리온 연합에서조차 한 번도 시도되지 않은 방법입니다만 저의 에너지와 골든나이트의 에너지를 흡수했던 함장님의 경우를 생각할 때 대단히 효과적인 방법이었다고 할 수 있겠습니다.

"신물을 이용해 에너지를 모은다는 말이지?"

—그렇습니다. 아마도 지구차원에서 말하는 세계수를 이용한 것 같습니다. 이곳 지구차원에는 각 차원계마다 세계수를 가지고 있는데, 그 차원계의 세계수를 이용해 차원에너지

를 융합하는 방식으로 에테르에너지를 생성해 낸 것 같습니다.

미네르바의 설명을 들으며 대강은 어찌 된 일인지 알아들을 수 있었다.

"내가 처음 광에서 보았던 그 나뭇단이 각 차원계에 있던 세계수들이었던 모양이로군. 그런데 어떻게 이곳으로 모일 수 있었지? 미네르바, 어떻게 그런 일이 가능했을까?"

한국에서 미국으로 가는 것도 쉽지 않은 일인데 차원을 넘는다는 것은 상식적으로 생각해도 거의 불가능한 일이기에 미네르바에게 물었다.

─현재까지 살펴본 정보로는 그것은 매우 간단하면서도 어려운 방법이었을 겁니다.

"간단하면서도 어려워?"

미네르바의 색다른 대답에 호기심이 동했다.

─그렇습니다. 각 세계수는 차원계마다 공통의 좌표를 가지고 있습니다. 그것은 어디라도 마찬가지라서 지구차원 또한 공통 좌표를 가지고 있었을 겁니다.

"공통 좌표를 가진다고?"

─세계수는 차원의 중심이기도 하지만 각 차원의 연결점이 되기도 하니 당연히 각 차원마다 공통된 좌표를 가지고 있습니다. 한 차원의 세계수를 찾을 수 있다면 다른 차원의 세계수를 찾는 것은 그리 어렵지 않습니다. 차원의 문을 열 줄

만 안다면 말입니다. 차원의 문을 여는 것이 어렵지, 세계수를 찾는 것은 그리 어려운 것이 아닙니다. 3단계 차폐를 푸신다면 함장님께서도 충분히 가능한 일입니다.

"그럼 어머니와 아버지께서 그런 능력이 있었다는 건가?"

외계의 초자아 컴퓨터인 미네르바와의 접촉도 그렇고, 그로 인해 2단계 차폐를 푼 것도 그렇고, 신비로운 현상으로 얻게 된 에테르에너지가 있어 가능한 일이었다. 그렇지만 아버지와 어머니가 미네르바의 3단계 차폐를 풀 수 있을 정도의 힘이 있었다고는 믿어지지가 않았기에 미네르바에게 물었다.

─그동안 지구를 지켜본 저의 판단으로는 그것은 아닌 것 같습니다. 제가 도착하고 난 후, 차원계를 열 만한 어떠한 에너지도 감지되지 않았으니 말입니다. 지금 이 상황을 설명하자면 두 가지로 추측해 볼 수 있습니다. 하나는 제가 측정하기 전에 이미 세계수가 모아졌다는 것이고, 또 다른 하나는 지구에서 말하는 신기(神器)의 도움을 받아 세계수를 모았다는 가정이 있을 수 있습니다.

"으… 음, 미네르바는 이미 판단을 내린 것 같군. 그래, 미네르바가 내린 판단은 어떤 것이지?"

미네르바의 목소리에서 느껴지는 것인지, 아니면 동기화로 인해 느껴지는 것인지는 모르지만 미네르바는 결론을 내린 것이 분명했다.

—제 생각으로는 제가 지구차원을 측정을 하기 시작한 100년 이전에 이미 세계수가 모아졌다고 봅니다.

"왜 그렇지?"

—2년 전, 저의 전 사용자들이 동면에서 깨어나기 전까지 저는 전함 네르키즈를 복구하기 위해 에너지 탐사 활동을 벌였습니다. 탐사 범위는 지구는 물론 태양계 전체를 커버하는 것이었습니다. 하지만 차원계를 열 만한 그 어떤 에너지 활동도 감지하지 못했었습니다. 그렇다면 결론은 한 가지뿐입니다. 그전에 세계수가 모아졌다는 거지요.

네르키즈가 100년 전에 도착했다는 것은 미네르바의 설명으로 이미 알고 있었다.

알카트라 제국 전함의 공격을 받아 워낙 많이 파괴된 상태라 승무원들의 활동을 보조할 수도 없었고, 자체 복구에도 시간이 많이 결렸기에 사용자들을 동면에서 깨운 것이 2년 전이었다고 했다.

미네르바는 자체 복구를 하면서 에너지 탐사 활동을 벌였던 모양이었다. 미네르바의 감지 시스템에 차원계를 여는 에너지 활동이 감지되지 않았다면 이로서 아버지나 어머니가 차원계를 열었을 가능성은 전무했다.

"좋아! 상황 설명은 그 정도로 됐고, 내가 그 에너지 사용법이라는 것을 익힐 수 있다는 건가?"

—가능은 합니다만 제가 해석한 내용으로 볼 때 광에 적혀

있던 천조신경을 익히기 위해서는 이 두 가지 신물이 반드시
필요합니다.

"두 가지 신물?"

―하나는 천부경(天符經)이라 일컬어지는 경전이고, 다른
하나는 제법문(帝法紋)이라는 일종의 상징 같은 것이 필요하
다고 적혀 있었습니다.

"찾을 수는 있겠어?"

미네르바의 능력을 믿지 못하는 것은 아니지만 확인 차원
에서 물었다.

―천부경은 이미 위치를 파악했지만 제법문은 아직 파악
중입니다.

"천부경은 나도 알고 있지. 시중에 해석본 책들도 많이 나
왔으니 그것은 됐고……."

―함장님!

갑자기 미네르바의 목소리가 크게 들려왔다. 그 목소리는
마치 나를 질책하는 듯했다.

"왜?"

―지금 말씀하신 천부경하고 제가 말씀드린 천부경은 전
혀 다른 것입니다.

"달라?"

천부경은 꽤 많이 알려진 경전이다. 여러 학자들이나 철학
자들이 지금까지도 심오한 뜻을 해석하기 여념이 없는 것이

다. 그런데 일반적으로 알려진 천부경이 아니라니 미네르바의 말에 흥미가 일었다.

—그렇습니다. 제가 말씀드리는 것은 청동으로 만들어진 거울에 기록되어진 천부경입니다. 그리고 내용도 기존에 알려진 것하고는 전혀 다르고 말입니다.

"그런 게 있었어?"

—그렇습니다. 해석을 끝낸 후 행방을 찾아봤는데 기록상의 물건과 일치하는 것이 국립박물관에 보관되어진 것으로 파악이 되었습니다.

미네르바는 설명과 함께 망막으로 영상을 보내왔다.

—이것은 얼마 전 국립박물관에서 실시한 고대 유물 전시회에 나온 사진입니다. 이 부분을 자세히 살펴보십시오.

설명과 함께 미네르바는 카탈로그 사진의 한 부분을 집중적으로 확대했다. 옛날 학교에서 국사 시간에 배웠던 청동거울과 비슷한 모습이었는데 확대된 부분에는 광에서 보았던 문자와 비슷한 것이 나타나 있었다.

"저게 무슨 뜻이냐?"

—저기에 새겨진 글자는 천부(天符)라는 글자의 뜻입니다. 광에 기록되어 있는 것과 같은 것으로 고대에 쓰였던 옛글의 한 가지입니다. 기록에 설명되어진 것으로 보나 청동거울에 새겨진 문구로 보나 저것이 기록상의 천부경일 확률은 99% 입니다.

"으음, 그렇다는 말이지. 저게 국립박물관에 있다면 개인
으로서는 보기가 상당히 힘들겠군."

―그럴 것입니다. 국보나 다름없는 것이기에 본다 하더라
도 상당한 절차를 거치셔야 할 겁니다.

"좋아, 그건 나중에 생각하기로 하고. 광에 기록되어 있던
것에 대해 해석한 것이나 전송해 봐."

―알겠습니다.

미네르바로부터 천조신경의 해석본이 내게로 전송됐다.
이번에는 망막에 전속되는 것이 아니라 동기화를 통한 의식
으로의 직접 전송이었기에 시간이 조금 걸렸다. 잠시 후, 천
조신경의 내용은 내 의식 속에 새기듯 전해졌다.

"차신문이나 백무요에 대해서는 정보가 없나?"

미네르바가 해석한 내용에 대해서는 한참을 두고 생각해
봐야 할 것이기에 전송이 끝난 후 두 사람이 네게 말한 것에
대해 미네르바에게 물었다.

―제 기억에는 그에 대한 정보가 전혀 없습니다. 지금부터
더 자세히 찾아봐야 하겠지만, 기록상으로 남아 있는 것이 없
는 것을 보면 꽤나 비밀스러운 조직 같습니다.

나도 들어본 적이 없는 것이니 미네르바의 말한 대로 틀림
없을 것이다.

"그렇다면 직접 뛰어들어 알아볼 수밖에 없겠군. 이번 일,
한번 뛰어들어 보는 것도 나쁘지는 않겠지?"

—그럴 겁니다. 상당한 능력자들이 도움을 받을 수도 있다
면 큰 힘이 될 수 있을 겁니다.

미네르바의 말이 맞았다. 부모님의 일도 그렇고, 나에게 안
배된 것 같은 지금의 상황을 확실히 알고 대처하려면 직접 뛰
어들어야 했다.

30분 정도밖에 안 되는 그리 긴 시간이 아니었지만 일단 생
각을 정리하고 밖으로 나가자 최경아와 노인장은 자리에서
일어나며 나를 맞았다.

"자리에 앉으십시오."

자리를 권했지만 두 사람이 자리에 앉지를 않아 할 수 없이
내가 먼저 앉아야 했다. 나를 따라 자리에 앉은 두 사람에게
단도직입적으로 물었다.

"이제부터 내가 해야 할 일이 무엇입니까?"

"무엇인가 하셔야 한다고 생각하신 모양이군요. 천왕존신
께서는 그리하실 일이 없을 겁니다. 그저 있는 자체만으로도
힘이 되니 평소처럼 계시면 됩니다."

"그게 무슨 소리입니까?"

나름대로 마음의 결심을 굳힌 내게 아무것도 할 것이 없다
는 말이 믿을 수가 없어 최경아에게 확인하듯 물었다. 나를
놀리는 것 같은 기분이 든 것이다.

"사실입니다. 다만 하실 일이 있다면 차신문의 문도들을

한번 만나보시는 것뿐입니다.”

“호오! 그래요?”

기분이 나쁘기는 했지만 별다른 책임이 없다는 말이 마음에 들었다. 부모님의 일도 알아봐야 되는데 단체를 이끌어 나간다는 것은 아무리 미네르바가 있다고 해도 귀찮은 일이라고 생각하고 있었기 때문이다.

“저… 어, 그리고……..”

뭔가 곤란 한 듯 최경아가 말을 흐렸다.

“다른 것이 또 있는 겁니까?”

“그것이 아니라… 말씀을 드리기 좀 그렇습니다만 천왕존신께 남겨진 것을 수련하십사 하는 겁니다.”

‘어! 알고 있었던 건가?

내게 천조신경이 남겨졌다는 것은 잘 모르겠지만 무엇인가 전해진 것은 아는 눈치 같았다. 하지만 애써 드러낼 필요는 없어 보였다.

“내게 남겨진 거요? 아버지가 남기신 것이 있기는 하지만 그것은 수련하고는 상관없는 것이었는데… 그게 뭔지 모르지만 찾아보고 있으면 익히도록 하지요.”

내 대답에 두 사람의 표정은 아무렇지 않았지만 묘하게 기운이 바뀌었다. 한천구의 기운은 아쉬운 듯한 느낌이었고, 최경아의 기운은 ‘다행이다’ 라는 느낌이었다. 그저 내 느낌이기는 하지만 거의 틀림이 없을 것이 분명했다.

"미네르바, 저 두 사람에게 미행을 붙일 수 있을까?"

—가능합니다. 미행은 아니지만 일거수일투족을 감시할 수는 있을 겁니다.

"그럼 지금부터 24시간 밀착 감시를 해. 아무래도 이상한 것 같아 보이니 말이야."

—알겠습니다.

차신문이라는 것이 무엇인지 모르지만 부모님과 밀접한 관계를 가지고 있고, 문제가 있어 보였기에 두 사람에게 감시를 붙이게 했다. 화성의 소행성 속에 있지만 미네르바라면 충분히 감시할 수 있을 것 같았기에 부탁한 것이다.

어느 정도 두 사람과의 이야기가 끝났을 때 조동원이 돌아오는 것을 느꼈다. 이제는 김한석이라는 국정원장을 만나야 하기에 그와 이야기를 나누어야 될 듯했다.

조동원이 밖으로 나가 산책을 하며 국정원장과 통화를 하고 나를 데리고 오라는 명령을 받았다는 사실이 망막에 떠올랐던 것이다.

"이야기는 다 끝나신 겁니까?"

집 안으로 들어오며 웃는 낯으로 조동원이 나에게 물었다.

"다 끝난 것 같습니다. 그런데 어제부터 저에게 할 말이 있으신 것 같은데……."

보나마나 뻔하지만 그가 말하기 쉽도록 운을 띄웠다. 조동원은 잘됐다는 듯 반색을 하며 용건을 말했다.

"저와 같이 국정원에 가주셨으면 합니다. 원장님께서 한번 만나뵙기를 원하십니다."

"저를요?"

"그렇습니다. 말씀드리지 못해서 죄송합니다만 조금 있으면 헬기가 이곳에 도착할 겁니다."

헬기까지 동원했다는 소리에 짐짓 놀라는 척했다.

"으… 음, 헬기까지 동원하다니 역시 국정원이군요. 그럼 가보도록 하지요. 그런데 나와 조 사무관님만 가시는 겁니까?"

"아닙니다. 저기 있는 경아 씨도 함께 올라가야 합니다."

"알겠습니다. 올라갈 준비를 하지요. 준비할 것이라 봐야 아버지께서 저를 위해 준비해 놓으신 유품뿐이니 그것만 가져가면 될 겁니다."

조동원에게 대답을 한 후 가방을 챙겼다. 아직 시간이 있다고 했지만 미네르바 3분 후 도착할 거라는 문자를 망막에 전송해 왔기에 미국 국채가 묶여 있는 책과 통장, 그리고 도장을 가방에 챙기는 것으로 떠날 준비를 마쳤다.

타타타타!

잠시 후, 멀리서 대기를 파헤치는 진동음이 전해져 왔다. 산속이라 그런지 헬기 소리가 울려 조금 시끄러웠다. 하늘을 보니 아무런 표식이 없는 헬리콥터의 커다란 동체가 시야에 들어왔다.

헬기는 조심스럽게 이제 폐허나 다름없는 밭에 내려앉았다. 바로 출발할 것이라 엔진을 끄지 않아 바람에 먼지와 풀들이 날렸지만 조동원의 뒤를 따라 머리를 숙이고 헬기에 올라탔다.

최경아도 날리는 머리를 손으로 누르고는 빠르게 내 뒤를 쫓아 올라탔다.

헬기 소리에 잘 들리지는 않았지만 우리 일행과는 달리 따로 떠나는 한천구가 손을 흔들며 인사를 했다. 입술의 움직임으로 보아 아마도 존체를 나중에 뵙겠다는 이야기가 분명했다. 난 손을 흔들어 그에게 작별 인사를 했다.

잠시 후, 헬기가 서서히 지상에서 떠올라 지리산이 조그맣게 보이기 시작했다. 그리고 지리산을 떠나 1시간이 조금 지난 후에 서울 근교에 있는 공군 비행장에 내릴 수 있었다.

헬기가 내린 비행장에는 안이 안 보일 정도로 썬팅이 되어 있는 밴이 대기하고 있었다. 국정원의 요원으로 보이는 사나이 세 명이 차 옆에서 대기하고 있었다.

"이 차에 타십시오. 멀지 않은 거리니 금방 도착하실 겁니다."

"알겠습니다."

조동원의 안내로 차에 올라타자 차는 곧바로 출발했다. 조동원의 말대로 가는 곳은 멀지 않은 것 같았다. 밖이 보이지는 않지만 도로를 달리던 차가 어느 순간 우측으로 꺾어지더니 서서히 속도가 줄고 있었던 것이다.

"미네르바, 현재 위치는?"

썬팅이 된 차는 안에서 밖을 볼 수 없는 구조로 되어 있기에 미네르바에게 물었다.

—좌표로 말씀드릴까요?

"그냥 지명으로 말해줘."

—성남시 수정구 고등동입니다. 방금 전 시흥동을 지났습니다. 함장님이 타신 차량은 지금 나라 기록관으로 들어섰습니다.

"나라 기록관은 서울에 있는 거 아니었나?"

—아닙니다. 지금 한창 개발 중인 판교지구로 들어가는 초입에 대통령 기록관과 함께 있습니다.

"얼마 전에 생긴다고 하더니 이곳에 생겼군."

대통령 취임식이 끝나고 얼마 안 있어 중요 국가 기록을 보관하는 나라 기록관이 문을 열었다는 기사를 접할 수 있었는데 서울이 아닌 성남시에 있다는 것이 의외였다.

—주변 위치를 더 검색해 볼까요?

"그래. 한번 읊어봐."

—주변에 한국도로공사와 수자원공사가 있습니다. 일해연구… 아니, 세종연구소군요.

"그 대머리 아저씨가 퇴임 후에 해먹으려고 했던 그 연구소로군."

　—그렇습니다. 나라 기록관은 세종연구소 부지 내에 있습
니다.

　끼이익!

　몸이 앞으로 쏠렸다. 미네르바와 대화를 나누는 사이 목적
지에 도착했는지 차가 멈추어 섰다. 비행장에서 여기까지 10분
이 채 되지 않는 거리였다.

　'서초구 쪽에 본원이 있다고 하더니 미리 이곳에 와서 기
다리고 있었나 보군.'

　차에서 내려서 보니 교묘히 가려 진 숲 속에 위치한 작은
건물 앞이었다. 조동원이 앞장을 서기에 그의 뒤를 따랐다.
건물로 들어선 후 조동원은 계단을 걸어 아래로 내려갔다.

　지하로 내려온 조동원은 미로 같은 복도를 지나더니 길게
뻗은 복도 앞에 멈추어 섰다.

Chapter 5
국정원장 김한석

지하층의 구조로 봐서는 비밀을 요하는 곳이 분명했다. 머리 까진 양반에 의해 세종연구소가 지어질 무렵, 서울공항과 연결된 비밀 통로가 있을 것이라는 소문이 있던 것을 떠올려 보니 이곳과 무관하지 않을 것이라는 생각이 들었다.

"이곳으로 계속 가시면 막다른 곳이 나올 겁니다. 오른쪽 옆에 방이 있는데 그곳에서 원장님께서 기다리고 계실 겁니다."

조동원이 내가 갈 방향을 이야기했다.

"저 혼자 가는 겁니까?"

두 사람은 기다리고 있고 나 혼자 가려니 이상했다.

"그렇습니다. 경아 씨와 저는 이곳에서 대기할 겁니다."

"알았습니다. 가보도록 하지요."

겁은 별로 없는 편이기에 복도를 따라 걸었다. 한 2분쯤 걸었을 때 막다른 곳이 나왔다. 좌우 양측에 문이 있었는데 조동원의 말대로 오른쪽 문을 열고 들어갔다.

"어서 오게!"

방으로 들어서자 검은 뿔테 안경을 쓴 중년의 사나이가 나를 맞았다. TV뉴스에서 한두 번 본 기억이 있기에 그가 바로 나를 기다리고 있는 국정원장인 줄 알 수 있었다.

"반갑습니다."

아버지와 오랜 인연을 맺어왔기에 반가운 마음이 들었던 터라 웃으며 인사를 했다.

"자리에 앉게."

국정원장은 나를 타원형으로 되어 있는 회의용 탁자 한쪽에 앉게 하고는 구석에 있는 냉온수기로 가서는 일회용 커피를 타서 가져왔다.

유신 시절이라면 나는 새도 떨어뜨린다는 지위에 있는 사람이 직접 커피를 타 가지고 오다니 역시 세월이 많이 변하기는 한 모양이다.

"자, 들게."

커피를 건네며 국정원장이 자리에 앉았다.

“아버님과 친하셨다고요?”

제일 먼저 아버지와의 친분 관계를 물었다.

“하하하, 민혁이와는 오래전부터 친구였지. 내가 국정원에 들어오기 전부터 말이야.”

“그랬습니까?”

의외였다. 아버지와 국정원에 들어오기 전부터 친분을 맺어왔다면 죽마고우라는 것인데 뭔가 내가 알지 못하는 깊은 사연이 있는 것 같았다.

“아무도 모르지만 내가 국정원에 들어오게 된 것도 따지고 보면 자네 아버지의 힘이 컸네. 당시 국정원의 전신인 안전기획부에 들어오는 것은 무척이나 힘들었거든.”

“그랬습니까?”

새로운 사실이었다. 아버지가 눈앞에 있는 다부진 체격의 김한석 원장을 국정원의 전신인 안기부에 들어가게 했다는 것은 의외였던 것이다.

“내가 이곳에 들어온 것은 대통령이 서거하기 1년 전이었네. 믿지 못하겠지만 30년 전 당시 자네 아버지는 대통령과도 각별한 친분을 유지했다네. 자네 할아버지가 당시 대통령의 막후 후견자였거든.”

“할아버지요?”

아버지와 어머니에게 할아버지에 대한 이야기를 들은 기억이 없었다. 그리고 철이 들면서도 그렇고, 한 번도 할아버지에 대한 생각을 하지 않았다는 사실이 뭔가 이상했다. 아버지가 마지막으로 남긴 기록 어디에도 할아버지에 대한 이야기는 아무것도 없었다.

"지금은 돌아가셨지만… 으… 음, 자네는 모르겠군. 자네 할아버지인 내 스승님께서는 자네 아버지가 죽기 이틀 전 돌아가셨다네."

"아버지가 돌아가시기 이틀 전에 할아버지가 돌아가셨다는 말씀입니까?"

생전 들어보지도 못했던 할아버지가 아버지가 죽기 이틀 전에 돌아가셨다는 것을 보면 아버지의 죽음과 무관한 것이 아니라 판단됐다.

"죽기 하루 전 나를 찾아온 민혁이가 그러더군. 스승님께서 이틀 전에 돌아가셨다고 말이야. 스승님께서 어디서 어떻게 돌아가셨는지는 나도 모르네. 민혁이는 그 이야기만 전하고는 이것을 나에게 남겼네. 훗날 자네가 자신이 남긴 것을 찾으면 자네를 찾아서 이것을 전해주라고 하면서 말이네."

말을 끝내며 자그마한 비단 주머니 하나를 나에게 건넸다. 아버지의 또 다른 유품을 받아 들며 손이 떨렸다. 아버지의 죽음에 대한 비밀에 한발 접근했다는 생각에 가슴이 진정되지 않는 것이다.

애써 마음을 진정시키며 비단 주머니를 받아 안의 내용물을 살폈다. 주머니 안에는 사극에서나 볼 수 있는 한지로 만

들어진 봉투가 있었다. 몇 장을 덧붙여 안의 내용이 보이지 않게 만든 것이었다.

"서신 같지만 안의 내용은 모르네. 민혁이는 궁금하더라도 참고 있다가 자네가 찾아와 개봉하면 같이 보라고 했네. 그리고 그 다음날 기괴하게 죽어버린 것이지."

"일단은 뜯어봐야겠군요."

"그렇게 하게. 스승님과 친구의 죽음을 알면서도 보지 않았던 것이네. 이제는 스승님과 민혁이의 죽음에 대해 나 또한 알아야 하니까."

무척이나 궁금했던 모양이었다. 정보통에 오래 있었던 사람이라서 그런지 풍기는 기운이 상당했다. 방금 전과는 다르게 삼엄한 기운을 흘리며 나에게 다가왔다.

"미네르바, 해석할 준비를 해. 아무래도 한문으로 쓰여 있는 것 같으니까 말이야."

미네르바를 대기시키고는 봉투를 뜯었다. 봉투를 뜯으며 기괴한 기운을 느꼈지만 별 위험은 없을 것 같았다. 봉투 안에는 잘 접힌 서신이 하나 나왔다.

아마도 이 글을 읽고 있는 이는 태어난 후 한 번도 보지 못한 손자 한철이일 것 같구나. 궁금할 것이 많다는 것은 안다만 간략히 이야기하마. 이미 네 아버지가 남긴 서신을 통해 알고 있겠지만 우리 가문은 대대로 무기와 관련된 것을 팔아

부를 축적했다. 꽤나 오랜 세월 동안 그 일을 업으로 삼아왔지. 내 삶에 대해서는 그리 중요하지 않으니 몇 가지만 이야기하마.

그러니까 혁명이 일어나고 얼마 있지 않아 난 대통령의 호출을 받았다. 어떻게 알았는지 대통령은 내 사업과 연계해 자주국방을 할 수 있는 방안을 찾아달라고 내게 부탁을 하셨다. 미군에 의존하는 우리나라 무기체계를 바꾸고 싶다고 하시면서 말이다. 난 대통령의 생각에 동의했기에 그때부터 나라를 위해 일하기 시작했다. 오직 대통령에게만 알려진 사람으로 말이다. 그러다가…….

할아버지는 한국 내의 무기 수입과 신기술을 알기 위해 해외에서 발로 뛰어다니신 분이었다. 그로 인해 대통령과의 친분도 돈독해졌고 많은 일을 할 수가 있었다고 한다.

그렇게 자주국방을 향해 한 걸음 한 걸음 나아갈 무렵, 청천벽력 같은 일이 벌어졌다고 한다. 할아버지의 파트너이자 든든한 버팀목이었던 대통령이 갑자기 서거를 한 것이다.

할아버지는 졸지에 끈 떨어진 신세가 됐지만 안기부에 심어둔 김한석 원장과 뜻을 합해 대통령의 유지를 이어왔다고 써 있었다. 옆에서 같이 보고 있는 김한석 원장이 고개를 끄덕이는 것을 보면 편지에 써 있는 글이 대부분 사실임이 분명했다.

"아멘도스?"

나보다 먼저 읽었는지 김한석 원장이 의문을 표시했다. 할아버지의 편지에도 아멘도스라는 단어가 언급되어 있고, 그것만 세계 어느 나라가 됐든 꿀리지 않고 자주국방을 할 수 있다고 쓰여 있었던 것이다.

"좀 더 읽어보시죠. 뒷장에 상세히 기록되어 있는 것 같으니 말입니다."

정보계통에 있는 사람답지 않게 너무 흥분한 것 같아 진정시켰다.

"그러게. 친구와 스승님의 죽음과 관계가 있다고 생각하니 내가 조금 흥분을 했군."

흥분을 진정시키는 김한석 원장을 보며 다음 장을 넘겼다.

"전방위 통제체제라……."

아멘도스에 대한 설명이 이어지고 있었다. 아멘도스는 전 세계 무기체계 중 가장 뛰어난 것만을 모아 10년 동안 연구해 완성시킨 전자동 전투 시스템이었다.

현대 기술의 총아라는 이지스함마저 일부에 속한 시스템으로 대한민국에 배치할 경우 강력한 동북아 일대는 물론, 세계적으로도 강한 군사 억제력을 발휘하게 될 시스템이었다.

더욱 놀라운 것은 이 시스템에 새로운 무기체계가 보인다는 것이었다. 레이저포, 레일건, EMP 같은 무기들이 실용화 단계로 배치된다는 것이었다.

"원장님, 아멘도스라는 것이 가능할까요?"

"스승님께서 언급한 것을 보면 이미 완성된 것이 분명하네. 그리고 마지막 글을 보게."

원장의 말에 마지막 글귀로 눈이 갔다.

대한민국의 자주국방을 책임져 줄 아멘도스는 이미 확보됐다. 하지만 이로 인해 나는 죽음으로 향하는 열차를 탄 것이나 진배없을 것이다. 건드려서는 안 될, 그들의 영역을 침범해 심기를 상하게 한 이상. 하지만 이는 오랜 세월 묻어둔 싸움의 시작일지니 그 끝은 아무도 모를 것이다.

아멘도스라는 전투 시스템이 확보됐다는 사실보다 할아버지와 아버지, 그리고 어머니를 죽음으로 몰아넣은 자들을 할아버지가 이미 알고 있었다는 것이 마음에 걸렸다.

얼마간 짐작이 가지 않는 것은 아니지만 그들이라는 자들에 대해 알고 있으면서도 정체조차 말할 수 없었던 것은 나를 생각해서였기 때문이라는 것을 짐작할 수 있었다.

'후후후, 내가 싸워야 할 자들이 바로 그들인가? 아주 재미있을 거야. 아주…….'

마음에는 분노가 치밀어 올랐지만 머리는 싸늘히 식어가고 있었다.

단서는 하나, 할아버지의 편지에서 언급된 아멘도스가 무

엇인지 정확하게 알아야 그들의 정체를 추론할 수 있을 것이
다. 그러니 미네르바에게 그에 관한 정보를 모으도록 해야 했
다.

"미네르바! 아멘도스에 대해 조사해 봐. 수단과 방법을 가
리지 말고."

─알겠습니다. 이번 명령은 코드 NO.1과 동일 선상에 놓
여 있으므로 제1급 비상 조사 들어가겠습니다.

"좋아. 그런데 미네르바! 조사가 늦어지는 이유가 무엇이
지? 네 능력에 비하면 너무 늦는다는 생각이 드는데 말이야."

미네르바가 정말 초자아 컴퓨터라면 내가 내린 명령들은
벌써 이행했어야 정상이었다. 그동안 미심쩍었던 것을 이번
기회에 물어본 것이다.

─골든나이트를 조성하는데 많은 부분 제 능력이 할당되
었기도 하지만, 일단은 제가 너무 멀리 떨어져 있어서 그렇습
니다. 그리고 지구에서 사용하는 기기들을 제대로 이용하지
못하는 여파도 큽니다.

난데없는 소리에 궁금증이 돋았다.

"지구에서 사용하는 기기들이라니?"

─지금 제가 정보를 얻고 있는 것은 인터넷 웹사이트와 몇
몇 공개된 정보를 이용해 분석한 것뿐입니다. 노력만 한다면
누구나에게 허용된 정보들뿐이지요.

"뚫고 들어가지 못하는 거야?"

미네르바의 능력에도 한계가 있는 것이 아닌가 하는 의심이 들어 물었다.

―아닙니다.

"그럼?"

―아직까지는 함장님의 허락이 없어서 전격적으로 사용할 수가 없었습니다.

"사용하면 되잖아?"

미네르바의 능력으로야 쉽게 사용할 수 있을 것 같은데 그러지를 못한다고 하니 조금은 의아했다.

―제가 인공위성을 비롯한 국가 기간망이나 전산망을 이용하자면 함장님의 정식 허가가 필요합니다. 그렇지 않으면 제 권한 밖의 일이라 이용하지를 못합니다.

난데없는 소리였다. 초자아 컴퓨터라더니 내 허락이 필요한 것을 보면 그것도 아닌 것 같았다. 내 마음을 짐작한 듯 다시 미네르바의 목소리가 들려왔다.

―지금까지는 웹사이트를 통해 단순히 정보를 취합하고 분석한 것을 함장님께 제공하는 수준이었습니다. 이제 그런 것들을 제가 직접 통제하기 시작하면 지구 차원의 역사에 직접 개입하는 것이라서 겐트리온 연합이 정한 우주 규약에 의거 반드시 함장님의 정식 허가가 필요한 것입니다.

"원래는 개입해서는 안 되지만 내가 명령을 한다면 가능하다는 거란 말이군?"

―맞습니다. 함장님께서는 이미 2단계 차폐를 해제하셨기에 가능한 사항입니다.

"후후후, 좋아. 정식으로 허락한다, 지구 내의 모든 기기의 사용을!"

지금은 무엇이든지 이용할 때였기에 미네르바에게 정식으로 허락을 했다.

미네르바를 통제하기 위한 제약은 내가 생각한 것보다 고차원적인 것이라는 생각이 들었다. 이런 제한이 걸려 있다면 미네르바의 통제를 확실히 할 수 있다는 생각이 들었기에 고심을 할 필요도 없었다.

―전함 네르키즈의 중앙 컴퓨터 미네르바는 함장 유한철의 정식 인가를 받아 지구차원의 모든 기기의 사용권을 획득함과 아울러 정식으로 지구차원의 역사에 개입하게 되었음으로 이제부터 풀 체제로 전환합니다. 먼저 지구차원 개입을 위해 차원 궤도 진입을 허락해 주시기 바랍니다.

미네르바가 정식 개입을 위한 첫 번째 절차를 요구해 왔다. 차원 궤도 진입이 뭔지는 모르지만 일단 진실을 알아내기 위해서는 지구차원이고 뭐고 허락부터 했다.

"좋아! 허락한다."

―앞으로 10초 후 차원 궤도로 세팅합니다. 10, 9, 8……

미네르바의 요구를 승낙하고 나자 카운트다운 소리가 흘러나왔다. 카운트다운 소리가 진행될수록 뭔가 섬뜩한 느낌이 들었지만 개의치 않았다.

하지만 이때만 해도 할아버지와 부모님의 죽음을 파헤치기 위해 내린 나의 결정이 지구에 얼마나 많은 영향을 미치게 될지 이때까지만 해도 알 수가 없었다.

"무엇을 그리 생각하나?"

미네르바와 통신을 하고 있는 나를 일깨운 것은 김한석 원장의 목소리였다. 미네르바와 대화를 하느라 말도 없이 한동안 앉아 있었던 것이 김한석 원장에게는 내가 충격을 받은 것으로 비쳤는지 걱정하는 빛이 역력했다.

"그들이 누구인지 궁금해서요. 잠시 생각해 봤습니다."

안색을 풀고 정당히 핑계를 댔다.

"어떤 생각을 가지고 있는지 모르지만 자네는 위험하니 더 이상 개입하지 말게. 그리고 지금까지 보고 들은 것도 모두 잊게. 자네가 가지고 있는 돈이라면 상당한 일을 할 수 있을 테지만 그만두기 바라네. 합법적인 돈이니 자네나 자네 후손들이 살아가는 것은 지장이 없을 테니 말이야."

나를 생각해서인지 김한석 원장은 내가 끼어들지 말기를 정중히 권유했다.

'이분도 뭔가 알고 있는 모양이로군. 하긴, 한 나라의 정보를 다루는 수장이니.'

말하는 뉘앙스에서 김한석 원장도 할아버지와 부모님의

죽음에 숨겨진 비밀에 대해 어느 정도 알고 있다는 생각이 들었다. 하지만 순순히 응하기에는 기분이 좀 지랄 같았다.

"알겠습니다. 하지만……."

"하지만 뭔가?"

"할아버지와 부모님께 무슨 일이 일어났는지 모르지만 일단은 가업은 잇고 싶습니다."

"으… 음."

내 말이 당돌했는지 김한석 원장은 깊은숨을 쉬었다. 무기 거래업자가 되겠다는 소리였으니 그럴 만도 했을 것이다.

"정말 그 일을 하고 싶은 것인가?"

"……."

나는 대답 대신 고개를 끄덕였다.

"좋네. 아직은 무리겠지만 민혁이가 남긴 것이 있을 테니. 그렇지만 시간을 갖기를 바라네. 그 일은 하고 싶다고 할 수 있는 일이 아니니 말이네."

"알고 있습니다. 저 또한 서둘러 하고 싶은 생각은 없습니다. 아직 제가 준비가 안 되었다는 것을 누구보다 잘 아니 말입니다."

막대한 이익만큼이나 무기사업이라는 것이 피를 동반하는 것쯤은 소설이나 영화가 아니더라도 알고 있기에 김한석 원장의 말을 충분히 알아들을 수 있었지만, 결심을 바꾸고 싶지는 않았다.

"알았네. 그렇다면 준비가 되면 말하게. 내 임기가 얼마 남지 않아 많은 도움은 되지 못하겠지만, 자네 집안사람들이 어떤 사람들인지 잘 아니 내가 할 수 있는 한도 내에서 최선을 다해 돕도록 하겠네."

미소를 지으며 하는 말이었지만 괜히 하는 빈말은 아닌 것 같았다. 퇴직을 하더라도 도움을 준다면 꽤나 든든한 백이 될 것 같았다.

"고맙습니다. 그럼, 이제 가도 되는 건가요?"

"그렇네."

"그럼 안녕히 계십시오."

"잠깐!"

인사를 하고 가려고 하자 김한석 원장이 명함 하나를 내밀었다.

"이건 내 개인적인 전화번호가 담긴 것일세. 자네가 필요할 때가 되면 이리로 연락을 하게."

나는 말없이 명함을 받아 들었다. 붉은색과 청색이 두 줄로 쳐진 테두리에 가운데에는 핸드폰 번호 하나만 적혀 있는 것이었다. 공식적인 명함이 아니라 사적인 명함이 분명했다.

명함을 상의 주머니에 넣고는 인사를 하고 밖으로 나왔다. 긴 복도를 지나자 조동원과 최경아가 기다리고 있었다.

"가시죠."

"비행장으로 가는 건가요?"

“그렇습니다. 헬기가 대기 중이니 집으로 바로 가실 수 있을 겁니다.”

“그러고 싶지는 않군요. 일단 신안은행으로 갑시다.”

“신안은행 말입니까?”

집으로 돌아갈 생각은 하지 않고 은행으로 간다고 했더니 이상한 모양이다.

툭툭!

나는 대답 대신 들고 있는 가방을 쳤다.

“알겠습니다.”

조동원은 알았다는 듯 나를 밖으로 안내했다.

“그런데 최경아 씨는 같이 안 가는 겁니까?”

조동원만 움직이고 최경아는 가만히 있었기에 사정을 물었다.

“원장님과 면담이 있습니다.”

“그렇군요. 가시죠.”

묘한 눈으로 나를 바라보는 최경아를 뒤로하고 앞장을 섰다. 조동원도 당황한 듯 뒤를 빠르게 따랐다.

“미네르바, 두 사람이 무슨 대화를 하는지 알아보도록 해.”

―걱정 마십시오, 함장님.

두 사람의 대화가 궁금했기에 미네르바에게 부탁을 하고 앞으로 필요한 작업을 하기 위해 신안은행으로 향했다.

유한철이 떠난 직후 최경아는 김한석이 있는 방으로 향했다. 자신이 파악하고 있는 것에 대해 보고를 하기 위해서였다. 문을 열고 들어서자 역시 김한석이 기다리고 있었다.

평소와는 달리 심각한 표정으로 앉아 있는 모습을 보며 최경아는 조심스럽게 의자를 당겨 앉았다.

"어떻던가?"

"본인은 말하기를 꺼려하는 것 같지만, 저나 NO.3에게 한 것으로 봐서는 능력자가 틀림없는 것 같습니다."

"자네나 그 친구에게 한 것이라니?"

김한석은 흥미로운 듯 안경을 고쳐 썼다.

"그동안 문제가 되었던 사이코에너지가 안정화됐습니다. 그것이 그의 능력인지는 알 수는 없지만 매우 흥미로운 사실입니다."

"그 말이 사실인가?"

김한석이 정색을 하며 물었다. 그로서도 최경아의 말은 놀라운 보고였던 것이다.

MP를 운영하는데 있어 그동안 걸림돌이 되었던 가장 큰 문제가 해결된 것이다. 그것을 해결했다는 사실이 그의 흥미를 당긴 것이다.

"그렇습니다."

"자네가 알고 있는 사실을 조 실장에게는 보고를 한 건가?"

"지리산을 떠나 곧바로 이리로 왔습니다. 보고할 시간적 여유는 없었습니다."

"으… 음, 잘했네. 그쪽 끄나풀일지 모르는 사람에게 쓸데없이 정보를 넘겨줄 필요는 없지."

새로운 전기를 마련해 줄지도 모르는 사실이었기에 김한석은 안도하는 듯했다.

기조실장인 조윤호는 한때 CIA에 파견 근무를 다녀올 정도로 전형적인 미국통으로 MP에 관한 사항이 변동되면 미국에 알려줄지도 모르는 인물이었던 것이다.

"그를 끌어들일 생각이십니까?"

자신의 직속상관이나 다름없는 조윤호에게 보고를 자제시키는 원장을 보며 최경아는 그가 한철을 끌어들일 생각을 가지고 있을지도 모른다고 생각했기에 사실 여부를 물었다.

"아직은 아니야."

'으음, 무슨 생각을 하시는지 모르겠군.'

최경아는 김한석의 대답에 그의 속내가 무척이나 궁금했다. 김한석으로서도 한철은 절대로 필요한 존재였기 때문이다.

당초 그의 제안으로 만들어진 것이 MP였다. 능력자로 구성된 특수팀인 MP가 우여곡절 끝에 만들어지기는 했지만 아직은 불안정했다.

능력자들을 이용하는 것이 미국이나 러시아, 그밖에 세계

정보기관들에 비해 아직은 일천한 수준이었기도 하지만 서구나 중국과는 달리 MP는 전혀 다른 방식의 능력자들이었기 때문이다.

MP 요원의 대부분이 자신과 같이 무격을 능력화시킨 사람들로 능력을 활용하는데 불안정했던 것이다.

그렇기에 지금으로서는 MP가 제대로 된 전력을 갖추기 위해 한철은 무척이나 필요한 존재였다. 김한석 원장에게는 일부러 능력의 크기를 말하지 않았지만 자신을 말 한마디로 안정시킬 정도의 능력이라면 무슨 수를 쓰더라도 합류시켜야 했던 것이다.

그런데도 자제를 하는 것을 보면 뭔가 이유가 있었다. 김한석도 자신이 가지는 의문을 아는 듯했지만 알려주려는 생각이 없는 것을 보면 뭔가 비밀이 있는 것이 분명했다.

"무슨 생각을 하는지 아네. 내가 그를 끌어들이려 하지 않는 것은 그들이 개입했다는 정황이 나왔기 때문이네. 그러니 섣불리 그 아이를 끌어들일 수는 없는 일이지. 끌어들이는 순간 그들은 의문을 가질 것이고. 그렇게 되면 그 아이는 물론, 그동안 힘겹게 준비해 온 것들이 모두 물거품이 될 수 있으니 말이네."

"그, 그들이라면……!"

김한석의 말에 최경아의 눈이 더할 나위 없이 커졌다. 그녀가 아는 한 김한석이 그들이라 칭하는 자들은 오직 한 집단뿐이었기 때문이다.

"자네가 생각하는 것이 맞을 거네."

"으음… 그렇다면 원장님 말씀대로 아직은 끌어들이지 않는 것이 좋겠군요."

최경아는 김한석의 고심을 어느 정도 이해할 수 있을 것 같았다. 그들이 개입해 있다는 정황이 포착되었다면 김한석의 말대로 섣불리 판단할 일이 아니었던 것이다.

"후후후, 그렇다고 너무 걱정하지는 말게. 그 집안사람들의 능력은 내가 누구보다 잘 아니 말이네."

"무슨 말씀이신지?"

그들이 나타났다고는 하지만 유한철을 일부러 방치한다는 느낌이 들었기에 최경아가 반문했다. 그들이 개입했다면 끌어들이지는 않더라도 나중을 위해서 유한철은 절대적인 보호 대상이었기 때문이다.

"내 친구 아들이라는 그러는 것은 아니지만 그 집안사람이라면 가만히 있지는 않을 걸세. 어떻게든지 그들의 정체를 파악하려고 애를 쓰겠지."

"원장님, 하지만 그것은 너무 위험합니다!"

전 세계를 암중에 지배하는 자들이었다. 자신들의 도움 없이 그냥 그들과 부딪친다면 유한철이 그들의 손에서 살아남는다는 것은 불가능한 일이었기에 최경아의 목소리가 높아졌다.

"전면전도 아닌 상황에서 살아남지 못한다면 어쩔 수가 없네. 이 일은 국가의 존망이 걸린 일이니 말이야. 아무리 자네가 그를 최상급을 평가해도 그의 능력이 확인되어야 하는 상황이고 말이야. 나는 이번 기회에 그의 능력을 확인할 생각이네."

"원장님은 정말 무서운 분이시군요."

냉정하게 상황을 파악하는 김한석의 태도에 최경아가 몸을 잠시 떨었다. 김한석 원장이 무엇을 원하는지 알 수 있을 것 같았다.

자신들과는 달리 처음부터 완벽한 능력을 가지고 있던 MP의 최강 요원들의 피가 이어진 이상, 유한철에도 그런 능력을 기대하는 것이 분명해 보였던 것이다.

"나는 이만 가보겠네. 그리고 이번 계획은 7,000만의 생명을 짊어진 자의 고뇌라네, 최경아 양!"

"으… 음."

말뜻은 알지만 뭔가 개운치가 않았기에 최경아는 입을 열 수가 없었다.

"혹시, 그동안 백무요에서 준비해 온 것을 그가 얻었다면 살아날 확률이 높겠지. 그리고 살아남는다면 머지않아 우리와는 자연스럽게 합류할 있을 것이고."

김한석은 자신을 바라보는 최경아에게 흘리듯 말을 하며 방을 나섰다.

방을 나서는 김한석 원장의 뒷모습을 바라보는 최경아의 눈빛이 싸늘히 변했다. 아무리 국가의 존망이 걸린 일이라지만 김한석이 뭔가 감추고 있다는 것을 느끼고 있었기 때문이다.

'역시, 그가 백무요의 후계자라는 사실을 알고 계셨군요. 하지만 원장님은 모르는 것이 있습니다. 부신(浮神)처럼 떠돌던 힘이 안정된 차신문의 사람들이 얼마나 무서운지를 말입니다. 만약 그 사람이 원장님 말씀대로 백무요의 안배를 온전히 얻었다면 원장님의 의도대로는 되지 않을 겁니다. 만약 원장님이 뭔가 숨기는 것이 있다면, 그리고 그것으로 인해 그와 척을 진다면 아마도 원장님이 말하는 7,000만이 문제는 아닐 겁니다.'

MP를 만든 김한석에 대해 최경아는 오래전부터 의문을 가지고 있었다. 그렇기에 처음 말고는 자신의 사문인 백무요에 대해 자세한 정보를 주지 않고 있었다.

한철에 대한 정보를 완전히 전하지 않은 이유도 그런 이유 때문이었다. 정확히 최경아가 김한석에게 말하지 않은 비밀은 백무요의 진정한 힘과 이를 얻은 이가 가지는 권위에 대한 것이었다.

백무요가 간직한 비밀을 지킬 책임이 있는 그녀로서는 의심이 가는 김한석 원장에게 조동원이 본 것 이외에는 한철과의 일 전부를 말하지 않았던 것이다.

'이제부터 상황이 급박하게 돌아갈 것이다. 그러니 일단은 조치를 취해야겠다. 그분이라면 알아서 하실 것이지만 나도 가만히 있을 수는 없으니까. 천왕존신께서 나타난 이상 그동안 MP에도 숨겨왔던 아이들을 그분에게 보내는 것이 나을 것이다. 우리야 알 수 없는 약물로 금제가 되어 있으니 힘들겠지만 그분이라면 자연스럽게 그 아이들을 천왕존신께 인도해 주실 것이다.'

오랫동안 숨겨왔던 아이들이 있었다. 그들에 대해서는 오직 그녀와 MP에서 NO.3으로 통하는 한천구만이 알고 있었다. 전부터 김한석에 대해 의심스러웠던 그녀로서는 최소한의 조치였다.

그리고 이제, 그녀가 숨겨왔던 아이들을 천왕존신께 인도하는 것이 차신문을 위해서나 숨겨온 아이들을 위해서 좋겠다는 판단을 내린 것이다.

최경아는 김한석 원장의 뜻인지는 모르지만 자신과 자신의 동료들이 기조실장이자 MP의 책임자인 조윤호에 의해 능력이 일부 금제되고 있다는 것을 몇 년 전 우연치 않게 알아냈었다.

영능력이라는 것이 갑자기 폭주할 수도 있는 것이기에 MP에서는 약물을 이용해 자신들을 제어한다고 들었지만 자신들에게 주입되고 있는 약물이 능력을 제어하는 것뿐만 아니라 다른 작용도 하고 있다는 것을 우연치 않게 알아냈던 것이다.

그녀가 자신들에게 주입되고 있는 약물에 대해 의심을 가진 것은 2년 전이었다. 자신의 상태가 이상해졌다는 것을 안 그녀는 감시가 없는 틈을 타 자신의 능력을 사용해 알아낸 것이다.

그녀가 MP에 들어온 지는 정확히 4년 전이었다. 처음에는 자신에게 주입되는 약물이 의심스럽다는 것을 몰랐었다. 그러나 2년 전, 능력을 안정화시켜 준다는 약물을 주입받았음에도 폭주하는 날이 잦아지면서 의심을 가지다 알게 된 것이다.

그전까지 그녀는 임무를 수행하는 도중 능력이 폭주해 정신을 잃을 때가 가끔씩 있었다. 3년 전까지는 고작해야 1년에 한두 번이었던 것이 2년 전부터는 1년에 10여 차례가 넘어섰던 것이다.

그녀는 너무 자주 정신을 잃는 것에 의문을 느끼고 자신의 능력을 이용해 스스로의 의식 속을 살폈었다. 그리고 지금까지 자신이 보았던 것과는 전혀 다른 것을 볼 수 있었다.

자신이 한국이 아닌 다른 곳에서 무엇인가를 하고 있는 것을 볼 수 있었던 것이다.

환상처럼 보이는 것이었지만 무척이나 공포스럽고 끔찍한 장면이었다. 자신에게 총을 쏘며 달려드는 자들이 갑자기 전신이 터져 나가며 죽어버리거나 온몸이 우그러지며 죽어가는 장면을 본 것이다.

처음에는 환상이려니 생각했지만 최경아는 오랜 고민과
생각 끝에 그것이 절대 환상이 아님을 알 수 있었다. 그것은
환상이 아니라 자신의 정신을 잃었을 때 의지와는 상관없이
능력을 사용해 그들을 죽인 것이었다. 폭주해 정신을 잃었을
때 누군가 자신을 이용해 그들을 죽였던 것이다.

최경아는 그 원인이 자신들에게 주입되는 약물이라는 사
실을 직감할 수 있었다.

자신이 이용당하고 있다는 것을 느낀 그녀는 주의 깊게 주
변을 살폈다. 그리고 자신의 생각이 맞았음을 확인시켜 주듯
주변에 감시의 눈길을 확인할 수 있었다. MP의 요원들과는
다른 방식으로 힘을 얻게 된 자들이 자신과 동료들을 감시하
고 있었던 것이다.

마치 꼭두각시처럼 이용했다는 생각에 최경아는 치를 떨
었다. 자신은 물론 자신의 동생과 그녀를 믿고 따랐던 수많은
사람들이 한낱 병기로써 이용되었다는 것을 확인한 때문이
다.

자신이 이용당했다는 것을 알아차린 최경아는 가만히 있
지 않았다. 어려서 부모를 잃고 어린 남동생을 데리고 세파를
견디며 살아온 그녀였기에 비밀리에 조사를 시작했다.

우선 자신을 이용한 자들이 누구이며, 어떤 목적으로 그런
짓을 했는지 알아내려고 노력했다.

최경아는 자신의 능력을 최대한 활용해 자신들에게 주입

되는 약물이 조윤호에 의해 미국 측에서 흘러나오는 것을 알아냈다. 한철을 만나고 오면서 자신의 직속상관이 조윤호에게 보고를 하지 않은 것도 그 때문이었다.

어째서 자신들을 그렇게 했는지는 알아내지는 못했지만 최경아는 조윤호가 결코 자신들에게 선의를 가지고 있지 않다는 것을 알기에 암암리에 그를 감시하며 거리를 두고 있었다.

그와 거리를 두기 시작하면서부터 정신을 잃는 시간이 현저히 줄었다. 아니, 김한석 원장에게 그가 미국과 관련이 있는지를 물은 다음부터 정신을 잃는 일이 없어졌다.

MP를 직접적으로 관장하는 사람이 바로 조윤호였다. 김한석 원장의 지시를 받고 MP를 만든 사람이 그였다. 조윤호와 김한석 원장이 관련이 없을 수가 없다.

그녀가 원장을 의심하는 이유 또한 그 때문이었다. 어려서 자신을 거두어준 존재만 아니라면 이미 그도 적으로 돌렸을 최경아였다.

김한석 원장을 의심하기 시작하면서 비밀리에 끌어들인 사람이 바로 한천구였다.

백무요와는 맥을 달리하는, 어쩌면 적이라고 말할 수도 있는 주천문(呪遷門)을 이은 사람이 한천구였다. 그와 모종의 거래를 통해 백무요의 제자로 삼은 후 기회를 기다렸던 것이다.

그녀가 한천구를 끌어들인 이유는 자신보다 그의 법력이 월등히 뛰어날 뿐만 아니라 주천문의 비술을 이용하면 MP 요원들에게 매달 주입되는 약물을 제거할 수 있었기 때문이다.

한천구를 끌어들인 후 그녀가 제일 먼저 한 일은 MP의 차세대 요원으로 내정한 아이들을 빼돌리는 것이었다. 차세대 요원이라 해봐야 자신이 찾아낸 아이들이었기에 한천구의 도움으로 사람들의 눈을 속이는 것은 충분히 가능했다.

보통 사람들이 보기에는 상당한 능력이지만 MP 요원이 되기에는 그저 그런 능력이 있는 아이들을 데리고 오고 진정한 능력이 있는 아이들은 비밀스럽게 빼돌린 것이다.

추천된 아이들은 얼마 지나지 않아 능력에 한계가 있다는 것을 알 수 있을 것이고 다시 사회로 돌아갈 것이기에 거리낌 없이 행했던 것이다.

자신과 한천구가 빼돌린 아이들의 능력은 꽤나 대단한 것이었다. 대부분 성년이 안 된, 각성만 제대로 된다면 자신보다 더욱 큰 능력을 가질 수 있는 아이들이었다.

아이들을 숨기는 데는 한천구의 능력이 제법 크게 작용했다. 그의 주술을 이용해 아이들의 능력을 감추었던 것이다.

이제 그토록 바라던 천왕존신의 존재를 확인한 그녀는 지금 한천구를 이용해 자신이 빼돌린 아이들을 유한철에게 보내려고 하는 것이다.

천왕존신의 몸이면서 백무요의 진전을 이었다면 훗날 약

물로 인해 저당 잡힌 몸이나 다름없는 자신들을 저지시켜 줄
것이라 믿은 것이다.

*　　　*　　　*

　국가기록원을 빠져나온 나는 조동원에게 이야기를 해 신
안은행으로 갔다. 이제부터 내가 생각한 바를 실천하기 위해
차를 돌린 것이다.
　서울에 있는 본점으로 가면 귀찮을 것 같았기에 분당 쪽에
있는 가장 가까운 지점으로 향했다. 통장에 들어 있는 돈들을
하나의 계좌로 합쳐 증권 계좌를 개설하기 위해서다.
　증권 계좌를 개설하려는 것은 할아버지가 그들이라 칭하
는 자들에게 가까이 다가가기 위해서다. 그들은 분명 국제무
기상과 관련된 자들일 것이 분명했기 때문이다.
　대한민국의 자주국방을 싫어할 자들이라면 뻔했다. 매력
적인 구매처를 잃어버릴 위험이 있는 자들이 그들일 것이 분
명했다.
　'아멘도스라는 것이 무엇인지는 모르지만 현재로는 찾기
가 요원한 것이다. 그렇다면 내가 그들에게 위협적인 존재가
될 수밖에…….'
　적을 찾아가는 것보다 찾아오게 만드는 것이 나을 것 같기
에 세운 계획이다. 짧은 순간이지만 김한석 원장과의 대화에

서 그가 이런 것을 원한다는 생각이 들었기에 계획을 세운 것이다.

미네르바의 도움이 있기에 적어도 3년 안에 그들을 위협할 방산업체를 만들 수 있다는 생각에서였다. 위협적인 존재이면서 파트너가 되는 그들은 내게 다가올 것이기에…….

신안은행 지점에 들러 통장을 내밀며 해약을 요구했다. 통장을 받아 살펴보던 여직원은 무심코 업무를 처리하려다 금액이 큰 것에 깜짝 놀란 듯 양해를 구하고는 지점장실로 갔다.

지점장이 화급하게 자신의 사무실에서 나오더니 해약을 하지 말아줄 것을 부탁했지만 나로서는 어쩔 수 없기에 무시해 버리고 돈을 인출했다.

통장 하나에 세금을 공제한 이자가 7억여 원 가까이 늘어 있었다. 해약을 하고 한 장짜리 자기앞수표를 바라보니 기분이 묘했다. 보통 사람이 상상할 수 없는 큰 금액이었지만 수표가 마치 종잇조각 같았다.

은행을 돌며 통장에 있는 돈들을 전부 인출했다. 증권 계좌를 개설하기 위해 증권사를 찾았다. 분당에는 부유한 동네답게 증권사들도 꽤나 많았다.

증권사에 들러 통장을 개설하겠다고 했더니 창구에 있는 직원이 시큰둥한 표정으로 바라본다. 주가 시세가 하락하는

데 투자를 하겠다고 하는 내가 한심해 보였나 보다.

예치금을 얼마나 할 것인지 물어보기에 말없이 수표를 내밀었다. 수표를 받아 든 직원이 깜짝 놀라 일어섰다. 평범한 옷차림에, 그저 그런 놈을 보았겠지만 수표를 보고 놀란 직원이 지점장을 불렀다. 나이도 어린 사람이 620억 원이나 되는 돈을 가지고 있다는 것이 놀랄 만도 했을 것이다.

하지만 증권 계좌를 개설하는 것은 의외로 쉬웠다. 직원에 의해 불려 나온 지점장이 상담실에서 간단한 대화와 함께 조동원의 보여준 신분증을 본 이후로는 일사천리로 계좌를 개설해 주었던 것이다. 아마도 지점장에게는 국정원의 비밀 계좌를 관리하는 사람처럼 보였을 것이 분명했다.

신안은행에서 찾은 수표로 증권 계좌를 개설한 후 다른 증권사를 찾았다. 증권사마다 별반 다르지 않은 반응을 보였다. 그렇게 5개 증권사에서 증권 계좌로 바뀐 금액이 모두 3,080억 원. 이자까지 합친 금액이다. 정말이지 만만치 않은 액수였지만 방산업체를 만들기에는 턱없이 부족한 돈이었다.

마지막 증권사에 들러 증권 계좌를 개설하며 앞으로의 계획에 자금이 상당히 들어갈 것이라는 생각이 들었다.

'아무래도 채권도 처분해야겠군. 미네르바라면 소문없이 처리해 줄 테니 그것을 별문제가 없을 것이다. 하지만 그래도 돈이 부족할지 모르니 새로 창업하기보다는 적당한 기업을 인수해 처리하는 것이 낫겠다.'

내게는 시간이 없다. 비밀 금고에서 아버지의 유품을 꺼내
는 순간부터 따라붙던 자들 중 하나가 CIA였다. 미네르바가
추적 끝에 알아낸 것이다.

그들이 움직였다면 그리 시간이 많지 않을 것이기에 내가
세운 계획에 적당한 기업을 물색해 인수하는 편이 시간을 절
약할 것 같았다.

"미네르바!"

―예, 함장님!

"함정이나 잠수함 같은 것을 만드는 방산업체 중에 인수하
기 적당한 기업이 있나 한번 알아봐 줘."

―알겠습니다.

미네르바에게 명령을 내리고 난 뒤 얼마 후 증권 계좌 개설
이 끝났다. 은행을 나오며 조동원에게 헬기를 타는 대신 고속
버스 터미널로 데려다 달라고 부탁을 했다. 앞으로의 계획을
추진하기 위해 할 일이 있는지라 헬기로 가면 좀 불편할 것
같아서였다.

다행히 분당에 고속버스 터미널이 있어 그리로 갔다. 고속
버스 터미널로 가는 동안 국내에 가지고 있는 돈을 모두 증권
계좌로 전환한 내가 매우 걱정스러운 듯 조동원은 말을 붙였
다.

"선물거래라도 하려는 모양인데 아무리 돈이 많다고 해도
자칫 잘못하면 다 잃을 수가 있습니다."

"후후후, 다 잃으면 어떻습니까? 어차피 제 것이 아니라고 생각하는데요. 그리고 부모님이 남기신 것을 허술히 할 만큼 바보는 아닙니다."

"으… 음!"

별거 아니라는 대답을 하면서도 의미심장한 미소를 짓는 내가 허튼 생각을 하지 않는다는 것을 알았던지 조동원은 더 이상 묻지 않았다.

강남권 일원에서 볼일을 본지라 얼마 안 있어 고속버스 터미널에 도착한 나는 조동원에게 악수를 청했다.

"고마웠습니다, 조 사무관님!"

"저도 만나서 반가웠습니다."

조동원은 내 손을 굳게 잡아주었다. 별다른 말은 없었지만 그의 손에서 나를 걱정하는 진심이 느껴졌다.

"언젠가 다시 만날 날이 있겠지요."

"저도 그러기를 빕니다. 그리고 대접해 주신 건 잊지 않겠습니다. 다음에 또 그런 대접을 받고 싶기도 하고요."

"하하하, 기회가 되면 그렇게 하도록 하지요. 그럼 전 이만!"

아쉬워하는 조동원을 뒤로하고 매표소로 갔다. 진주로 내려가는 승차권을 구입하고는 곧장 승강장으로 향했다.

'꽤나 신경을 써주는군.'

나를 보호하려고 하는 것인지 국정원 요원으로 보이는 사람이 뒤를 따랐지만 모르는 척했다. 미네르바의 이야기로는 조동원이 내 신변 안전을 위해 붙여준 사람이었다.

'응?'

버스를 타기 위해 승차장으로 가는 도중 건물 내부에 존재하는 이상한 기운을 느꼈다.

―함장님, 이상합니다.

"너도 느낀 거냐?"

―예! 하이드 마나포스의 기운이 느껴집니다. 이 정도면… 끊어졌습니다.

미네르바의 말대로 느껴지던 기운이 순식간에 자취를 감추었다. 갑자기 사라진 탓에 위치를 정확히 파악하기는 곤란했지만 건물 어딘가에 있는 것이 분명했다.

"지금은 곤란하니 나중에 한번 알아봐야겠군. 미네르바, 이곳 좌표를 표시해 놔. 급한 일이 끝나면 이곳에 와서 한번 조사를 해봐야겠어."

―함장님께서 원하시면 언제든지 워프할 수 있도록 이미 좌표를 표시해 놨습니다. 그리고 혹시 몰라 나노로봇을 워프시켜 두었습니다. 지하 쪽을 탐색하도록 해놓았으니 뭔가 있다면 저에게 정보를 보내올 것입니다.

"알았다. 이제 버스가 오니까 차에 타야겠다. 차에 타면 찾아낸 방산업체 좀 설명해 봐라."

―알겠습니다.

그렇게 버스를 타고 3시간이 넘게 걸려 진주로 내려왔다. 진주에서는 그냥 택시를 잡아 타고 집이 있는 곳으로 향했다. 역시 돈이 많으니 지난 날보다 돈을 헤프게 쓰는 것 같았다.

거의 도착했을 무렵. 읍내에 들러 찬거리와 묘종, 씨앗들을 샀다. 읍내까지도 국정원 요원이 쫓아왔지만 개의치 않고 필요한 것을 장만한 나는 버스를 탔다. 그것은 유평리로 가는 마지막 버스였다.

'후후후, 마지막 버스인데 읍내까지 걸어가려고 하나?'

같이 버스에 탄 국정원 요원이 어떻게 돌아갈지 궁금했지만 어린아이도 아니고 잘 알아서 할 것이기에 내가 상관할 바는 아니었다.

"미네르바, 어떻게 됐어?"

나는 버스에 타고 난 후 미네르바에게 지시한 것이 어떻게 됐는지 물었다.

—지금 인선 작업이 끝나가고 있습니다. 함장님의 학교 동창생들을 중심으로 작업 중인데 모두 합하면 꽤 많은 인원이 될 것 같습니다.

버스를 탄 후 앞으로 같이 일을 할 사람을 선발해 놔달라고 미네르바에게 소스를 주었다. 내 유일한 인맥이라 봐야 중퇴한 학교에서 만난 사람들이었기에 그들을 중심으로 인선을 부탁해 놓은 것이다.

"최선을 다해줘. 위험할 수도 있는 일이니까 인선에 신중을 기해야 할 거야. 뭐 그런 것이야 상관도 안 할 사람들이지만 주변에 사람이 많은 분들은 2차로 대기시켜 놓고."

위험한 일이 될 수도로 있기에 핵심적인 사람들만 고르도록 했다.

―걱정하지 마십시오.

"유준이는 어떻게 됐어?"

내가 원하는 사람 중에 제일 중요한 사람이었기에 유준이의 행방을 물었다.

―지금 독일에 있는데 직접 통화라도 하셔야 할 것 같습니다.

"좋아. 그 녀석 내가 설득하도록 하지."

유준이라면 내 말에 토를 달지 않고 당장에 달려올 사람이기에 직접 연락을 하기로 했다.

―그럼 인선이 끝나면 제가 DM을 발송할까요?

"그렇게 해. 마지막 문구에는 내가 말한 거 빼먹지 말고 꼭 넣도록 하고."

―알겠습니다.

미네르바의 대답이 끝나자 눈을 감았다. 비록 중퇴는 했지만 학교에 다니며 나에게 소중한 추억들을 선사했던 사람들을 생각하기 위해서다.

특히, 내 단짝이었던 민유준은 무척이나 보고 싶었다. 내 모든 것을 다 주어도 아깝지 않은 소중한 친구였다.

'녀석, 잘 있겠지? 원하는 것은 이루었는지 모르겠군.'

내가 아는 한 유준이는 천재였다. 그것도 보통 사람이 상상할 수 없는 천재다. 녀석은 중학교를 졸업하기도 전에 독일 연구소의 초청을 받아 유학을 간 것은 아버지가 죽은 한 달 후쯤이었다.

부모님이 돌아가셨다는 소식을 나에게서 제일 먼저 들었던 것도 녀석이었고, 가장 슬퍼했던 것도 녀석이었다. 부모님의 죽음 때문에 나를 두고 떠나는 것을 무척이나 염려했던 녀석이기도 하다.

'지금이 4시니까 독일은 오전 10시쯤 됐겠군. 아니지, 썸머타임을 실시하니 9시쯤이겠군. 연구소에 있으려나? 그냥 워프해 버릴까?'

바로 워프를 해도 되지만 쫓아오고 있는 국정원 요원이 문제였다. 다른 사람들은 헛것을 봤느니 귀신이니 하겠지만 MP 같은 단체가 있는 국정원이고 보면 주의를 끌 수도 있기에 유평리까지는 그냥 가기로 했다.

그리고 그 녀석도 놀랄 것이기에 일단 미네르바를 이용해 통화하는 것이 좋겠다는 생각이 들었다.

"종점입니다. 모두 내리세요."

버스기사 아저씨의 음성과 함께 사람들이 내리기 시작했다.

　유평리에 버스가 도착한 것은 6시가 조금 못되는 시간이었다. 유평리에 도착하자 미연이를 데리러 가려는 것인지 화물차를 몰고 집을 빠져나오고 있는 이장님의 모습을 볼 수 있었다.

"이제 다녀오는 길인가?"

차 창문을 열고 이장님이 물어왔다.

"서울에 갔다가 이제야 오는 길입니다. 그리고 읍내에 들려 모종하고 종자를 사왔습니다. 이제 저도 농사일을 배워야 하니 시험 삼아 밭에 뭐 좀 심어보려고요"

나는 양손에 들고 있는 모종들과 씨앗 봉지를 보여주었다.

"이제는 여름이 다가오는 시기라 파종할 시기가 늦었는데 잘 될지 모르겠네. 하지만 자네 말대로 시험 삼아 해본다고 생각하고 열심히 하게나. 그럼 난 미연이를 데리러 가야 해서 이만 가보겠네."

"이장님!"

차를 움직이려는 이장님을 불러 세웠다. 나를 보호하기 위해 뒤를 따라온 국정원 요원을 위해서였다.

"왜 그러나?"

"저기 저 사람 좀 태우고 읍내 좀 데려다 주시죠. 아무래도 버스를 잘 못 타서 곤란해하는 것 같은데 말입니다."

난 버스 노선을 가게에서 물어보고 난 후 낭패한 표정을 하고 있는 국정원 요원을 가리켰다.

"하하하, 가끔 있는 일이지. 저렇게 깔끔하게 차려입은 사람이 정신이 없구먼. 생긴 것은 꼭 기관원같이 생겨가지고 말이야."

'역시, 어디가나 표가 나는 모양이로군.'

몰랐지만 눈에 띄는 모습이었다. 어딘가 부자연스러운 것이 국정원에 몸담은 지 얼마 되지 않는 것이 분명했다.

"알았네. 내가 읍내까지 데려다 주지. 아직 해가 많이 남았지만 올라가다 보면 해가 질 테니 서두르게나. 조심하도록 하고."

"알겠습니다, 이장님!"

이장님은 화물차를 몰고 국정원 요원에게 가더니 그를 태우고 이내 읍내로 차를 몰았다.

이장님이 읍내로 가는 것을 지켜보다 백요가 있는 방향으로 길을 잡고 걸었다.

"후후후. 사람들이 놀라지 않게 숲길로 들어서면 바로 집으로 워프시켜 줘, 미네르바."

—알겠습니다, 함장님!

워프를 부탁했는데 전보다 더 또렷한 미네르바의 음성이 들려왔다. 통신 부문을 개선했는지 모르지만 말소리가 정말 명료하게 들려왔다.

팟!

눈앞이 흐려지는가 싶더니 잠시 후, 집 앞에 당도해 있었
다. 집 안에 들어와 마음에 드는 안도감이 어느새 집에 정이
든 것 같았다.

"미네르바!"

"예, 함장님!"

사람이 없어서인지 내가 부르자 직접적인 음성이 들려왔
다. 라디오도 통하지 않고 처음 있는 일이었다.

"유준이 녀석과 통화하려면 어떻게 해야 할까?"

"전용 회선을 쓰시겠습니까?"

전용회선을 쓰다는 것이 놀라웠다. 전화도 없는 이곳에서
미네르바가 어떻게 유준이와 나를 연결해 줄지도 궁금했다.

"전용 회선?"

"나토의 인공위성 중 하나를 인터셉트하면 됩니다."

"후후후, 좋아. 그 녀석에게 전화 걸어."

"알겠습니다. 우선 위성을 장악해야 하니 조금만 기다리십
시오."

잠시 후, 신호음 소리가 귀를 타고 흘러들었다.

디리리리!

국제통화인데도 벨이 울리는 소리가 선명히 들려왔다. 벨
소리는 한참을 울렸다. 막스플랑크 연구소에서 뇌 과학을 연
구하는 녀석이었다. 성격상 밤새 연구를 했을 것이 분명했다.

받을지는 모르지만 조금만 기다리기로 했다.

"Hallo! Wer sind Sie?"

통화기도 없이 선명하게 들려왔다. 밤새 연구를 한 것인지 유준이의 목소리는 무척 졸린 듯했다.

"인마! 한국말로 해라. 못 알아들어 먹겠다."

"어!! 한철이구나. 어쩐 일이냐 네가 이 시간에?"

"그쪽 연구 재미있냐?"

"재미는! 이제는 이쪽 연구소 직원들도 나만 바라보고 있어서 피곤하기만 하다."

"여전하구나."

문제를 찾아내고 해결하는 데는 천부적인 소질을 가진 유준이가 독일 연구소에서도 중추적인 역할을 하는 것 같아 기분이 좋았다.

"그런데 진짜 무슨 일이냐? 한참 동안 연락 없던 네가?"

"한국으로 와라!"

"한국으로?"

이유도 말하지 않고 한국으로 돌아오라는 소리에 의문이 생겼는지 유준이가 반문했다.

"지금부터 할 일이 생겼다. 중요한 일이다. 자세한 것은 한국에 오면 이야기해 주마."

"알았다. 언제까지 가면 되나?"

유준이는 내 요청에 의문이 어느 정도 풀렸는지 돌아올 시간을 물었다.

"곧 비행기표가 갈 거다. 그거 타고 바로 날아오면 된다."

"인마, 네가 돈이 어디 있다고?"

아무런 이야기도 하지 않고 연구소 일도 그만두고 오라는 소리라는 것을 알면서도 묻지도 않고 태연히 내 주머니 사정만 생각하는 녀석이다.

"후후후, 걱정 마라. 오면 이야기해 줄게. 이래 봬도 네 비행기 삯 줄 만한 돈은 있다. 마중 나가마."

"알았다."

"그쪽 시간으로 저녁 6시 비행기니까 서둘러야 할 거다."

"이 자식! 저녁 6시라니… 가면 죽을 줄 알아라."

그쪽도 정리할 시간도 주지 않고 궁금증을 풀어주지도 않았으니 한국에 오면 제일 먼저 내 머리에 헤드락을 걸 것이 분명했지만 이미 그에 대한 대비는 되어 있었다.

"하하하, 알았다. 알았어. 그리고 준비해 놓은 것이 있으니 비행기 타고 놀라지나 마라."

"준비?"

"그런 게 있다. 그럼 내일 보자."

유준에게 준비한 깜짝 쇼를 생각하면 웃음이 나왔지만 일단 통화를 끊었다. 유준이의 성격상 꼬치꼬치 캐물을 것이 분명했기 때문이다.

"미네르바, 정리를 좀 해볼까?"

"무슨 말씀이십니까?"

지금 내가 벌리고 있는 계획을 묻고 있는 것이 아님을 눈치 챘는지 미네르바가 물어왔다.

"네 목소리 말이야. 어떻게 이렇게 선명하게 들리는 거지?

"눈치를 채셨군요. 지구차원의 개입에 대한 함장님의 승인으로 초당 연산속도가 16페타바이트인 초소형 양자 컴퓨터를 탑재한 인공위성 36개를 궤도에 띄워놓은 상태라 그렇습니다."

"굉장하군!!"

SI단위계로 페타면 천조에 해당하는 수치였다. 16페타바이트면 상상할 수 없는 연산 속도를 가지고 있는 것이다. 그런 인공위성을 36개나 띄웠다면 엄청난 정보를 얻을 수 있을 것이 분명했다.

"이미 망구성이 끝났습니다. 세 대를 한 개 조로 11개의 조를 최상위 조인 세 대가 다시 관할하는 시스템입니다. 인도 신화에 나오는 인드라망을 모태로 만들었습니다만 명칭은 함장님께서 붙여주셔야 할 것 같습니다."

"좋아. 인드라망이라……."

하늘을 덮는 거대한 그물이라 불리는 인도 고대 인도 신화의 인드라망이라면 지구 전체를 커버한다는 소리였다. 그 숫자가 36개라면 적당한 이름이 하나 있었다.

"천상천으로 하자."

"천상천입니까?"

"그래, 삼십삼천을 관할하는 삼상천(三上天)이라 그렇게 지었는데 아닌가?"

"아닙니다. 꽤 괜찮은 작명입니다. 그럼 지금부터 제가 구성한 망을 삼상천이라 부르겠습니다. 지금 지구 상공에 있는 천상천의 개별 크기는 지름 60센티미터의 초소형 위성으로 자체 추진동력 및 무장을 하고 있는 기종입니다. 특히 세계 각국에서 띄워놓은 인공위성들을 각자 임의 통제할 수 있는 상태로 단위 당 약 100개의 인공위성을 관할할 수 있습니다."

100여 개의 인공위성을 자신의 통제하에 순식간에 장악하는 것을 보면 대단한 능력이었다.

"그럼, 완전히 지구를 덮은 거나 마찬가지군. 그런데 다른 국가의 인공위성에 대해서 임의 통제가 가능한 건가?"

"가능합니다만 지금은 다른 쪽으로 뚫고 있습니다."

"다른 쪽?"

"지금 지구 정지 궤도 상에 떠 있는 인공위성들은 13,769개로 이중 사용하는 것은 5,321개, 나머지 8,448개는 수명이 다해 작동을 정지하고 있습니다. 저는 쓰지 않는 것들을 이용해 기본 망을 구성하는 한편, 사용 중인 것들은 함장님의 명령이 계시면 곧장 통제에 들어갈 수 있도록 시스템을 구성했습니다."

"후후후, 비밀위성을 많이도 띄운 모양이로군. 그런데 고장이 난 것일 수도 있잖아. 운영하는 데 문제가 되지는 않을까?"

정지 궤도상에서 돌고 있는 인공위성의 수가 대략 9,000여 개로 알고 있는데 나머지는 각국에서 비밀위성을 띄운 모양이었다. 하지만 쓰지 않는 것이라면 작동하지 않을지도 모르기에 걱정이 되었다.

"걱정하지 마십시오. 함장님의 승낙이 떨어짐과 동시에 각 개체별로 나노로봇을 워프시켜 고장을 수리하는 한편, 몇 가지 공정을 추가해 새로운 시스템으로 거듭나고 있습니다. 앞으로 8시간 13분 10초 후면 본격적으로 가동됩니다."

이미 가능한 조치들은 모두 취한 모양이다.

"좋아!! 전부 가동시킬 수 있도록 준비해 줘. 내가 맞서 싸워야 할 자들이 만만한 자들은 아닌 것 같으니까 말이야."

현대는 정보전이다. 정보에 뒤지면 곧 죽음이기에 천상천의 가동은 나에게 큰 힘이 될 것이 분명했다. 거기다 폐기된 것이나 마찬가지인 인공위성들을 이용해 감시망을 공고히 한다면 지구에 대한 정보는 거의 내 손안에 있는 것이나 마찬가지였다.

"미네르바!"

"예, 함장님."

"현재 사용하고 있는 위성에서 송수신되는 정보에 대해 감시 좀 해줘. 너도 내 눈을 통해 봤을 테지만 그들이란 존재를 찾아야 하니까. 국정원장도 알고 있는 것 같은 눈치였으니 상당한 놈들이 분명해. 그 정도의 능력이라면 위성을 사용할 테니 정보를 검색해 놈들의 행방을 찾아봐. 그리고 위성에 대한 통제가 다 끝나면 감시망을 더욱 세밀하게 하도록 하고 말이야."

"첫 번째 명령에 의해 이미 시작하고 있습니다. 정보가 들어오는 데로 곧바로 보고를 드리겠습니다."

역시, 미네르바였다. 소소한 것까지 벌써 생각을 하고 있는 모양이었다.

"역시, 미네르바로군. 그럼 그 건물을 사야 하니 주인을 알아봐. 최대한 빨리 사야 손님들을 맞을 수 있을 테니 말이야."

DM을 발송한 동문들이 모일 장소는 지리산으로 가는 길에 있는 가든 형태의 한 음식점 건물이었다. 토종닭을 팔고 있었는데 조류인플루엔자로 인해 직격탄을 맞은 곳이라 급매물로 내놓은 것이다.

시가가 20억 정도 하는 건물로, 그런 대로 쓸 만했기에 내가 사려는 것이다. 근처에서 가장 큰 건물이고, 내 집과 가까운 곳이라 아지트로 삼기 위해서였다.

"전화상으로 내일 정오에 만나기로 했으니 함장님께서 직접 계약을 하시면 될 겁니다. 계약에 관한 서류는 이미 e메일로 부동산중개업자에게 보냈으니 가서 계약만 하시면 됩니다."

"시간에 맞추어 비워줄 수 있을까?"

"이미 가재도구와 식당에 사용되는 물품들은 처분한 모양입니다. 계약과 동시에 내부공사가 진행될 수 있도록 조치해 놓았으니 시간에 맞추어 준비가 끝날 겁니다."

"베리 굿! 수고했어, 미네르바."

"아닙니다. 소임을 다할 뿐입니다."

칭찬에 의무적으로 대답하는 것이 조금 불만이기는 했다. 그러나 어떻게 했는지는 모르지만 지시한 것을 완벽히 끝낸 것 같아 기분이 좋았다.

"그럼 이제부터 내가 해야 할 일이 무엇이지?"

"지금 함장님께서는 겐트리온 연합의 전투기술만 습득하신 상태입니다. 강천우 씨에게서 선무도라는 것을 빨리 배우시기를 권고드리고 싶습니다."

"그건 이번 주말부터 하기로 했잖아."

"그건 그렇습니다만 함장님의 상태가 아직은 완벽한 상태가 아니기 때문에 본격적인 수련이 필요한 상태입니다. 제가 강천우 씨 집을 정밀 수색한 결과 선무도와 관련된 책자를 다량 찾을 수 있었습니다. 그러니……."

"그만!!"

"……."

내가 불같이 화를 내며 미네르바를 멈추게 했다. 허락받지 않고 임의대로 미연이네 집을 수색한 것이 나를 화나게 한 것이다.

"어째서 마음대로 미연이 집을 뒤진 거지?"

"죄송합니다, 함장님."

내가 무척 분노한 것을 알았는지 미네르바의 목소리가 조금 전과는 달리 여려졌다.

"어째서지?"

다시 한 번 이유를 재촉했다. 짧은 순간이지만 화는 많이 가라앉았다. 내 통제를 받는 미네르바가 임의로 미연이의 집을 뒤졌다면 그에 대한 합당한 이유가 있을 것이기에 묻는 것이다.

그것이 아니라면 상당히 위험한 일이었다. 무한한 능력을 가지고 있는 미네르바가 통제되지 않는다면 그것은 지구의 종말을 의미하는 것일 수도 있었기 때문이다.

"지금까지 수집된 정보는 단편적인 겁니다만 상당히 위험할 것으로 보입니다. 겐트리온 연합의 전투기술만으로는 함장님에 대한 안전이 보장되지 않을 것 같기에 사용자 보호프로그램에 의해 제게 허락된 재량으로 시행한 일입니다."

"뭐가 위험한 거지?"

"잠시만 기다리십시오. 자료를 전송하겠습니다."

잠시 후, 눈앞에 희미한 영상이 맺히더니 점차 선명해졌다.

김한석 원장과 최경아가 나타났다. 그리고 그들의 대화는 미네르바가 그런 조치를 내린 합당한 이유를 내게 말해주었다.

"좋아, 이번만은 용서하지. 하지만 다음번에는 절대 용서가 없다. 어떤 것이든 내 허락을 받도록 해."

"알겠습니다, 함장님! 이후, 함장님에 대한 모든 사항은 재가 후 시행하겠습니다."

"명심하도록!"

미네르바에게 다시 한 번 다짐을 하고는 부엌으로 향했다.

Chapter 6
데블나이트와 선무도

일단 저녁부터 먹고 겐트리온 연합의 전투기술인 데블나이트를 수련하기로 했다.

데블나이트!

악마의 기사라는 이름답게 살벌한 전투술이었다. 미네르바의 중첩기술로 뇌리에 박은 데블나이트가 나 자신도 알지 못하는 몸을 통해 어떻게 발현되는지 실험해 볼 참이었던 것이다.

'그나저나 큰일이로군. 미네르바가 나에게 뭔가 감추고 있는 것 같은데……'

미네르바가 나에게 무엇을 원하는지는 모르지만 감추고

있다는 것이 문제였다. 초자아 컴퓨터가 내 통제하에 놓여 있다는 것이 좋을 법도 하지만 그것이 아닐 수도 있다는 것을 잘 아는 나다.

미네르바가 탑재된 네르키즈는 내가 생각해도 놀라운 전함이다. 지구에서 사용하는 무기 중 아무리 강력한 것이라도 네르키즈에게는 조족지혈에 불과한 것이었다.

거기다 인간의 능력을 훨씬 초월한 미네르바가 탑재된 상태다. 그런 미네르바가 통제자인 나에게 감추는 것이 있다면 심각한 문제였던 것이다.

다만 다행인 것은 미네르바의 에너지원인 넵코가 나로부터 비롯된다는 것이다. 그것은 미네르바로서도 어쩔 수 없는 일이다. 내 의지와 연결이 된 것이었기에 내가 넵코를 회수하고자 한다면 미네르바는 고스란히 내놓아야 한다는 것이다.

동력원이 없는 미네르바와 네르키즈는 한낱 기계에 불과하다. 동력원이 없는 상태에서는 아무리 미네르바라 하더라도 네르키즈를 움직이지 못하기에 큰 위협이 되지를 못하는 것이다.

미네르바가 넵코의 에너지를 이용해 지속적으로 뭔가를 만들고 있다는 것도 모르는 바는 아니다. 하지만 그것도 걱정은 하지 않는다. 미네르바나 네르키즈와 마찬가지로 나에게 에너지가 종속되어 있는 것이기에 그리 큰 염려는 아니었기 때문이다.

'별달리 문제가 될 것도 없으니 기다려 보도록 하자. 미네르바가 그리하는 데는 분명 이유가 있을 테니까. 내가 3단계 차폐를 푼다면 이유를 알 수 있을지도 모르고.'

미네르바가 감추고 있는 것에 대해서는 잠시 생각을 접기로 했다. 아마도 3단계 차폐 뒤에 숨어 있는 정보와 관련이 있을 것 같다는 생각이 들었기 때문이다.

미네르바에 대한 생각을 접자 슬슬 배가 고파왔다.

"오늘은 뭘 해먹을까?"

곧장 부엌에 들어가서 재료를 찾아 요리를 시작했다. 간단하게 먹을 것이라 감자를 이용한 고추장볶음밥을 하기로 했다.

우선 아궁이에 불을 붙이고 가마솥에 쌀을 씻어 넣고 밥을 할 준비를 끝냈다.

활활 타오르는 장작불로 인해 밥이 얼추 되어가자 숯불을 조금 꺼내 프라이팬을 올려놓고는 마늘을 찧고 기름에 달달 볶다가 감자를 넣어 볶았다.

어느 정도 감자가 익어가자 약간의 물에 풀은 고추장을 넣어 볶았다. 은근한 불에 오랫동안 볶아야 맛이 있기에 뜸을 들이고도 오랫동안 볶았다.

감자가 물러진 것을 확인하고는 솥에서 밥을 꺼내 감자를 볶은 프라이팬에 넣고 같이 볶았다. 볶음밥이 다 되자 그 자리에서 수저를 들고 떠먹었다.

쩝! 쩝!

"오랜만에 해먹는 것이라 그런지 꽤 맛있군."

혀에 감기자마자 부서지는 감자와 짭조름한 볶음밥이 어우러져 풍미를 더했다. 몇 번 떠먹지도 못했는데 프라이팬은 어느새 바닥을 드러냈다.

'조금 더 볶을걸. 할 수 없지. 간단하게 끝내자.'

감자를 이용해 고추장볶음밥이 입맛을 계속 당겼지만 간단히 끝내기로 하고는 우물로 가서 입가심을 한 후 미네를바를 호출해 전함 네르키즈로 워프했다.

네르키로 온 이유는 수련을 하기 위해서다. 전투술 데블나이트를 수련하기 위해서는 별도의 공간과 상대할 적이 필요하기에 네르키즈에 있는 가상공간 수련장을 이용하기로 한 것이다.

전함 네르키즈로 전송되어 온 나는 사람 모습을 한 미네르바의 반입자로 만들어진 휴머노이드의 환영을 받은 후 수련장으로 향했다.

속이 비치는 하늘거리는 토가를 입은 모습이 영 마음에 걸렸지만 수련장으로 가는 내내 눈을 아래로 둬서 간신히 쑥스러움을 면할 수 있었다.

"여깁니다, 함장님!"

미네르바가 안내한 곳은 커다란 격납 창고 같은 공간이었다. 사방 100미터 정도 되는 공간이었는데 검은색으로 된 원형의 공간이었다.

"상당히 크군."

전함의 크기가 어느 정도인지는 몰라도 이 정도의 공간을 내부에 가지고 있다니 네르키즈의 크기가 도무지 상상이 가지 않았다.

"그럼 잠시만 기다리십시오."

미네르바의 말과 동시에 내 몸이 허공에 떠올랐다. 그리고 천천히 공간의 중심으로 이동하기 시작했다.

'이거 보기와는 다른 공간이잖아?

느껴지는 대로 보자면 내가 서 있는 공간은 완벽한 구체로 되어 있었다. 하지만 이것이 보통의 공간과는 다르다는 것을 직감적으로 느낄 수 있었다.

"미네르바, 이건 무슨 공간이지?"

"이곳은 X─시뮬레이터로 반입자로 만들어진 가상공간입니다."

"X─시뮬레이터? 자세히 좀 말해봐."

파장만 동기화됐을 뿐, 정보의 중첩화로 인해 아직은 정보를 내 마음대로 꺼내어 쓸 수 없어 답답했다. 알 수 없는 이름에 미네르바에게 설명을 요구했다.

"데블나이트의 기본은 공간 이동 기술입니다. 시간을 제외한 3차원 공간을 완벽히 다루는 것부터 시작되는 기술이니 이런 시설이 필요합니다. 겐트리온의 전투기술은 대부분 공중이나 우주에서 벌어지는 전투에 특화된 것이라 이런 곳에서 완벽히 수련되어야 합니다. 상하좌우 어디에서 공격이 시작될지 모르니 함장님께서는 준비해 주시기 바랍니다."

"뭔지 모르지만 재미는 있겠군."

미네르바의 말이 끝나고 공간 자체가 변하기 시작했다. 푸른 바다가 보이고, 저 멀리 태양이 떠 있었다. 그렇다. 나는 지금 지구라는 태양계의 위성에서 하늘이라 불리는 상공 위에 와 있는 것이다.

서늘하게 불어오는 바람이 온몸으로 느껴졌다. 가상공간이라고는 하지만 그대로 떨어질 것 같은 사실적인 느낌 때문에 정신이 아찔했다.

"기분은 괜찮으신지요?"

"좋군. 지금부터 어떻게 하는 거지?"

아찔해 오는 정신을 가다듬으며 호기롭게 말했다.

"수련은 매우 쉬우면서도 어렵습니다. 일단은 데블나이트를 의식하시고 떠올리시면 됩니다. 이미 유기적인 반응을 하도록 조정된 상태라 함장님께서 자신의 상태와 데블나이트에 대해 의식이 확고할수록 수련이 매우 쉽게 진행될 겁니다."

"알았어."

"지금부터 함장님을 고정시키고 있는 반중력장을 풀겠습

니다. 많은 성취가 있으시길 빕니다.”

조금은 매정한 듯한 목소리가 들려왔다.

“헉!!”

쐐애애액!

미네르바의 목소리를 탓할 정신도 없었다. 말이 떨어지기 무섭게 내 몸도 지구를 향해 곤두박질치고 있었던 것이다. 어떻게 된 것이 끝없이 떨어지고 있었다.

100여 미터의 구체라면 고작해야 50미터 정도 떨어지다 말 텐데 1분이 넘어가는 시간 동안에도 계속 떨어지고 있었다. 얼굴을 찢을 듯한 칼날 같은 바람이 전신에 느껴졌다.

시간이 자날수록 대기와의 마찰로 인한 압박감이 장난이 아니었다.

‘제기랄!! 이대로 죽는 것이 아니야?’

가상공간이라는 것을 알고 있었음에도 몸으로 느껴지는 것은 분명히 실제였다. 실제라고 인식한 순간 죽음의 공포가 밀어닥쳤다. 공포를 느낀 후 얼마 후 뭔가 섬뜩한 느낌이 등 뒤에서 느껴졌다.

퍽!!

“크윽!!”

둔탁한 소리와 함께 뼈가 부서지는 듯한 고통이 등에서 느껴졌다. 무엇인가가 내 등을 강타한 것이다. 급전직하 아래로 떨어지던 내 몸이 탁구공이 튀듯 수평으로 팅겨 나갔다.

퍼퍽!!

"컥!!"

밀려 나가던 내 몸이 또 무엇인가에 격타당한 후 위로 치솟아올랐다.

"어떤 새끼들이야!!"

악에 받쳐 소리를 질렀다. 하지만 돌아오는 것은 강렬한 충격뿐이었다.

퍼퍼퍽!!

"크아아악!!"

고통에 비명을 지르며 날아가면서도 보이지 않는 존재를 바라보려 했지만 보이지 않았다.

"죽여 버리겠어!!"

퍼퍽!!

"크윽!"

열이 받을 대로 받아 악을 써댔지만 돌아오는 것은 죽음보다 더 지독한 고통이었다.

떨어져 죽을지도 모른다는 공포와 정체를 알 수 없는 존재에게 맞아 죽을지도 모른다는 생각에 화가 치밀어 올랐다.

'크으, 가만두지 않겠어.'

나를 구타하는 존재를 찾으려 애를 썼다. 이대로 죽을 수는 없는 일이었다.

'찾아야 한다. 놈들을 찾아야 한다. 그리고 의식 속에 감추

어진 데블나이트의 기술들을 활성화시켜야 한다.'

허공에 나를 고정시켜 놓았던 반중력장을 풀기 전 미네르바의 말한 대로 데블나이트의 기술을 떠올렸다.

하지만 공포와 고통으로 인해 나의 의식 속에 각인되어 있다는 데블나이트의 기술들은 쉽게 떠올려지지 않았다.

퍼퍼퍽!

"크억! 제발 떠오르란 말이다. 제발!!"

계속되는 고통 속에서 간절하게 소리를 질렀다. 데블나이트는 이미 의식 속에 각인되어 있었고, 몸 또한 충분히 펼칠 수 있는 상태다. 그러나 펼칠 수가 없다.

'편향적 인지성 환상전투' 라는 미네르바 특유의 수련을 해왔지만 실제와 의식 속에서 하는 것과 천양지차로 달랐다.

의식 속에서 나를 괴롭혔던 것들이 날파리 정도였다면 이건 다 큰 독수리가 맹렬히 공격하는 것이나 마찬가지였던 것이다.

거기다가 데블나이트는 아직 실제로 한 번도 펼쳐 본 적이 없었다. 생각과 실제의 괴리는 생각보다 큰 것이다. 생각대로 되지 않는 것에서 내가 가진 능력을 스스로 확신할 수 없다는 것이 문제였다.

현실과 생각 사이에 괴리가 발생해 제대로 대응을 하지 못하는 것이다.

그야말로 따로국밥이기에 제대로 된 데블나이트의 기술을

펼칠 수가 없는 것에서 내가 가진 한계를 절실히 느낄 수 있
었다.

　"제발! 제발!"

　미친 듯이 악을 써댔다. 그리고 내 의지대로 되지 않는 데
블나이트를 애써 떠올렸다.

　"으으윽!!"

　간절한 염원 때문인지 뭔가가 튀어나왔다. 의식 속에 감춰
졌던 뭔가는 튀어나와 온몸을 헤집었다. 그것은 자그마한 기
운이었다.

　공격당하는 신체의 고통을 무마시키기 위한 것인지는 모
르지만 지리산에서의 첫날밤에 나를 그토록 편안하게 했던
기운의 일부가 풀려 나와 나를 지배하기 시작했다.

　그와 동시에 의식 속에 완전히 틀어박혀 있던 데블나이트
의 기술 하나가 몸과 의식을 지배하기 시작했다.

　로테이트 크루즈!

　공간기술을 접목시킨 신체이동기법으로 중력장을 제어할
수 있는 데블나이트의 전투기술 중 하나다. 모든 전투기법의
기본이라고 할 수 있는 로테이트크루즈는 데블나이트의 시작
이자 끝이라 불리는 기술이었다.

　가상공간이지만 완벽한 실사인 탓에 내 감각이 허공이라
인지한 탓인지 제일 먼저 발현된 것 같았다. 맞는 것은 둘째

치고 반격을 하자면 지금은 신형을 안정시키는 것이 급선무였기에 로테이트크루즈는 무척이나 유용한 기술이었다.

퍽!

"크윽!"

가슴에 전해지는 충격에 다시 아래로 떨어지던 신형이 의지대로 멈출 수 있었다. 곧장 아래로 떨어져야 정상이지만 몇 미터 떨어지지 않고 멈추어 설 수 있었다. 그리고 나를 구타하던 존재의 정체를 볼 수 있었다.

'저건 또 뭐야?'

얼굴에는 세 개의 눈과 커다란 하나의 입을 가지고 등에는 은빛 날개를 달고 있는 괴물이 눈에 잠깐 들어왔다.

―실버윙이라는 타르곤 은하의 생명체로 공중전에 있어서는 우주 최강이라고 할 수 있는 종족을 매칭시킨 것입니다. 지금 실버윙의 힘은 평상시 1만분의 1로 감소시킨 상태로 이들과 상대하며 공간 이동 능력을 마스터하셔야 합니다.

의문이 채 끝나기도 전에 괴물에 대한 정보가 들어왔다. 실버윙이라는 산뜻한 이름을 가지고 있으면서도 구린 얼굴이라 나도 모르게 구토를 할 뻔했다.

나타난 것은 실버윙 네 마리! 내가 허공에 멈추어 서자 놈들도 사방으로 포위하고 있었다. 앞뒤 그리고 머리 위와 아래쪽에 포진하고 있었다.

'어떤 식으로 공격을 한 거지?'

온몸이 욱신욱신 쑤시고 아파왔지만 자세가 안정되자 제일 먼저 생각난 것이 놈들의 공격 방식이었다. 허공을 자유자재로 이동하는 존재들이라 공격 방식을 알아야 어떻게든지 대응을 할 수 있을 것이기에 주의 깊게 놈들의 움직임을 살폈다.

'제기랄!! 공격하는 방법도 악을 써야 내 몸에 적응하는 거 아냐?'

어느 정도 방법은 찾았지만 겐트리온의 전투기술을 써먹을 수 있는지가 문제였다. 조금 전처럼 얻어터지면서까지 수련을 하고 싶지는 않았다.

'어떻게 되는 간에 의식을 집중해야 한다. 그것도 죽을 만큼 간절하게……'

방법이야 다 나와 있었다. 의식이 이끄는 대로 움직이는 전투기술이었기에 어느 정도 의식을 활성화하느냐가 최대 관건이었다.

최대한 집중하자 머릿속이 팽팽 돌았다. 겹쳐져 있던 티슈들이 종이 휴지 박스에서 단번에 빠져나오듯 중첩되어 기록되어 있는 겐트리온의 전투기술이 빠르게 빠져나와 내 몸에 장착되어 갔다.

부앙!

공기의 파열음이 작렬했다. 실버윙들이 움직였다. 조금 전까지는 보이지 않던 놈들의 움직임이 시야에 들어왔다. 시야의 사각에 놓여 있던 세 놈의 움직임도 확실히 느껴졌다.

전면에서 다가오는 놈의 손이 나를 향해 뻗어졌다. 은빛 날개가 투명하게 변하며 녀석의 손바닥에서 검은색의 반점 같은 것이 생기는 것이 보였다.

푸슈!

바람이 새는 듯한 미세한 소리와 함께 대기의 파동이 달라졌다. 마치 화살처럼 보이지 않는 대기의 압력이 빠른 속도로 내게 다가왔다. 그것도 한 군데가 아닌 네 군데 모두에서 날아오고 있었다.

스스슷!

피해야 한다고 느끼는 순간 놈들이 뿜어낸 그물에서 신형이 저절로 벗어나고 있었다. 그와 동시에 스쳐 지나가는 대기의 압력에 얼굴의 살들이 밀리는 듯한 느낌이 들었다.

'됐다!'

데블나이트의 기술을 쓰기는 했지만 놈들의 공격은 한 번에 끝나는 것이 아니었다. 피했다고 느끼는 순간 어느새 조금 전에 내가 있던 곳을 교차하며 다른 방향으로 움직이더니 나를 포위하고는 연신 화살 같은 기압포를 쏘아대고 있었다.

다시 얻어맞을 것 같은 염려가 들었지만 그것은 기우였다. 데블나이트를 강하게 인식하는 순간 어느새 나는 놈들의 공격을 자유자재로 피하고 있었던 것이다.

공격이 통하지 않자 놈들의 움직임이 점차 빨라졌다. 간혹 놈들의 움직임이 느껴지지 않을 정도로 매우 빠른 움직임이었다. 잔상조차 남지 않았다. 너무 빠른 속도라 감각의 인지 범위를 벗어났기에 보이지 않는 것이었다.

'이, 이거, 조금 전과는 다르다.'

나를 무지막지하게 팼을 때와는 속도나 파괴력이 현저히 달라졌다. 직접 맞지는 않았지만 스쳐 지나가는 대기의 압력이 점차 강해지고 있다는 것을 느낄 수 있었다.

'좋아, 어느 정도 될 것 같다.'

나를 두들겨 패는 놈들의 속도가 빨라지기는 했지만 겐트리온의 전투기술 중 놈들을 무력화시킬지도 모르는 기술이 점차 활성화되어 감을 느낄 수 있었다.

놈들을 공격하려는 찰나 미네르바의 음성이 뇌리로 전달됐다.

―실버윙의 능력을 함장님의 능력보다 약 3퍼센트 정도로 상향시키며 계속 조정하고 있습니다. 함장님의 능력이 상승할수록 실버윙의 능력도 비율에 맞춰 상승하니 주의하시기 바랍니다.

퍼퍼퍽!

의문에 대한 미네르바의 설명은 빨랐지만 동시에 놈들의 공격도 내 몸에 적중했다.

'크… 윽! 진즉에 알려주지……'

미네르바가 혹시나 나를 놀리는 것이 아닌가 하는 생각이 들었다. 이제 공격을 할 수 있을 것이라는 생각에 공격을 준비하고 있었건만 미네르바가 이를 알고 갑자기 실버윙들의 능력을 높인 것 같은 느낌이 들었기 때문이다.

하지만 전과는 달리 몸에 전달되는 충격이 덜했다. 처음 맞을 때와 비교해 볼 때 몇십 배에 달하는 파괴력을 가진 공격이었음에도 내가 받은 충격은 전보다 덜한 것이다.

'아무래도 오늘 수련은 이렇게 내내 터지다가 끝나겠군.'

내 예감은 여지없이 적중했다. 수련이 끝날 때까지 연신 얻어터지기만 했던 것이다.

그렇다고 수련이 무의미한 것은 아니었다. 첫날의 수련이었지만 수련은 매우 성공적이었다. 공격기술을 의식으로부터 완벽하게 끌어내지는 못했지만 회피와 방어만으로 실버윙의 공격력을 보래 능력의 3분의 1까지 끌어올렸던 것이다.

그리고 나는 맞으면서 효과적으로 충격을 분산시키는 방법을 배울 수 있었다.

"제길! 눈탱이가 밤탱이군."

수련을 끝내고 돌아와 네르키즈의 함장 전용실에 걸려 있는 거울에 비친 모습이 가관도 아니었다. 장장 4시간 동안 실버윙들에게 얻어터진 결과였다.

판다마냥 시퍼렇게 변한 두 눈은 고사하고 부어오른 얼굴이 잘 익은 호박 찐빵처럼 변했다. 거기다 여기저기 터진 옷

가지하며 맞아도 옴팡지게 맞았다는 생각을 지울 수가 없었다.

'뭐라고! 싸움은 맞는 것부터 시작하는 거라고? 참나! 어이가 없어서.'

수련을 끝내고 비칠거리며 나올 때 미네르바가 나에게 한 한마디가 바로 그거였다. 겐트리온의 전사들은 전투기술을 수련할 때 제일 처음 맞는 것부터 시작한다는 말이었다.

그래서 내가 공격하려 하자 실버웡의 능력을 상향시킬 수밖에 없었다고 말이다.

그 말을 듣는 순간 갑자기 욕지거리가 나올 뻔했다. 그렇게 미네르바가 얄미울 수가 없었던 것이다.

성질이 치솟아오르는 것을 느낀 것인지 미네르바가 한마디를 보탰다. 그 지랄 같은 이론이 겐트리온의 최고 용사라 불리며 데블나이트란 전투기술을 정립한 무슨 사령관의 지론이라고 말이다.

그 순간 그 사령관이라는 자가 내 눈앞에 있었다면 아마도 내 손에 갈가리 찢겨져 죽었을지도 모르는 일이었다.

'니기미, 지론은 무슨 지론! 안 맞으면서 패는 게 장땡이지. 분명히 미네르바가 뭔가 감정이 있는 것이 분명해.'

아무래도 미연의 집을 뒤졌다고 화를 낸 것에 마음이 틀어진 것이 분명했다. 그렇지 않고서야 수련 메뉴얼보다 훨씬 센 강도로 나를 닦달했을 리 없었던 것이다.

피곤한 몸을 이끌고 와서 함장실에 있는 수련 메뉴얼을 보고 내린 결과였다. 매뉴얼에는 첫날 수련이 그저 신체의 균형을 잡는 것으로 나와 있었던 것이다.

'이거 어떻게 풀어준다? 평소 수련하는 젠트리온의 기사들보다 열 배나 강한 수련이라니 말이야. 미네르바가 나를 단단히 벼르는 것이 틀림없어.'

뭔가 방법을 찾아야겠다고 생각이 들었다. 그렇지 않으면 내내 미네르바에게 괴롭힘을 당할 것이라는 생각이 들었다.

"이제 돌아갈 시간이군."

지금은 한국 시간으로는 동이 틀 무렵이었다. 이제는 지구로 돌아가야 할 시간인 것이다.

"미네르바, 집으로 워프시켜 줘!"

"지구로 귀환하시겠습니까?"

"그래."

"그런데 그런 모습으로 가시면 오늘 계약에 지장이 있을지도 모릅니다."

누구 때문에 이런 모습이 됐는지 잘 알면서 모르는 척 나를 염려하는 미네르바의 목소리를 들으니 등에 소름이 돋았다. 대답이 신경질적일 수밖에 없었다.

"젠장! 방법이 없잖아!"

"저… 어. 그럼, 생체회복실을……"

화를 내는 내게 미네르바는 말꼬리를 흐리며 생체회복실

을 언급했다.

"생체회복실?"

"물리적 타격으로 입은 상처 같은 것은 1시간이면 거의 원 상태로 회복시킬 수 있는 생체회복실이 네르키즈에 구비되어 있습니다. 이용하시겠습니까?"

"으… 음."

수련을 끝내고 내게 바로 말을 하지 않은 것을 보면 미네르 바가 삐친 것이 내가 상상한 것보다 더 하다는 것을 알 수 있 었다.

혹시나 내가 자신을 의심하고 있다는 것을 아는지도 모를 일이었다.

'조심해야겠군. 이거…….'

"미안하다, 미네르바."

무조건 사과를 했다. 하지만 돌아온 것은 미네르바의 의뭉 스러운 대답이었다.

"무엇을 말입니까?"

"아까 내가 화낸 거 말이야."

"도대체 무슨 말씀을 하시는지…….'

말하는 폼이 역시나 화를 내고 있었던 것이 분명하다.

"항복!"

계속 말해보았자 손해일 것 같았기에 나는 백기를 들었다.

"알았습니다. 일단 생체회복실로 가시죠. 몸을 회복하고 어느 정도 마음을 푼 것인지 미네르바는 나를 생체회복실로 향하도록 했다.

"그럼, 생체회복실이라는 곳에서 한숨 자도록 할게. 부탁해, 미네르바."

"그렇게 하십시오."

네르키즈에 만들어진 생체회복실은 선체 하단부에 위치해 있었다. 벌집처럼 만들어진 수많은 캡슐이 다닥다닥 붙어 있는 형태로 된 것이었다.

중간에 있는 캡슐 중 하나가 푸른빛을 내고 있었다. 내가 들어가 치료를 받아야 하는 자리다. 원통형으로 된 캡슐들 위를 지나 빛이 나는 캡슐 위에 섰다. 캡슐 위에 서자 물에 가라앉듯 내 몸이 서서히 밑으로 꺼져 들었다.

상처를 회복하는 것은 간단했다. 캡슐 안으로 들어서자 푸른빛 광선이 내 몸을 두 번 지나간 것이 다였다. 첫 번째 광선이 지나갈 때는 몸을 간질이는 듯한 느낌이 들었고, 두 번째 광선이 지나갈 때는 따뜻한 느낌이 들었다. 그렇게 두 번의 광선이 지나가자 외상은 물론 내상도 거의 다 치료가 됐다.

'희한한 일이로군. 이렇게도 치료가 되는 것인가? 아무래도 신체활성능력을 극한까지 끌어올리는 광선 같은데… 이렇게 쉬운 걸 말도 안 했다 이거지?

이렇게 치료가 간단한 걸 아무 말도 안한 미네르바가 괘씸하기도 했지만 또 봉변을 당할지도 모르기에 아무런 말도 할 수가 없었다.

"일단 집으로 가야겠다. 미네르바, 집으로 가야겠어. 부탁해."

치료를 마치고 생체회복실을 나온 나는 미네르바에게 부탁 해 곧장 집으로 워프해 돌아갔다. 이제 조금 있으면 날이 완전히 밝을 시간이 된 것이다.

'역시, 일출은 언제 봐도 좋아.'

떠오르는 태양으로 사방을 검게 물들인 어둠이 걷히고 있었다. 광휘로운 햇살이 집 안을 비추기 시작하자 나는 여느 때와는 다른 느낌을 느낄 수 있었다. 내 감각이 전과는 확연히 달라졌기 때문이다.

햇살 속에 포함된 자연의 에너지와 집을 둘러싸고 있는 지리산의 웅장한 기운을 하나하나 오롯이 느낄 수 있었기 때문이다.

'수련의 성과가 있었나 보구나. 이렇듯 자연의 기운을 느낄 수 있으니 말이다.'

비록 미네르바 때문에 곤욕을 치르기는 했지만 나름대로 성과는 있었던 것 같기에 기분이 좋아졌다.

오늘은 건물을 계약하기에 밥과 밑반찬으로 아침을 먹고

집을 나섰다. 이제는 10여 분이면 갈 수 있는 거리였지만 주변에서 일고 있는 기운을 느끼기 위해 일부러 걸음을 천천히 해 유평리로 향했다.

유평리로 내려간 후 일이 있는지 읍내로 나가려는 이장 아저씨를 만날 수 있었다.

"읍내에 나가시는 모양이군요."

"그렇네. 자네도 나가려는 모양인데 내가 차로 데려다 주지."

"고맙습니다."

난 망설이지 않고 아저씨의 차에 탔다. 미네르바의 당부가 있었기에 아저씨와 미연이가 익히고 있는 선무도에 대해 이야기를 해볼 참이었던 것이다.

하지만 쉽게 이야기를 꺼낼 수는 없었다. 한참을 망설이고 있는데 의외로 아저씨가 쉽게 이야기를 풀 수 있도록 도와주었다.

"자네, 이번 주말부터 같이 운동을 하는 것이 어떤가?"

"그 선무도라는 것 말씀이군요."

"그렇네. 미연이도 그렇고, 나도 그렇고 자네 집 가까운 곳에서 항상 주말이면 운동을 하고 있으니 이왕이면 자네도 같이했으면 해서 말이야."

"저야, 상관없습니다. 저도 여기 온 기회에 뭔가 운동을 하고 싶었거든요."

바라마지 않는 일이었지만 속내를 감추고 아저씨에게 이 야기를 했다.

"후후후, 좋네. 하지만 처음 배우는 사람은 상당히 어려운 것이라 배우려면 조금 힘들 거네. 우리 미연이도 처음에는 무척이나 힘들어했지. 하지만 자네라면 잘할지도 모르겠군."

"잘 좀 봐주십사 하고 아저씨에게 부탁을 드려야겠네요."

"하하하, 그거야 잘 봤으니까 자네에게 같이하자고 하는 거 아닌가."

만난 지 얼마 되지 않은 사이였지만 아저씨는 꽤나 내가 마음에 드는 눈치였다.

"그런데 읍내에 있다가 언제쯤 집으로 갈 건가?"

"왜 그러시는데요?"

"시간이 어떻게 될지는 모르지만 난 점심시간에 맞추어 집으로 돌아갈 것이라서 말이야. 이왕이면 같이 가고 싶어서."

"저는 시간이 조금 늦어질 것 같네요. 약속을 점심 경에 맞추어놓아서요."

계약 건이 있어서 어쩔 수 없이 아저씨와 같이 돌아가지 못할 것 같아 약속이 있다고 말씀을 드렸다.

"약속이 있었나?"

"예."

"그럼 할 수 없군. 나보다 늦게 올 테니 일을 보고 유평리에 돌아오면 우리 집에 좀 들러주게나."

“아저씨 집에요?”

“그래, 자네에게 몇 가지 줄 게 있어서 말이야.”

“알겠습니다, 그렇게 하도록 하지요.”

무엇을 준다는 것인지 모르지만 아저씨는 별다른 말씀을 안 하셨다. 궁금하기는 했지만 아저씨가 말하시지 않으시기에 별말씀은 드리지 않았다.

아저씨와 이런저런 이야기를 나누는 동안 우리는 읍내에 도착했다. 아저씨에게 돌아갈 때 들른다고 말씀을 드린 후 난 택시를 잡아타고는 약속 장소로 갔다.

음식점으로 쓰이는 바깥채에는 주인으로 보이는 사람과 부동산중개업자가 기다리고 있었다. 나는 두 사람의 안내를 받으며 집을 구경할 수 있었다.

상당한 금액이었음에도 어려 보이는 내가 사러 온 것이 의외인 듯 두 사람은 미심쩍어했지만 미네르바가 보내온 전화 한 통에 언제 그랬냐는 듯이 나를 안내했다.

미네르바의 말대로 제법 널찍한 장소였다. 내가 불러 모으는 동창생들과 선배들이 모두 모여도 충분히 소화해 낼 수 있는 공간은 되는 것 같았다.

특히 마음에 든 것은 한옥식으로 꾸며진 안채였다. 99간은 되지 못해도 적어도 50여 간은 되어 보이는 집이라 숙식을 하는데도 전혀 문제가 없어 보였던 것이다.

또한 교통이 상당히 편리하게 되어 있었다. 50여 미터만

나가면 교차로가 있었고, 이를 통해 고속도로 등과 연결되어 매우 좋은 입지였다.

그리고 무엇보다 집에 딸린 대지가 상당히 넓었다. 주차장으로 사용했던 곳도 그렇고, 뒤쪽에 있는 땅도 무척이나 넓었던 것이다.

"좋습니다. 계약을 하죠. 20억이라고 하셨나요?"

"그렇습니다."

내가 마음에 들어 계약을 하려고 하자 안경을 쓴 부동산중개업자가 조금은 가벼운 듯한 목소리로 대답을 했다.

"대금은 어떻게 치르지요?"

주인에게 대금을 치를 방법을 묻자 그는 계좌번호 하나를 가르쳐 주었다.

"이리로 입금을 하면 될 겁니다."

"좋습니다. 금방 입금시켜 드리지요. 그런데 휴대폰을 빌렸으면 합니다."

"그러시지요."

부동산중개업자가 핸드폰을 내밀었다. 내가 비서로 자청한 미네르바에게 전화를 하려는 것인지 눈치를 챈 모양이었다. 난 그가 건네준 핸드폰으로 미네르바에게 전화를 걸었다.

"건물이 마음에 들어 당장 대금을 지급해. 계좌번호는……."

계좌번호를 불러주고 핸드폰을 돌려주었다.

미네르바는 지금 형상입자체로 만들어진 인간으로 변신해 계좌이체를 하기 위해 지금 은행으로 갔을 것이다.

오빠 한번 믿어봐! 너를 사랑…….

얼마 안 있어 중계업자의 핸드폰이 울렸다. 꽤나 재미난 벨소리를 울리는 핸드폰이었다. 중개업자가 통화를 하더니 나에게 핸드폰을 건넸다.
"함장님, 입금이 끝났습니다."
미네르바의 목소리가 흘러나왔다.
"입금이 됐는지 확인을 해보시면 됩니다."
핸드폰을 끄고 건물 주인에게 확인을 해보도록 했다.
"알았소."
건물 주인은 무뚝뚝한 어투로 자신의 핸드폰으로 은행에 연락을 취하더니 입금이 된 것을 확인했다.
"돈이 전액 들어왔다고 하니 이제 이 건물은 당신 것이오."
건물 주인의 말이 끝나자마자 부동산중개업자가 나에게 서류를 내밀었다.
"여기에 도장만 찍으시면 됩니다."
서류를 받아 살펴보니 계약 서류에는 전 주인의 도장이 이미 찍혀 있었다. 그리고 계약을 증명하듯 부동산중개업자의 날인과 인감증명서도 첨부되어 있었다. 나도 주머니에서 도장을 꺼내 찍었다.

"등기도 대행해 드릴 수 있습니다만."

"아닙니다, 그것은 내가 하도록 하지요. 계좌번호를 알려 주시면 수수료는 곧바로 송금해 드리겠습니다."

"알겠습니다."

부동산업자는 자신의 계좌번호를 나에게 불러주었고, 나는 상당한 수수료를 미네르바를 통해 그의 계좌에 송금해 주었다. 송금이 되었음을 확인한 그는 상당한 금액이었기에 웃음이 입가에 걸렸다.

계약 절차가 다 끝나자 두 사람은 더 이상 볼일이 없는 듯 곧바로 차를 타고 사라졌다.

"미네르바, 리모델링 업자들은 언제 오는 거야?"

―앞으로 30분 후면 도착할 것입니다.

"그런데 저기 있는 안채 말이야. 마음에 드는데 될 수 있으면 건드리지 않는 방향으로 수리를 했으면 해."

―알겠습니다. 저도 그렇게 생각하고 있는 중이었습니다. 잠시만 기다리십시오.

미네르바로 내 뜻을 알았는지 순순히 대답을 하며 무엇인가를 내게 워프시켰다. 리모델링 설계도였다. 나는 잠시 기다리다가 이번에 내가 산 건물을 리모델링할 업자를 만나 설계도를 건네고는 곧장 유평리로 돌아왔다.

공사가 진행되는 동안 미네르바에 의해 만들어진 휴머노

이드가 감리감독을 할 것이다. 등기는 인터넷으로 하고, 각종 관련 세금도 전자납부로 해결할 것이니 문제가 없을 터였기에 마음을 놓고 돌아올 수 있었다.

유평리에 돌아와 곧장 이장 아저씨 집에 들렀다. 대문이라고도 할 것 없는 현관문을 두드리자 곧바로 아저씨가 나왔다.
"어서 오게."
아저씨는 기다리고 있었는지 반가운 표정으로 나를 맞았다.
"이리로 앉게."
집 안으로 들어와 내부를 장식하고 있는 고가구며, 서화들을 바라보는 나에게 아저씨가 자리에 앉기를 권했다. 집 안의 분위기가 농사를 짓는 집이라고는 믿을 수 없을 정도였다. 마치 서당에 온 것 같은 느낌이 들었다.
분위기에 놀라며 자리에 앉자 아저씨는 안방으로 들어가더니 뭔가를 가지고 나오셨다. 한지로 만들어진 종이함이었는데 기름을 먹인 유지로 만든 것인지 윤이 반들반들 났다.
"자네, 한문 공부는 좀 했나?"
"예?"
"하기야 한문을 가르치지 않는 학교도 많다고 했지."
"아닙니다. 학교에서 나름대로 배웠습니다."
한문을 공부했는지 묻는 것에 내심 궁금했지만 걱정은 없었다. 학교에서 정규과목으로 편성되어 일주일에 2시간이나 배웠던 것이 한문이었다. 학교의 특성상 일반적인 한문이 아니고 고문을 위주로 배웠기에 나름 자신있는 것 중 하나였다.

"오호, 그래? 그거 잘됐군."

아저씨는 약간 놀란 듯한 눈빛을 보이더니 함을 열고는 두툼한 고서 세 권을 꺼냈다.

"이게 뭡니까?"

"궁금한가? 하하하, 이게 바로 자네에게 줄 것이라네."

"저에게요?"

"그렇네. 지금까지 집안 대대로 내려온 선무도를 나름대로 정리를 한 것이라네. 한 질은 미연이에게 주었고, 한 질은 자네에게 주고 싶어서 말이야."

"저에게요?"

의문이 아닐 수 없었다. 언제 본 적이 있다고 나에게 이런 귀한 것을 주는 아저씨의 마음이 어떤 것인지 알 수가 없었다.

"자네가 선무도를 익히겠다고 하니, 주는 것일세."

"감사합니다만 귀한 것 같은데 저에게 이런 것을 주시는 연유를 모르겠습니다."

정성 들여 표지를 만든 것이 한눈에 보기에도 귀한 것이었다. 이런 귀한 것을 나에게 줄 때는 연유가 있을 것이기에 이유를 물었다.

"내 자네를 볼 때마다 기이한 느낌을 받았네. 뭔가 나와 인연이 있다고 말이야. 어째서 그런 느낌이 드는지는 모르겠기에 나도 설명을 하려고 해야 할 수는 없네. 하지만 한 가지는 분명하네. 자네가 선무도를 익힌다면 대성할 수도 있다는 것이네. 내가 보기에 자네의 신체는 선천적으로 무골(武骨)이라고 할 수 있으니 선무도와는 잘 어울릴 것이 분명해 주는 것이네."

"무골이요?"

"자네는 잘 이해하지 못하겠지만 나처럼 오랫동안 무도를 수련해 온 사람이라면 자네 같은 사람을 보면 후계자로 받아들이려 할 걸세. 운동도 별로 하지 않은 몸인 것 같은데 무쇠 솥 같은 무거운 것을 들고 자네 집까지 오르려면 타고났다고 봐야 하니까. 그렇게 균형을 잡으며 무쇠 솥을 지고 올라가는 것은 나라 해도 무척 힘이 드는 일이니까."

지게에 무쇠 솥을 지고 집에 간 것을 아저씨는 다르게 생각하는 모양이었다. 그것을 보고 내가 무골이라니 도저히 믿지 못할 이야기였다.

아저씨의 말에 의문이 드는 것을 해소시켜 준 것은 미네르바였다.

―함장님, 저분의 말씀이 맞습니다. 함장님의 신체는 휴먼족 중 가장 이상적인 형태라고 할 수 있습니다. 저분처럼 오랜 수련을 하신 분은 어느 정도 함장님의 신체를 알아볼 수도

있을 것입니다. 그리고 제가 전에 말씀드렸던 것이 그것이니 저분의 제의를 수락하시기 바랍니다.

미네르바의 설명을 듣고 약간은 이해가 됐다.

"제게 이것을 주신다는 것은 사승을 이으라는 말씀이십니까?"

중요한 문제였기에 묻지 않을 수 없었다.

"아니네. 이미 사승은 미연이가 이었네. 그보다는 자네 같은 무골이 선무도를 익혀 그동안 숨겨져 있던 선무도를 세상에 선보이면 좋겠다는 생각이 들어서 말이네."

바라보는 눈빛이 기대가 커 보였다. 나에게서 무엇을 발견한 것인지 모르지만 조금은 부담이 가는 눈빛이었다. 필요하기는 하지만 이렇게 모든 것을 내보이는 것이 조금은 이상했다.

"자네가 생각하기에 이상할지도 모르지만 나름대로 사람을 보는 데는 일가견이 있다고 자부하는 나일세. 어차피 주말이면 모두 알려줄 것들이기도 하고, 이왕 배울 거면 제대로 배우라는 뜻에서 미리 주는 것이니 너무 부담은 갖지 말게."

"알겠습니다. 그리고 감사드립니다."

간절해 보이는 아저씨의 권유에 더 이상 망설일 이유가 없었다. 아저씨가 주는 책을 받아 들었다.

"이만 올라가 보게. 그리고 주말에 보세."

"그럼 주말에 뵙겠습니다."

아저씨에게 인사를 하고 집으로 돌아왔다. 집으로 향하는 길에 사람들의 기척이 느껴지지 않자 그냥 워프해 버렸다.

집으로 돌아온 후 곧바로 미네르바를 통신으로 소환했다.

"미네르바, 저녁 먹고 네르키즈로 갈 테니까 이것들을 해석해 놔줘."

―의외로 손쉽게 얻으셨군요.

"그런 셈이지만, 뭔가 이상해. 미네르바가 아저씨를 좀 지켜봐 주겠어?"

아저씨에게서 약간은 불안스러운 듯한 느낌을 받았기에 미네르바에게 아저씨를 지켜봐 줄 것을 부탁했다.

―이미 강천우 씨와 강미연 씨는 제 보호대상에 포함되어 있습니다. 이미 두 사람에게는 나노 로봇을 파견해 놓았으니 이상이 생기면 바로 알 수 있습니다.

"그렇군. 좋아. 그것은 잘했어. 앞으로도 잘 지켜봐 주길 바래. 아무래도 느낌이 좋지를 않으니까 말이야."

―알겠습니다. 그러면 지금부터 두 사람에 대한 보안 등급을 상향 조정하겠습니다.

"고마워. 그럼 조금 있다가 봐."

미네르바와 통신을 끊고 식사준비를 했다. 간단하게 누룽지를 끓이고 장아찌와 마른반찬으로 식사를 끝낸 후 곧장 네르키즈로 향했다.

뭔가 중요한 것을 까먹은 거 같았지만 주말이 되기 전까지

네르키즈에서 아저씨가 건네준 선무도에 대해 연구할 것이라 금요일까지는 집에 돌아오지 않을 생각이었다.

미네르바가 내 명령 없이 뒤졌다는 것을 생각할 때 선무도가 내게 무척이나 중요하다는 것을 직감했기 때문이다.

식사를 끝마치고 곧장 워프해 간 네르키즈에서는 미네르바가 선무도에 대해 기술해 놓은 책자를 모두 해석해 놓고 기다리고 있었다.

"미네르바, 어때?"

—상당히 간단하면서도 아주 체계적으로 기술된 책이었습니다. 제가 본 것하고는 조금은 다르지만 그에 못지않은 것 같았습니다.

"미네르바가 본 것하고 다르다고?"

—강미연 씨가 사승을 이었다는 것과 무관하지 않은 것 같습니다. 아무래도 강미연 씨에게는 원본이 간 것 같고, 함장님께서는 강천우 씨가 깨달은 것과 지금까지 익혀온 것을 기술한 책을 준 것 같습니다.

"그렇겠지. 그럼 슬슬 시작해 볼까? 나도 그 선무도라는 것이 무척이나 궁금하니 말이야."

미네르바의 추측이 정확할 것이다. 그렇다고 서운한 감정은 없었다. 그보다는 아저씨가 준 것에 대한 궁금증이 더 컸다.

―그럼 수련실로 가십시오. 일단은 겐트리온 연합의 전투 기술인 데블나이트를 모두 마쳐야만 선무도에 대한 수련이 가능할 것 같으니 말입니다.

"그래야겠지. 데블나이트도 아직 완전하지 않으니 말이야."

―오늘은 강도를 조금 더 높이겠습니다. 조금 힘드시겠지만 생체회복실을 이용하시면 수련하는 시간을 더 늘릴 수 있으니 함장님께서도 각오를 하시는 것이 좋을 것 같습니다.

"알았어."

어느 정도 강도를 높이는 것인지는 모르겠지만 미네르바의 음색으로 볼 때 만만치 않은 수련이 될 것 같았다. 그렇지만 나를 더욱 강하게 해줄 것이기에 조금은 기꺼운 마음으로 수련실로 향했다.

수련은 힘들었다. 그야말로 신물이 넘어오는 지독한 수련이었다. 뭔가에 쫓기는 듯 미네르바는 가차없이 나를 몰아쳤다. 온몸이 파김치가 되고 자잘한 멍과 상처로 완전히 뒤덮였다. 어느 정도 짐작은 가기에 나는 미네르바의 수련을 군말없이 따랐다.

그렇게 혹독한 데블나이트의 수련이 끝난 것은 목요일 오전이었다. 뭔가 잊어버린 것 같아 찜찜하기는 했지만 데블나이트의 수련을 끝내고 난 뒤 곧장 아저씨가 준 책자를 바탕으로 선무도에 입문했다.

데블나이트와 마찬가지로 미네르바는 자신이 해석한 선무도의 요결을 전부 나에게 인지시켰다. 이미 미네르바와의 동기화가 끝난 상태라 요결을 전부 내 의식 속에 심는 데는 채 10분도 걸리지 않았다.

선무도는 참으로 놀라운 무예였다. 아니, 정확히 말하자면 힘을 쓰는 방법이었다. 자연의 기운을 끌어다 쓸 수 있는 일종의 마음의 공부였다.

일반적으로 다른 무예와 마찬가지로 몸을 수련하는 것은 맞지만 책자에 그림과 함께 담긴 동작 하나하나가 대자연과 호흡을 맞추는 것이었다.

미네르바는 수련하는 내내 놀랍다는 표현만 썼다. 이런 종류의 기술은 자신이 속한 겐트리온 우주에도 존재하지 않는다는 것이 미네르바의 설명이었다.

목요일부터 시작해 토요일 아침 해가 뜨기 전까지 선무도의 수련을 계속되었다. 데블나이트처럼 전투기술을 수련하는 것이 아닌지라 몸은 편했지만 올바르게 힘을 쓰는 방법을 알기 위해서 선무도를 익혀 나가는 과정은 더욱 많은 심력을 소모하는 과정이었다.

어느 정도 시간이 지나자 기본적인 것을 습득했다는 판단이 든 미네르바는 아저씨로부터 배우기를 권유했다. 자신이 해석한 것도 괜찮은 것이지만 오랫동안 입에서 입으로 전승

되어진 경험이야말로 진정한 것이라는 이유에서였다.

미네르바의 말도 일리가 있었기에 그렇게 하기로 했다. 선무도를 익히며 뭔가 빠진 것 같은 느낌을 지울 수가 없었기에 미네르바의 의견을 따르기로 했다.

"함장님, 강천우 씨와 미연 씨가 지금 집으로 올라오고 있는 것 같습니다."

선무도에 대해 생각하고 있는 중에 미네르바가 아저씨와 미연이가 집으로 올라오고 있음을 알려왔다. 빨리 집으로 돌아가 두 사람을 맞아야 했다.

"벌써 시간이 그렇게 됐나? 바로 가야 되겠군. 미네르바, 곧장 워프 좀 시켜줘."

"알겠습니다."

아저씨와 미연이가 수련하기 위해 올라오고 있다는 미네르바의 말을 듣고 나는 곧장 워프를 통해 집으로 돌아왔다. 집으로 돌아온 후 얼마 지나지 않아 문을 두드리는 소리를 들을 수 있었다.

방을 나서 밖으로 나가 문을 열자 두 사람이 문밖에서 웃으며 서 있었다.

"그간 잘 지냈나?"

"덕분에요."

"오빠, 반가워. 일주일 동안 기다리느라고 무척 힘들었어."

대답이 끝나기도 전에 미연이가 생글거리는 눈빛으로 무

척이나 반갑게 인사를 했다.

"그래. 나도 보고 싶었다, 미연아. 일단 안으로 들어오시
죠."

"아니, 됐네. 같이 수련하기로 했으니 수련장으로 갔으면
좋겠네만."

"이른 시간이기는 하지만 그러시죠, 뭐."

집 안으로 들어가 차나 한잔 대접해 드리려고 했더니 서두
르는 기색이 역력했다. 할 수 없이 아저씨의 권유에 우리는 집
을 나서 수련장으로 향했다.

수련장은 꽤나 멀었다. 아저씨는 지금까지 백무요에 사람
이 살고 있지 않아 집 앞 밭에서 수련을 했지만 이제는 주인
이 생겼으니 수련장으로 가는 것이라고 했다.

집에서 500미터 정도밖에 떨어지지 않은 수련장은 사방
20여 미터 되는 제법 큰 공간이었다.

'상당한 기운이 밀집해 있는 곳이구나.'

수련장에서 처음 느낀 것은 기운이 매우 강하게 밀집되어
있다는 것이었다. 자연지기라 불리는 기운이 분명했다. 의식
속으로 전해지는 미네르바의 설명에 의하면 하이드내츄럴포
스가 상당한 수준으로 분포하는 곳이라고 했다.

"이리로 오게."

수련장을 바라보며 미네르바의 설명을 듣고 있던 나를 아
저씨가 불렀다. 수련장 한 구석에 마련된 나무 탁자였다. 커

다란 나무 그루터기를 다듬어 만들어놓은 탁자였는데 꽤나
운치가 있는 모습이었다.

미연이도 어느새 아저씨 옆에 앉아 있었는데 희미한 미소
를 지으며 나를 바라보고 있었다.

탁자로 걸어가 아저씨를 마주 보고 미연이 옆에 앉았다.

자리에 앉자 아저씨가 선무도에 대해 설명을 해주기 시작
했다. 책을 통해 수련한 내용이라 알아듣는 것이 그리 어렵지
않게 아저씨의 설명을 충분히 이해할 수 있었다.

"…이 정도가 선무도의 개요라고 할 수 있네. 자세한 내용
은 배워가면서 익히는 것이 좋을 것이네."

"저도 단전호흡을 배웠지만 특이한 수련법이로군요."

아저씨의 설명도 설명이지만 미네르바가 해석한 책을 보
고 배우면서 느끼던 의문점을 물었다. 주문수행술이라는 것
이 어떤 것인지 실체가 무척이나 궁금했던 것이다.

"그냥 설명해서는 잘 느끼지 못할 것이네. 배워가면서 스
스로 느껴야 확실히 아는 것이라네. 다시 말하지만 자네가 배
우게 될 선무도는 우리 고유 무맥 중 하나라네. 중국이나 일
본처럼 적을 살상하기 위한 무예가 아니라 자아를 깨닫기 위
한 공부라고 할 수 있지. 선무도의 근간이 되는 주문수행술은
보기보다는 까다롭네. 다른 나라의 무맥들과는 달리 정신부
터 수련을 하는 것이니 말이네. 중국이나 일본도 무예가 오래
전부터 발달한 곳이기는 하지만 그들에게 내려오는 무맥들

대부분은 하단전을 키우는 것부터 시작하네. 기감을 느끼기도 좋고, 수련의 성과도 빠르지. 하지만 선무도와 같은 주문 수행술은 다르네. 그들이 말하는 상단전부터 수행하는 것이라 진전이 매우 느리지. 하지만 어느 정도 단계가 올라서면 그 속도는 그들에게 비할 바가 아니네. 배우는 동안 재미없고 지루하더라도 꾸준히 수련하게. 내가 본 자네의 자질이라면 충분한 성과를 볼 수 있을 것이니 말이야. 그리고 선무도의 수련은 자네 스스로를 돌아볼 수 있는 좋은 기회도 될 것일세."

너무 조급해하는 것이 아닌가 하는 염려가 들었는지 아저씨가 나에게 당부를 했다.

"무슨 말씀인지 알겠습니다. 앞으로 최선을 다해 노력하겠습니다. 그리고 저에게 이런 기회를 주셔서 정말 고맙습니다."

아저씨에게 감사의 말씀을 드렸다. 선무도를 배우게 됐다는 것은 나에게 매우 중요한 일이었기 때문이다.

"하하하, 감사는 뭘."

맑게 웃는 아저씨의 웃음소리가 무척이나 기분 좋게 느껴졌다. 아마도 나에 대해 좋은 평가를 내리신 것이 틀림없었다.

"선무도의 개요에 대해서는 설명을 해주었으니 이제는 선무도를 익히는 방법에 대해 이야기해 주겠네. 그래 내가 자네에게 주었던 책들은 다 읽어보았나?"

"예, 모두 읽었습니다. 상당히 심오한 내용을 담고 있더군요."

"그런가? 주석을 달아놓기는 했지만 본문은 모두 한문이라 어려웠을 텐데 용케 이해를 한 것 같군."

한학자도 제대로 해석하기 힘든 부분이 있는 것이 아저씨가 준 책자였기에 아저씨는 꽤나 놀라는 표정이었다.

"어느 정도는 이해를 했습니다."

"그럼 이야기하기가 쉽겠군. 좀 전에도 말했지만 선무도는 한마디로 정의하자면 마음의 공부일세. 마음으로 힘을 쓰는 무예지. 여러 가지 무예적인 동작들이 있기는 하지만 그 모두가 마음을 다스리는 것이라 할 수 있네."

"어느 정도 짐작은 하고 있었습니다."

대답이 마음에 들었는지 아저씨가 고개를 끄덕이며 다시 말을 이었다.

"사실 마음을 쓰는 법은 따로 있지만 그것을 제대로 소화해 낸 이는 본 문 역사상 거의 없었네."

"따로 마음을 쓰는 법이 있다는 말씀입니까? 그리고 본 문이라면?"

"응, 오빠 아버지와 내가 잇고 있는 문파의 이름이 천선문이야. 아버지의 말씀으로는 차신문이라는 문파와 함께 우리 민족의 이대 선무가 중 하나래."

"차신문?"

미연이로부터 뜻밖에 차신문에 대해 듣게 되자 놀랐지만 내색은 하지 않았다. 어쩌면 차신문에 대해 알 수 있는 기회일지도 모르기 때문이다.

"차신문은 이미 절전되었다고 알려진 문파네. 세상 사람들이 말하는 신들의 힘을 빌려 쓰는 것을 주특기로 하는 선문 중 하나일세. 오래전에 존재했다고 알려진 문파지만 나도 지금까지 맥이 이어지는지는 알지 못하네. 시비로 점철되어 온 곳이라 자세히는 알지 못하지만 우리 민족이 가지고 있는 수행법 중 가장 정통의 수행법을 가지고 있다고 알려진 문파일세. 맥이 끊어지지 않았다면 좋으련만……."

"그렇군요."

아저씨도 자세한 내력을 잘 모르는 것 같았지만 기분은 매우 좋았다. 아저씨의 말속에 부러움과 동경이 섞여 있다는 것을 느꼈기 때문이다.

"이야기가 딴 데로 샜구먼. 그럼 일단 동작부터 시연을 보이겠네. 주문수행술이라고 해서 처음부터 할 수 있는 것은 아니니 말이네. 주문수행술을 수련할 몸을 먼저 만들어야만 하는 것이니 따라 하기는 힘들겠지만 하다 보면 마음에 저절로 자연의 기운이 이는 것을 느낄 수 있을 것일세. 우리 천선문에서는 그것을 잠승(潛昇)이라고 하는데 숨겨져 있던 기운이 마음을 타고 오른다는 뜻이지. 일단은 나와 미연이가 하는 것을 보고 따라 하면 되네. 잠승의 상태가 되면 그때부터 본격적으로 주문수행술을 배울 수 있으니 말이네."

"알겠습니다."

"오빠, 잘 보도록 해. 정확한 동작이 생명이니까."

미연이가 일어서서 아저씨 옆에 섰다. 그리고 천천히 선무도의 동작을 시작했다. 아저씨도 미연이의 옆에 서더니 같은 동작을 시연하기 시작했다. 선무도의 형은 나를 위해서인지 매우 느리게 진행되었다.

'다행히 미네르바가 해석해 놓은 것이 맞는 거 같구나.'

두 사람의 동작을 보며 미네르바가 시뮬레이션으로 보여준 동작과 다르지 않다는 것을 알 수 있었다. 이미 수련을 마친 상태였지만 두 사람이 시연하는 것을 보며 내가 익힌 것이 어디 틀린 곳이 없나 다시 점검할 수 있었다.

아저씨와 미연이는 두 번을 연속해서 동작을 보여주었다. 그리고 나도 어느새 두 사람 옆에 서서 동작을 따라 하고 있었다.

"아빠! 저게 어떻게 된 일이에요?"

두 번째 시연을 끝낸 미연은 아직도 선무도의 동작을 계속하고 있는 한철을 바라보며 의아한 듯 강천우를 보며 물었다.

지금 한철이 하고 있는 동작은 1단계인 잠승(潛昇)을 지나 2단계인 포연(包燃)의 마지막 과정을 넘어 3단계인 제화(濟化)를 시작하려 하고 있었기 때문이다.

강천우도 이미 그것을 보고 있었다. 너무도 놀라 강천우는 자신의 딸인 미연의 질문에 대답을 할 수 없었다. 처음 봤을 때부터 무골이라 생각했지만 이 정도일 줄은 그로서도 짐작하지 못했기에 할말을 잃고 있었다.

"아빠!!"

"왜 그러느냐?"

딸의 부르는 소리에 강천우가 놀란 정신을 차릴 수 있었다. 그렇지만 그의 눈은 한철에게서 시선을 떼지 않고 있었다.

"한철 오빠가 어떻게 된 거냐고요?"

"저게 어떻게 된 건지는 나도 모르겠다. 엊그제 선무도의 해설서를 주었기는 했는데 벌써 저 단계라니 말이다."

어찌 된 일인지 그도 알 수 없었기에 강천우의 대답은 하나마나 한 것이었다.

"예? 그거 정말이에요?"

"그렇단다."

"어, 어떻게……."

미연은 아버지의 말을 믿을 수가 없었다. 자신이 제화의 단계를 익히기까지 10여 년의 세월이 걸렸었다. 그런데 제화의 단계를 시작한 한철의 몸놀림은 자신이 배운 것과 한 치도 다르지 않았다. 오히려 동작의 정확성은 물론이고 부드럽게 연결되는 것은 자신을 능가하고 있었던 것이다.

아버지의 말로는 가문 역사상 자신이 가장 빠른 성취를 보였다고 했었다. 그런데 단 며칠 사이에 자신과 같은 성취를 보이고 있는 한철의 모습이 믿어지지 않았던 것이다.

"무아지경에 든 것 같으니 일단 끝나면 물어보도록 하자. 아무래도 저것으로 끝이 아닌 것 같으니 말이다."

자신들의 대화에도 연무를 멈추지 않는 한철을 보며 강천우는 기다리기로 했다. 3단계인 제화를 넘어 4단계인 주연(周緣)으로 넘어가는 한철을 본 까닭이다.

그렇게 기다리는 동안 두 사람은 불가사의한 일을 계속해서 목격해야 했다. 한철이 끝내 선무도의 기본공인 무련(武煉) 7단계를 모두 시연했기 때문이다.

'어! 어째서 저런 눈빛으로 보는 거지?

시간이 얼마나 지났는지는 모르겠지만 기분 좋게 기본공인 무련을 끝내고 나서 두 사람의 표정을 보니 심상치 않았다.

마치 못 볼 것을 본 듯 인상을 찌푸리는 것 같기도 하고, 놀란 것 같기도 한 모습을 보니 어깨가 저절로 움츠려졌다.

'제길! 미네르바가 해석을 잘못한 것인가? 연무할 때는 무척이나 편안했었는데…….'

미네르바가 해석을 잘못했을지도 모른다는 생각에 괜한 일을 벌인 것이 아닌가 하는 생각이 들었다.

"그냥 책에 있는 대로 한 것뿐인데 제가 잘못했나 보군요. 죄송합니다, 아저씨."

미안한 마음이 들어 아저씨에게 사과를 했다.

"아, 아니네. 자네, 정말 내가 준 것을 보고 모두 익힌 것인가?"

"그렇습니다."

"하하하, 정말이지 놀라운 일이네."

아저씨가 웃음을 터뜨렸다. 기분이 매우 좋아 보였기에 잘못한 것은 아닌 것 같았다.

"그럼, 제가 잘못한 것이 아닙니까?"

"오빠가 한 것은 잘못한 것이 아닌 것 같아. 주연(周緣)의 단계는 나도 잘 모르지만 아버지가 보기에는 완벽한 것 같다고 하니까. 나머지도 그렇고."

미연이의 말에 조금은 안심을 할 수 있었다. 미네르바가 해석을 잘못한 것이 아니고 내가 올바르게 수련했다는 것에 마음이 놓였다.

"내가 보기에는 나머지 단계도 완벽한 것 같구나. 무척이나 자연스러운 움직임이었으니 말이다."

"그러게요. 30년을 넘게 수련해 오신 아버지도 지금 6단계인 천단(天壇) 초입에 들었는데 한철 오빠는 7단계인 천인(天印)까지 들어간 것 같으니 말이에요."

미연이는 어이없는 듯 나를 계속해서 쳐다보았다. 동물원 원숭이를 보는 듯한 느낌에 얼굴이 붉어졌다.

'이런! 내가 너무 앞서 나갔나 보구나. 이거 어떻게 핑계를

대지? 미치겠네.'

선무도의 기본공이라는 무련이었기에 미네르바와의 수련 때 악착같이 마스터했다. 기본공을 완전히 마스터해야만 제대로 된 선무도를 배울 수 있을 것이라는 생각에서였다.

그런데 그것이 잘못되었던 것이다. 기본공이지만 무련은 나름대로 특별한 수련이었던 것이다. 어떤 이유를 붙여야 두 사람이 이해를 할지 나로서는 난감할 따름이다.

"기본공이라고는 하지만 무련을 다 익히는데 우리 가문 사람들은 최소한 30년을 투자했다네. 그런데 자네는 단 며칠 만에 7단계를 모두 연성하다니 도저히 믿을 수가 없는 일이네. 아무리 무골이라고 해도 이런 경우는 단 한 번도 없었네. 그러니 우리가 놀랄 수밖에. 하지만 내 선택이 틀리지 않았다고 생각을 하니 기분이 좋구먼. 하하하!"

아저씨가 다시 기분 좋게 웃음을 터뜨렸다.

"저도요. 한철 오빠가 이렇게 빨리 익혀내실 줄이야… 비록 내기는 보이지 않았지만 무련의 7단계를 완성했다니 정말 놀라워요. 그리고 아빠!"

미연이는 진심으로 나를 축하해 주더니 뭔가 중요한 것이 생각난 듯 아저씨를 불렀다.

"왜 그러느냐?"

"오빠에게 그것을 가르치는 것이 좋겠어요. 오빠의 능력으로 볼 때 어쩌면 아빠가 그렇게 바라시는 선무도의 끝을 볼 수도 있잖아요."

미연이의 말에 아저씨는 고개를 끄덕이더니 나를 보았다. 미연이가 말한 그것이 무엇인지는 모르지만 선무도와 특별한 관계가 있을 것 같기에 저절로 호기심이 일었다.

"자네가 이 정도로 성취가 빠를 줄은 상상도 못했네. 역시 보물은 인연이 있는 사람이 따로 있는가 보네."

"별말씀을 다 하십니다."

아저씨의 말에 쑥스러워 머리를 긁적일 수밖에 없었다.

"아니네. 어쩌면 선무도는 자네를 위해 준비된 것일 수도 있네. 해서 사승을 이은 미연이와 나만 알고 있는 심법을 가르쳐 주도록 하려 하네만, 자네 생각은 어떤가?"

아저씨는 제법 심각한 어조로 내 의향을 물었다. 아마도 미네르바가 자신이 본 것과 아저씨가 내게 주었던 책자하고 다르다고 했던 부분을 알려주려는 모양이다.

"심법을 말입니까?"

"그렇네. 선무도의 심법인 선무화(仙武化)를 가르쳐 주려고 하네. 자네가 방금 시연한 무련도 선무화가 있어야 제 위력을 발휘하는 것이니 말이야."

"저야 상관은 없습니다만. 괜찮으시겠습니까?"

아저씨가 내게 가르쳐 주려고 하는 선무화란 심법이 얼마나 주요할지는 보지 않아도 뻔하다. 사승을 이은 사람만이 안다는 것은 비전일 것이 분명했다.

"후후후, 나야 자네가 선무도를 꽃피울 수 있을 터이니 매달려야 하는 입장이네."

"그럼~ 아빠는 선무도가 활짝 개화하는 것이 일생의 목표이신 분이니 매달리고도 남지. 사승을 잇지도 않은 오빠라고 해도 반드시 가르치시려 하실걸."

옆에 있던 미연이가 아저씨의 마음을 대변했다.

"하하하! 그렇네. 이 아이가 내 맘을 잘 아는구먼. 하지만 지금은 시간이 늦었으니 내일부터 선무화를 가르치도록 하겠네. 선무화는 전인이 아니면 전수되지 않는 것이기에 구술로 내려오는 부분도 있어 시간이 많이 걸리니 내일 아침 일찍 오겠네. 그러니 자네도 일단은 준비하고 있게나."

무련에 빠져 시간이 가는 줄을 몰랐다. 아침에 시작한 것이 7단계를 모두 마쳤을 때는 벌써 해가 저물어가고 있었던 것이다.

"알겠습니다. 하지만 아침은 물론이고 점심도 드시지 않은 것 같은데 백무요에 가서 식사라도 하고 내려가시는 것이 어떻겠습니까?"

"아니네. 자네가 해주는 것을 얻어먹고 싶기는 하지만 곧장 집으로 내려가야 할 것 같네. 조사님들께 고해야 하기도 하지만 자네에게 선무화를 전수하려면 나도 준비를 해야 하니 말이야."

"호호호, 아빠 마음이 급하신가 봐. 나도 오빠가 해주는 걸

먹고 싶지만 내려가도록 할게."

"미연아, 이제 내려가도록 하자. 자네는 내일 선무화를 수련할 수 있도록 준비를 해주고."

"알겠습니다, 아저씨."

"그럼 이만 가겠네."

"내일 뵙겠습니다. 그럼, 안녕히 가십시오."

저녁을 대접하려 했지만 아저씨는 미연이를 이끌고 산을 내려갔다. 준비할 것도 있으신 것 같고 아침나절 시작한 것이 저녁이 다 돼서 끝이 났기에 날이 더 어두워지기 전에 내려가시려는 것이다.

'내가 어떤 상태였는지 미네르바에게 물어봐야겠구나.'

얼마 하지도 않은 것 같은데 시간이 한참 지나 있었기에 미네르바에게 물어보기로 했다.

"미네르바, 조금까지 내가 어떤 상태였는지 한번 이야기를 해봐라."

─방금 전 함장님의 상태는 지구의 표현으로는 무아지경의 상태였습니다. 네르키즈에 있을 때와는 달리 뇌파의 활동도 매우 안정적으로 진행된 상태에서 수련에 임하셔서 그런 현상이 일어난 것으로 판단됩니다.

보통 인간이 가지는 능력의 한계를 넘어선 나였기에 그럴 수도 있는 일이지만 문제가 될 수도 있다는 생각이 들었다.

"내가 너무 앞서는 게 아저씨에게 의혹을 사지는 않을까,

미네르바?"

─그런 면이 없지 않아 있기는 하겠지만 방금 전에 제가 살펴본 바로는 강천우 씨는 함장님을 의심하고 있지는 않은 것 같습니다.

미네르바도 내가 생각하고 있는 것이 걱정스러웠는지 아저씨를 살펴본 것 같았다.

"그나마 그건 잘된 일인 것 같구나. 그렇다면 내일 아저씨가 알려준다는 선무화라는 것은 어떤 것일까?"

이미 미네르바가 모든 것을 살펴봤을 것이라는 생각에 넘겨짚어 봤다.

─아직은 알 수 없는 상태입니다. 제가 본 다른 것은 완전히 한문으로 기록된 것이었습니다. 몇 가지 다른 부분이 있기는 하지만 안에 담겨 있는 내용은 함장님께 준 책자와 내용이 그리 다르지는 않았습니다.

"그래?"

─제가 함장님께 알려 드린 것은 두 책자를 비교해 오류 부분을 수정한 것으로 선무화와는 관련이 없는 것입니다.

"그랬었군. 그렇다면 선무화는 내일이나 가봐야 알 수 있다는 이야기로군."

─그렇습니다.

"그럼, 오늘은 그냥 이곳에서 그냥 수련하는 것이 좋겠네? 아저씨의 말대로라면 나는 이미 무련을 완성한 것이나 마찬가지니 말이야."

　―그러시는 것이 좋을 것 같습니다. 데블나이트라면 몰라도 무련이라면 함장님이 지금 있는 곳에서 수련하시는 것이 훨씬 나을 것입니다. 그곳은 선무도를 수련하기에 적합한 하이드내츄럴포스가 상당히 밀집되어 있는 지역이니 말입니다.

　"알았어. 나도 그렇게 느끼고 있는 중이었으니까."

　미네르바의 판단이 옳은 것 같았다. 무련을 수련하며 상당한 기운이 몸 안으로 흘러들어 오는 것을 느꼈었다. 자연지기라 불리는 하이드내츄럴포스가 온몸 안으로 흘러들어 구석구석 돌아다니는 것을 느꼈었던 것이다.

　잠시 후, 미네르바의 목소리가 들려왔다.

　―그리고 함장님!

　"왜?"

　―아무래도 국정원에서 사람들이 움직일 것 같습니다.

　"국정원에서?"

　뜻밖의 보고에 미네르바에게 물었다.

　―그렇습니다. 함장님께서 만나보신 최경아와 조동원 씨가 움직이고 있는 것이 분명합니다.

　"무슨 일인지는 모르고?"

　―국정원 메인 컴퓨터에서 살펴본 바로는 내일 입국하는 자들에 대한 감시 임무 같았습니다.

“내일 입국하는 자들?”

내일 입국하는 자들이 누구이기에 그들이 움직이는 것은 모르지만 미네르바가 말하는 것으로 봐서는 나와 관계된 일이 분명해 보였다.

—아무래도 함장님과 관계된 자들이 분명합니다. 그들의 입국을 추적하는 과정에서 함장님이 가지고 있던 계좌를 추적하는 흔적이 있었으니 말입니다. 지금 신원에 대해 확인을 하는 중이니 앞으로 10분 후 결과가 나올 겁니다.

“알았어. 결과가 나오면 내게 곧 바로 알려줘. 어쩌면 놈들의 정체를 알아낼 수 있는 기회일지도 모르니까 말이야.”

—네. 염려하지 마십시오.

조사를 시작하려는 것인지 곧이어 미네르바와의 통신이 끊어졌다.

입국하는 자들 때문에 두 사람이 갑작스럽게 움직인 이유는 할아버지가 언급한 그들이 국내로 들어왔다는 것을 뜻했다. 생각해 봐야 할 문제였다.

놈들의 움직임이 시작됐다면 꽤 빠른 정보 라인을 가지고 있다는 것이다. 이번에 계좌를 이동한 것을 놈들이 알아낸 것이 틀림없었다.

그런 움직임을 눈치 챘다는 것은 국정원에서도 놈들에 대한 감시를 하고 있었다는 이야기였다. 알고 있으면서 이야기를 해주지 않는 것이기에 조금은 섭섭한 마음이 들었다.

국정원에서 움직이는 것이 나를 보호하기 위해서인지, 아니면 나를 시험하기 위해서인지는 모르지만 내 뜻과 어긋날 때는 좋지는 않을 것이다.

'섭섭함은 둘째 치고 한번은 생각해 봐야 할 문제다. 그분의 생각이 정확하게 뭔지 말이야.'

국정원이 어째서 움직였는지 생각을 해봐야 했다. 김한석 원장이 노리는 것이 정확히 무엇인지 알아야 앞으로의 행보가 정해질 것이다.

미네르바에게 들어서도 그렇지만 이번에 확실히 느끼게 되자 기분이 별로 좋지 않았다. 아버지의 친구라는 사람이 나를 이용하고 있다는 생각이 들었기 때문이다.

"후후후. 어떤 음모가 있는지, 얼마나 거대하고 강한 힘을 지녔는지는 모르겠지만 그 누구든 간에 이제부터 그만한 대가를 치를 것이다."

누구든지 좋았다. 할아버지와 부모님들을 해한 자들이 누가 됐든 간에 그만한 대가를 치러주리라 다짐했다.

『디멘션 워』 제2권에 계속…

임희정 소설

잔혹할레

그러던 어느 날, 그에게 그 '능력' 이 찾아왔다.
조금은, 아름답지 않은 모습으로.

신의 뜻, 그것 외엔 없었다.
신의 영역, 시대의 금기를 깨는 그들의 불꽃같은 삶!

막연히 의사가 되기 위한 삶을 살아왔던 세요 폰 어뷔니트.
인간을 살리기 위해 의사가 되어야만 했던 웨인 파예트.

잔혹한 과거, 어긋난 현재.
그리고 우연히 찾아온 신비로운 능력!
보통 사람들과 다른 존재가 아니라는 것에 대한 증명.

조돈형 新무협 판타지 소설

팔룡전설을 아는가?

북녘 하늘을 밝히는 별의 정기를 받고 태어난 여덟 명의 기재가
한 시대에 나타나리니, 그들의 눈은 삼라만상(森羅萬象)을 살피고
지혜는 하늘에 닿고 웅심은 천하를 덮을 것이다.
그들이 화합을 한다면 더없이 평온한 세상을 이룰 것이나,
만약 그렇지 않다면 피의 광풍이 온 천하를 휩쓸 것이다.

혼란의 시대!! 모략과 음모가 극에 다다른 혼돈의 강호무림!!

이때 하늘이 안배해 놓은 이가 있었으니, 그의 이름 도극성이라……!!
도극성!! 그가 무림에 다시 모습을 드러내는 날,
팔룡전설은 그로 인해 깨질 것이고 새로운 전설이 탄생할 것이다!!

유행이 아닌 자유추구 -
WWW.chungeoram.com
Book Publishing CHUNGEORAM

Golden Key

박이수 소설

황금열쇠

「달의 아이」, 「붉은 소금성」의 작가 박이수.
그가 또 하나의 기대작 「황금열쇠」로 나타났다.

우연한 만남이란 단어는 그들에겐 존재하지 않았다.
얽혀 있는 사람들… 그리고 피할 수 없는 운명의 굴레!

뒤틀려 버린 운명의 주인공 세이엔 가이스카 리베 폰 라시에…
한순간 인생이 뒤바뀐 불운의 주인공 듀이 델쿄!
그리고… 유일하게 그녀를 기억하는 단 한 사람 이샤무딘!

이제 운명의 주사위는 던져졌다.
엇갈린 운명 속에 모든 사건은 하나로 연결된다!
황금열쇠를 차지하기 위한 그들의 위험한 모험이 지금 시작된다.

유행이 아닌 자유추구 ~
WWW. chungeoram.com

Book Publishing CHUNGEORAM